아무것도
바라지 않는
기도

아무것도 바라지 않는 기도

후지와라 신야 글·사진

장은선 옮김

다반
일상의 책

미소

아버지 그리고 어머니. 육친을 잃을 때마다 시코쿠(일본 진언종 창시자인 코보 다이시弘法大師가 8, 9세기 수행한 여정을 따라 시코쿠 전역의 88개 절을 순례하는 길. 88개의 절에는 번호가 붙어 있으며 순서대로 돌면 1200km 정도 되는 장거리 순례길이다 — 옮긴이)를 돌았다. 이제까지 두 번이다.

시코쿠를 도는 동기는 사람마다 제각각이다. 어떤 사람은 병을 낫기를 바라며, 어떤 사람은 속죄를 위해, 또 어떤 사람은 무언가 간절한 소망을 이루고 싶다는 마음 때문에 팔십팔 개의 사찰을 순례한다. 나 역시 이제까지 반세기 이상 살아왔으니 부지불식간에 범했을 죄와 마주해야 할 것이다. 그러나 이번에는 형의 죽음으로 인하여, 이제까지 그랬던 것처럼 사자의 공양을 위하여 순례길에 나섰다.

추선공양追善供養이란 불교에서 말하는 삼세인과三世因果의 도리를 따라 이루어지는 기도다. 즉 과거·현재·미래로 이어지는 인간의 생명은 그 행위의 선악이 삼세를 거치며 움직인다. 선행을 쌓은 사람은 그 덕으로 인해 명토에서도 인간계·천계·극락에 거주하게 되며, 악업을 진 자는 지옥·아귀·축생의 삼악도로 떨어져서 고통받는다고 한다. 선한 영이 사후에도 더더욱 덕을 쌓을 수 있도록, 또한 악도로 떨어진 망자가 그 고통에서 해방되어 평안한 길로 나아갈 수 있도록, 남겨진 사람들이 올리는 것이 바로 추선공양이다. 『지장보살발심인록십왕경』이라는 경전을 기반으로 무로마치 시대에 퍼진 가르침에 따르면, 사후의 행불행은 유족이 행하는 추선공양의 정도에 따라 정해진다고 한다.

『십왕경』에는 사자의 혼이 세 번째 기일까지 안주하지 못하고 육도(지옥·아귀·축생·아수라·사람·하늘)를 윤회하며, 세 번째 기일에 공양을 받고서야 비로소 아미타불이 관세음보살과 세지보살을 이끌고 혼을 맞이하러 온다고 적혀 있다.

그러나 이러한 추선공양의 교리는 사자가 죽은 후에도 영혼을 유지한다는 전제로부터 비롯된 것이다. 온갖 죽음을 지켜본 끝에 죽으면 모두 무無로 돌아간다고 생각하게 된 나 같은 사람에게는 일종의 사회적 예의로밖에 느껴지지 않는다.

그렇다면 이런 예의를 갖추기 위해 왜 일부러 시코쿠 변방까지 왔는가. 사실 나는 이것을 예의로 생각지 않는다. 대신 공양이라는 것을 다른 각도로 이해하고 있다.

개인적으로 '사자의 혼'이란 내 안에 남아 있는 고인을 향한 마음이라고 생각한다. 그런 식으로 죽은 사람은 남겨진 사람들의 영혼 속에 살아 있다고 믿는다.

그러나 사람의 마음속에 살아 있는 고인의 모습은 산 사람과 마찬가지로 제각각이다. 서로가 함께했던 인생의 즐거운 추억들과 함께 마음속에 안식의 땅을 얻는 경우도 있을 것이며, 반대로 돌이킬 수 없는 상처와 함께 떠올릴 때마다 언제까지나 사람의 마음을 할퀴는 경우도 있다.

그리고 삶 속에서 지인의 죽음을 맞이한 사람이 그의 최후를 충분히 납득하고 평온한 마음을 되찾는 것은 일반적으로 상당히 어렵다. 마음속 어딘가에 후회가 남아 있기에, 때로 그것이 내면에서 영원한 번뇌로 화한다. 나는 이런 상황을 '사자가 성불하지 못한' 경우라고 생각한다.

이러한 내 안의 미련을 정화하기 위한 것이 공양이며, 이것은 사자를 위한 공양인 동시에 자기 자신을 위한 공양이다.

그런 의미에서, 형의 죽음을 계기로 시작한 이번 시코쿠 순례는 지금까지 겪은 것보다 더욱 어려워 보였다. 형은 쉰아홉 살이라는 젊은 나이에 유명을 달리했다. 인생도 불완전연소였다. 그뿐 아니라 형의 말년은 사람의 마음에 공포와 번민을 남기기에 충분할 만큼 무참했다. 그는 식도암을 앓았다. 식도암이 폐와 뼈로 번지자 호흡곤란과 격한 고통 등, 그야말로 지옥을 겪다가 숨을 거두었다.

나로서는 아직도 형의 처절한 최후를 받아들이기가 어렵다. 그는 생전에 나 같은 것은 흉내도 못 낼 정도로 인덕을 쌓으며 살아왔다. 왜 그런 사람이 삶의 마지막 순간에 지옥의 고통을 맛보아야만 했단 말인가. 나는 이번 시코쿠 순례 속에서 불합리한 현실을 납득할 만한 해답을 찾고 싶었다. 또한 형의 죽음으로 인해 파도치는 내면을 가라앉히려 했다.

시코쿠 순례라지만, 일반적인 순례 방식과는 조금 다르다. 팔십팔 개의 절을 순서대로 따라가는 정형적인 방식은 내게 맞지 않는다. 그저 시코쿠라는 땅 자체를 돌아보는 것이다. 그러다 길 위에 절이 나오면 들러 보곤 한다.

이번 여행은 예전과는 다르게 도쿠시마에서 입수한 자전거를 타고 달렸다. 바람을 맞으면 마음속의 파도가 조금은 잦아들지 않을까 기대했다. 그러나 도쿠시마를 남하하며 일주일 동안 몇 개의 절을 찾아가도 심경에 특별한 변화가 일어나지 않았다.

그런 기분을 간직한 채로 남쪽 시코쿠의 히와사라는 사찰을 찾아간 것은 여드레째 되는 날이었다. '히와사'라는 이름이 맘에 들었던 탓도 있고, 그곳이 붉은바다거북의 난생지로 유명하기 때문이기도 했다. 어쩌면 바다거북을 볼 수 있을지도 모른다는 기대가 일었다.

그날, 히와사 근처에 있는 유키라는 작은 항구의 마을에서 자전거를 탔다. 거리는 얼마 되지 않았으나, 급격한 산길 경사를 돌아가다 보니 히와사 마을에 닿은 것은 해가 지려 하는 저녁 무렵이었다.

먼저 숙소를 찾으려고 지도를 봤더니 23번 야쿠오우지薬王寺의 근처까지 왔음을 알 수 있었다. 시코쿠의 좋은 점은 이렇게 마음대로 돌아다녀도 곳곳에 잘 곳이 있다는 점이다. 당일에, 심지어 헤매다가 늦게 도착해도 밥과 지붕을 찾아낼 수 있다. 그러한 연유로 그날은 야쿠오우지에 머무르게 되었다. 방에 짐을 내려놓고 잠깐 쉬면서 사찰은 내일 갈까 생각했다. 그러나 창밖을 보니 그다지 어둡지도 않았고 사찰도 바로 근처였기 때문에 일단 참배만이라도 하려고 숙소를 나섰다.

야쿠오우지의 본존本尊은 약사여래다. 약사여래는 병을 고치고 안락을 주는 부처다. 아래로 떨군 왼손바닥을 앞으로 내밀고, 위로 쳐든 오른손바닥을 앞으로 향하고 있는 경우가 많다. 사찰의 진언은 '온코로코로센다리마토우기소와카'다. 시코쿠의 영험 높은 장소들 중에서 제일 유명한 진언이며, 카가와 현 출신이었던 아버지가 매일 외우던 말이기도 했다. 그래서 이 말만은 어릴 때부터 귓전에 계속 남아 있었다. 이 진언은 '어떤 강적도 물리치는 상왕 약사여래님. 우리의 몸과 마음에 깃든 병과 고통을 물리쳐 주옵소서'라는 뜻이라고 한다. 메이지 시대 사람인 내 아버지는 매일같이 그 말을 외었다. 그는 사십 중반에 화재로 죽을 뻔한 적이 있었다. 진언의 뜻을 알고 나니, 어쩌면

이 말을 외운 덕분에 살아나신 것이 아닌가 하는 생각이 들었다. 그러나 그런 생각을 했을 무렵 이미 아버지는 돌아가신 뒤였기에 확인할 길은 없었다.

합리적인 세상 속에서 살아가는 현대인의 눈으로 보면, 이러한 주문 외기가 인간의 신체나 정신에 영향을 미친다는 주장은 단순히 미신으로 느껴질 것이다. 나도 그렇게 생각한다. 그러나 형의 제사 때 불경을 읽는 승려의 목소리 속에서 이 진언이 들려온 순간, 뜻도 모르는 주문을 외는 것이 그냥 미신만은 아닐지도 모르겠다는 느낌이 들었다.

우리 집의 종파는 니치렌슈日蓮宗다. 그날 승려는 니치렌슈를 창시한 니치렌이 쓴 편지의 일부를 추선공양의 경문에 삽입했다.

'새장 속의 새가 울면 하늘 날던 새들이 모이고, 하늘 나는 새들이 모이면 새장 속 새도 밖으로 나가려 한다. 입으로 불경을 외면 내 안의 부처도 불려 나온다.'

즉 진언을 외면 자기 내면에 잠들어 있는 불심이 끌려 나온다는 이야기다. 말과 신체가 밀접한 관계를 맺고 있다는 사실은 굳이 강조할 것도 없다. 간단한 예를 들어 보자. 사람은 누군가에게 감사할 때 '고맙습니다'라고 입 밖으로 소리 내어 말한다. 그 말을 입 밖에 낸 순간, 말로 하지 않았던 순간보다도 한층 강하게 감사하는 마음이 한가득 넘치는 것을 느낄 수 있다. 언어란 그런 것이다. '고맙습니다'라는 말이 진언이라고 생각해 보자. 그 말에 담긴 감사하는 마음, 즉 자신 안에 잠들어 있는 부처가 끌려 나오는 것이다. 입에 불경을 담으면 우리 몸 안의 부처가 불려 나온다는 것은 그런 뜻이다.

사찰을 방문하고서 알게 된 사실은, 야쿠오우지는 치유의 절인 동시에 액년을 막는 절로도 유명하다는 사실이었다. 본당까지 늘어선 기나긴 돌계단은 남자의 액년인 42세와 여자의 액년 33세에 맞춰 구성되어 있다. 액막이 계단 아래에는 약사본원경의 경문이 한 줄씩 적힌 자갈이 묻혀 있다. 참배하는 이들은 그 계단 하나하나에 1엔 동전을 바치며 액을 막아 달라고 기원한다.

사찰에 도착하니, 햇빛을 받아 반짝이는 물거품 같은 1엔 동전들이 노을이 비치는 계단에 흩어져 있었다. 하나하나의 조그만 빛들이 마치 작은 부처처럼 보였다.

액년의 계단을 포함하여 전체 계단은 이백 개 정도 되었다. 사찰의 본당이 있는 경내는 꽤 높았고, 노을에 녹아드는 히와사의 고요한 거리가 한눈에 보였다.

높은 곳에서 내려다보니, 히와사는 해변, 항구, 산, 강, 마을, 거기에 경작지까지 두루두루 모여 있는 상자정원 같은 마을이었다. 약왕사가 있는 바닷가 산맥을 등줄기로 삼아, 남부 사람들의 검소하고도 작은 집들이 밀집된 시내가 경작지에 둘러싸여 펼쳐져 있었다. 마을 중앙에서는 히와사 강이 천천히 흘러간다. 강은 히와사 항구를 지나 호수 옆 바다로 이어진다. 마을 멀리 모습을 보이는 리아스식 해안선은 동쪽에 치바 절벽이라는 낭떠러지를 지난다. 그 낭떠러지 끝에서부터는 붉은바다거북의 산란지인 오오하마 절벽이 펼쳐진다.

바다 멀리 눈을 돌리면 하루 고기잡이를 마친 작은 어선들이 흰 물살을 가르며 귀항을 재촉하고 있다. 배의 움직임에 호응하는 것처럼 무기선의 자그마한 차량이 등불을 빛내며 천천히 마을을 지나친다.

경내의 벤치에 걸터앉아 히와사의 풍경을 바라보고 있는데, '이승'이라는 단어가 머릿속에 떠올랐다. 갑자기 가슴이 뜨겁게 벅차올랐다. 이 감정은 눈앞의 '이승'에 한때 아버지와 어머니, 형이 살고 있었다는 자각이 불러일으킨 것이다. 동시에 나 또한 영원히 이곳에 발붙일 수 없으며 잠깐 빌려 살고 있을 뿐이라는, 이윽고 이곳을 떠나야만 하는 그림자의 삶이라는 무상함에서 비롯된 것이기도 했다. 그런 이승 앞에서 '나'라는 존재는 실로 불안한 환상처럼 느껴진다. 그리고 내가 환상이라면, 눈앞의 이 세상 또한 환상에 지나지 않는다.

이미 해가 진 후라 참배객은 그림자도 찾아볼 수 없었다. 정적에 휩싸인 경내에서 나는 이제까지 살아오면서 스쳐 지나간 고인들의 얼굴을 하나씩 떠올려 보았다. 그리고 그렇듯 소멸한 것들만이 이승에서 단 하나 변하지 않는 확고한 존재일지도 모르겠다는 역설에 부딪쳤다.

그런 심경을 안고서 히와사의 거리를 바라보고 있을 때였다. 땅거미가 지는 정적 속에서 누군가의 시선이 느껴졌다.

돌아보았다.

아무도 없었다.

그러나 다음 순간, 내 시선은 경내의 한곳에 꽂혔다. 경내 반대편에 사람이 서서 이쪽을 물끄러미 바라보고 있었다. 땅거미 속에서 사람의 그림자만이 희미하게 빛을 등지고 서 있다. 내 몸이 순간 꼿꼿해졌다.

형이다.

왜 그런 생각이 들었을까.

눈에 힘을 주었다. 그러나 자세히 보니 그것은 사람이 아니라 지장보살 상이었다.

나는 천천히 그리로 다가갔다.

길거리의 석상과는 다르게 등신대라 키가 컸다. 이끼가 낀 걸 보니 상당히 오래된 상인 듯했다.

나는 그 지장보살 앞에서 천천히 고개를 들었다. 순간, 말로 형언키 어려운 감정이 쏟아졌다. 눈을 감은 그 얼굴은, 고통 속에서 숨을 거둔 후 화장터로 가기 전에 잠시 집에 돌아와 방에 누워 있었던 그 형의 얼굴과 닮아 있었다. 아니, 원래 모든 이가 부처의 얼굴과 닮은 것일지도 모른다, 그렇게 생각하며 문득 뭔가를 깨달았다. 신기하게도 그 지장보살과 만난 순간 죽은 형의 얼굴을 기억해 내는 것에 성공했다는 사실이다. 왠지 내 기억 속에 남아 있는 형의 마지막 얼굴은 병상의 고통받을 때의 표정뿐이었다. 죽은 후의 얼굴이 아니었다.

내 앞에는 한 점의 그늘도 없는, 마지막 형의 얼굴과 닮은 평온에 가득 찬 표정이 있었다.

…형의 마지막은 내 생각만큼 괴롭지 않았던 게 아닐까.

문득 그런 생각이 들었다. 어쩌면 그것은 폭풍이 지나간 후 고요해지는 저 바다와도 닮은, 고통이 빠져나간 후에 찾아오는 절대적 평온이 아닐까.

나는 형의 얼굴을 떠올리면서 지장보살의 표정을 지그시 바라보았다. 그 순간 지장보살은 아무 소리 없이 말 한마디를 건네어 왔다.

'그대의 마음도, 이곳으로 오기를.'

그 평온한 표정이 나타내는 마음, 그와 같은 마음을 가지라고 지장보살이 내게 권하고 있는 것처럼 느껴졌다.

'미소는 미소를 부른다.'

그런 말이 뇌리를 스친다.

마음이 서서히 지장보살의 표정과 같은 방향으로 움직이는 것이 느껴졌다. 오랫동안 세찬 파도가 멈추지 않던 마음속 풍랑이 조금씩 조금씩 잦아들고 있었다.

주변은 이미 어두웠다.

나는 마음속 폭풍을 완전히 잠재우기 위하여 내일 다시 여기 와서 지장보살의 얼굴을 보기로 결정한 후 자리를 떴다.

다음 날 하늘은 소원이 모두 이루어질 것처럼 활짝 개어 있었다.

나는 또다시 계단을 올랐다.

이윽고 다시금 지장보살의 앞에 섰다.

얼굴을 들었다.

그러나 순간, 이상한 기분에 사로잡혔다.

아무것도 느낄 수 없었다.

내 앞에 선 지장보살은 한낱 무감정한 돌덩이로 변모해 있었다.

아무 말도 들려오지 않는다.

어째서?

그런 의문이 경계선을 타고 흐른다.

어제의 기적이 다시 일어나는 일은 없었다.

나는 사찰을 등졌다. 계단을 내려오는 동안 문득 어떤 말이 뇌리를 스쳤다.

'새장 속의 새가 울면 하늘 날던 새들이 모이고, 하늘 나는 새들이 모이면 새장 속 새도 밖으로 나가려 한다.'

우는 새와 모이는 새.

밀교에서 말하는 부처의 가호다.

뭔가를 탐하는 마음과 외부에서 오는 진리의 교합, 그 순간 종교적 화학 반응이 일어난다는 내용의 교리.

오늘은 지장보살이 돌로밖에 보이지 않았다. 지장보살이 변한 것이 아니라 뭔가를 탐하던 내 마음이 어제와 다르게 변한 것이다. 그런 생각이 들었다. 미소를 통해 마음의 일부가 정화된 지금, 지장보살의 평온한 얼굴이 필요치 않게 된 것이다.

사람 마음에는 같은 일이 두 번 일어나지 않는 것이다. 어제 아주 약간이지만 내 마음속 파도가 사그라들었다. 그걸로 충분하지 않은가.

　나는 사찰을 뒤로 한 채 걷기 시작했다.
　마음의 풍랑을 또다시 잠재워 줄 무언가가 이 길 너머에 있을지도
모르는 일이다.

아기 눈동자

시코쿠에는 각자 짊어진 죄를 속죄하기 위해 길을 걷는 사람도 적지 않다. 옛날부터 많은 순례객들을 보아 온 시코쿠 주민들은 순례를 곧 속죄의 길로 연결 짓는 경향이 있다.

나도 여행하면서 '무슨 나쁜 짓을 했길래?'라는 질문을 셀 수도 없이 받았지만, 대개는 웃어넘기는 농담이었다.

하지만 어느 남자가 내게 진지하게 이 질문을 던진 일이 있다. 어느 사찰의 경내 벤치에 앉아서 식사 겸 빵을 먹고 있을 때였다. 쉰 안팎의 여행객이 옆에 앉았다. 효고 현에서 온 지 석 주 정도 된다는 그와 나는 평소와 다르게 세상 이야기를 주고받기 시작했다.

몇 번째 절의 식사가 맛있다 맛없다 하는 잡기로 시작한 우리의 대화는 어느 순간 묘하게 심각해지기 시작했다.

"무슨 일로 시코쿠 순례를 하고 계신지요?"

남자가 묻자 나는 솔직히 대답했다.

"고인을 위해 공양하고 있는 중입니다."

그러자 남자는 내가 먹고 있던 빵을 지그시 바라보더니 한숨을 쉬듯이 말했다.

"…그렇습니까. 당신도 그렇군요."

그러더니 남자는 자신 내면의 미로에 빠진 것처럼 혼잣말을 시작했다.

반시간이나 걸리는 긴 이야기였다. 요약하면, 줄곧 성실하게 살아온 그가 최근 여자에 빠져 버린 탓에 아내가 자살했다는 이야기였다.

"그야말로 눈이 먼 상태였죠. 그렇게나 날 위해 희생해 주었던 아내를 방해물 취급했으니… 그런 주제에 아내가 죽으니까 그제야 겨우 정신이 들더군요. 홀몸이 된 후에야 제가 얼마나 무거운 죄를 지었는지 느끼게 되었습니다. 결국 이렇게라도 부처님의 자비를 얻으려 길을 나섰지요."

남자는 시코쿠를 발로 밟으며 순례 중이라고 했다. 그러더니 내게 말했다.

"당신이 어떤 죄를 범했는지는 모르지만, 정진한다면 분명히 부처님께서 자비를 베풀어 주실 거라 믿습니다."

감정이 고조된 나머지, 다른 사람도 모두 자신과 같은 이유로 순례 중이라 생각해 버린 모양이었다. 그게 아니라고 설명할까 순간 망설였지만, 왠지 그러지 못한 채 애매하게 맞장구를 쳤다.

'아뇨, 저는 고인에게 죄를 범한 걸 속죄하려고 여행하는 게 아닌
데요.'

왜 그렇게 말하지 못했을까. 스스로도 이해할 수 없었다.

남자와 헤어져서 다음 사찰로 향하면서, 왜 적당히 맞장구만 치고
말았을까 하는 의문이 머릿속에서 떨어지지 않았다. 그러나 다음 사
찰로 가는 도중 뇌리에 한줄기 빛이 스쳤다.

길 좀 물어보려고 세 갈래 길 앞에 있는 과자가게에 들어가니 아기
를 안은 할머니가 있었다. 그 어두컴컴한 가게 안에서 희미하게 떠오
르는 아기의 얼굴을 본 순간 문득 몸이 굳어 버렸다. 그 생불과도 같
이 맑은 눈동자가 지그시 내 눈을 바라보았던 것이다. 이제까지 어린
아기에게 응시당한 적이 없는 것도 아니다. 그러나 그 순간, 아기의
시선에 날카로운 칼날 같은 빛이 깃들어 있다는 느낌이 들었다. 다시
길을 걷기 시작하자 이상하게 몸이 무거웠다.

"당신이 어떤 죄를 범했는지는 모르겠지만…."
또다시 남자의 그 말이 머릿속에 떠올랐다. 어째서인지 그 말이 내
가슴속 깊이 스며든 모양이었다. 그 말을 무의식 속에 담은 채 티 없
는 아기의 시선을 마주하게 된 순간, 자신의 죄를 의식하게 된 게 아
닐까.

기독교에서 말하는 원죄가 아니다. 그 남자처럼 자신의 아내를 자

살로 몰아넣었다는 근본적인 죄의식도 아니다. 막연하고 추상적인 감각이었다.

그 누구라도 인간인 이상, 심층의식에 이렇듯 불분명한 죄의식이 잠들어 있는 게 아닐까. 이 세상에 살아가는 모든 목숨은 죄짓지 않고 살아가는 것이 불가능하지 않은가.

사람과 사람이 만난다. 사람과 동물이 만난다. 그 자리에는 자애와 사랑이 깃드는 법이지만, 그 마음은 죄와 종이 한 장 차이다.

성악설을 얘기하는 것이 아니다. '산다'는 것은 죄를 지을 수밖에 없는 행위이기 때문이다. 아마도 그것이 내가 남자의 말에 흔들리게 된 까닭일 것이다.

생불 같은 그 아기조차도 이제부터 수많은 사랑과 자애와 욕망, 그리고 그만큼 도래하는 업보를 등에 짊어지는 여행을 떠나게 되겠지.

순수에서 출발해 부정을 향해 가는 삶의 변증법. 이것을 불합리하다고 볼 것인가. 아니면 그 모든 것을 포함하여 '삶의 환희'라고 이름 붙여야 하는가. 나로서는 아직 판단이 서지 않는다.

늙은 노래

따뜻한 햇살의 오후. 기묘하게 꺾이고 굽은 언덕을 올라서 무로토자키의 호츠미사키지最御崎寺에 도착한 순간, 노래가 들려왔다.

경내에 한줄기 노래가 낭랑하게 울려 퍼지고 있었다.

노랫소리는 아래쪽에서 희미하게 들려오는 파도 소리와 섞이면서 마치 영혼이라도 되는 것처럼 경내를 헤매었다. 목소리에 뭔가를 원망하는 것 같은 슬픔과 탄식이 배어 있었다. 절절히 가슴을 치는 깊디깊은 감정.

왜 이런 곳에서 탄식하는 노래가 들리는 것일까?

신비한 기분에 휩싸였다.

명성이 나타나는 동쪽 절 어둠 속에서 헤매이고

극락의 땅을 생각하며 금색의 샘을 그리네

　귀를 기울여 보니 그것은 순례가였다. 순례가에 이렇게 감정을 심어서 노래하기도 하나? 원래 시코쿠 순례에는 순례가가 필수였다지만, 요즘 본존 앞에서 노래되는 경문은 왠지 반야심경이 대부분이고, 순례가는 거의 없다. 신선한 기분이 들었다.

　여자 목소리였다. 강의 흐름 같은 곡선적 느낌과 반지르르한 올곧음이 노래 속에 깃들어 있었다.

　노래가 들려오는 본당 쪽으로 걸어갔다. 두 여자가 보였다. 본당 아래에는 쉰 전후로 보이는 여성이, 본당 계단 위의 응달 속에는 흰 옷을 입은 여성이 서 있었다. 목소리는 응달 속 여성의 뒷모습에서 울려 나오고 있었다.

　어둠에 차차 눈이 익으면서 떠오른 그녀의 뒷모습을 본 나는 놀랐다. 가느다란, 당장이라도 쓰러질 것 같은 노파가 서 있었던 것이다. 이 노래의 성량과 울림은 그녀의 나이 먹은 뒷모습과 어울리지 않았다.

　이윽고 노래를 끝낸 노파는 위태위태한 걸음걸이로 본당의 계단을 내려갔다. 계단 아래에 세워 둔 순례자용 지팡이를 들더니 등으로 숨을 내쉬었다.

　아까부터 계단 아래에 서 있던 중년 여성은 들리지도 않는 작은 목소리로 반야심경을 외고 있었다. 이 노파의 일행이 아닌 모양이었다. 그러나 그녀는 반야심경을 외면서도 계단에서 내려오는 노파를 향해 작게 합장했다.

"…휴, 조금만 더 힘내야죠."

노파는 경을 외고 있는 부인의 옆을 지나치려는 듯하더니 멈춰 서서 그렇게 말했다.

무슨 얘기를 하나 귀를 쫑긋 세워 보니, 93세라는 숫자가 들려왔다.

"어머, 그렇게나… 놀랍네요. 정정하시군요. 순례가를 너무 멋지게 부르시기에 저랑 별로 차이 나지 않을 거라고 생각했는데."

부인은 그렇게 말했지만, 내 눈에는 그 노파가 충분히 93세 정도는 되는 것으로 보였다. 그러나 경내에 낭랑하게 울려 퍼지던 노래가 이 노파의 목소리라는 걸 생각하면 확실히 신기하지 않을 수 없었다. 나이를 먹으며 쌓아 올린 인생경험에서 우러나온 노래임에 틀림없다.

그러나 계속되는 대화에서 더욱 놀라운 사실이 흘러나왔다. 그 노파는 큐슈의 미야자키에서 홀몸으로 이곳 시코쿠까지 왔다는 것이었다.

"세상에, 정말 대단하시네요. 가족분들이 걱정하지 않으실까요?"

노파는 혼자인 게 편하다고 대답했다.

"걷다가 언제 죽어도 까마귀만 놀래키고 말 테니까요. 하하하!"

심지어 농담까지 한다.

"걷다니… 설마 걸어서 사찰 순례를 하시는 건 아니겠죠?"

"맞아요, 걷고 있어요. 나이가 나이인지라 하루에 한 곳밖에 돌지 못하지만요. 사찰끼리 가까우면 하루에 두 곳 돌기도 하지만."

부인은 말을 잃은 모양이었다.

"정말 굉장하신 분이군요. 생불 같아요…."

"부처님 앞에서 그런 불경한 소리를."

이제까지 온갖 순례객들을 만났지만, 이런 고령으로 걸어서 순례하는 사람을 본 것은 (당연하게도) 처음이었다. 나는 마음속으로 가만히 손을 모은 뒤 짐을 가지러 나무 밑 벤치로 향했다.

그 순간 '죽음'이라는 단어가 들려왔다.

"길동무와 십팔 번 온잔지恩山寺에 갔는데요. 아침에 일어나 보니 싸늘하게 식어 있더라구요. 절에서 죽다니 정말 감사한 일이죠. 하나부터 열까지 모두 스님들께서 돌봐 주셨으니 미련 없이 성불했을 거예요. 가족들도 안 불렀어요. 남에게 폐 끼치지 않고 저승으로 가는 것이 노인의 미덕이니까요."

"그럼 그 후 혼자서…."

부인의 눈에 눈물이 그렁거렸다.

"아뇨, 세 사람이죠. 길동무랑 부처님까지. 꽤 활기찬 일행이죠?"

노파는 그렇게 말하고는 봇짐에서 검게 빛나는 위패를 꺼내 보였다.

부인이 손을 모았다.

"감사합니다."

자, 계속 이러고 있다간 해가 지기 전에 다음 절에 못 갈지도 모르겠네요. 그렇게 말한 노파는 위패를 봇짐에 넣고 걷기 시작했다.

나는 노파의 뒷모습을 바라보았다.

문득 방금 전 들은 순례가가 떠올랐다.

…그 탄식과도 같은 노래는 그녀의 길동무를 위한 것이었을지도 모른다.

'즉신성불(부처와 수행자가 하나가 되면서 현세의 모습 그대로 부처가 되는 것 ― 옮긴이)'이라는 말이 있지만, 살아 있는 동안 깨달음을 얻기란 그리 쉬운 일이 아니겠지.

오히려 깨달은 경지에 오른 사람보다, 감정이 절절히 실린 노래를 부르는 저 노파가 훨씬 인간적이고 끌리지 않는가. 그런 생각을 하며 노파를 배웅했다.

그 순간, 사찰 문 쪽으로 내려가는 노파의 야윈 뒷모습에 작은 그림자가 스치는 것이 보였다.

검은 호랑나비였다.

나비는 불상 앞을 지나치더니 파도소리가 들리는 쪽으로 향했다.

검고 작은 그림자에 불가사의한 존재감이 느껴졌다.

하늘로 높이 날아오른 그림자는 갈 길을 정했다는 듯이 갑자기 방향을 바꿨다. 그리고 아래위로 움직이면서 천천히 날갯짓하며 앞으로 나아갔다.

다음 사찰인 23번 신쇼지津照寺 쪽으로 가는 것인가….

문득 그런 생각이 들었다.

아무것도 바라지 않는 기도

시코쿠 88개의 절을 순례하면 당연히 사람이 기도하는 모습을 자주 보게 된다. 그럴 때마다 새삼 현대의 일본인은 기도하는 법을 잊어버렸다는 생각이 든다.

남 얘기가 아니라 나부터가 그렇다. 내 아버지는 매일 불상을 향해 기도하는 것을 거른 적이 없는 옛날 사람이었지만, 아들인 나는 그런 행위를 전혀 하지 않는 불신자였다. 아버지는 매일 일어나면 태양이 솟는 방면을 향해 박수를 치며 신과 부처에게 물과 음식을 위해 기도했다. 저녁에는 부처를 위해 염불을 외웠다. 염불은 언제나 똑같은 문구였다. 그 중에 나오는 '온코로코로센다리마토우기소와카'라는 문구는 어린 내 귀에 신비한 주문처럼 들려왔다. 내가 시코쿠의 카가와 현의 코우보우사에서 태어난 까닭에 그 진언을 읊는다는 걸 나중에 알았다. 어릴 적 나는 아버지가 안 보는 곳에서 염불을 따라하며 '온

고로고로, 우스바카'하고 놀곤 했다.

불교가 일어난 인도에 갈 적에도 철저하게 종교를 거부했다. 절에 가서도 손 한 번 모으지 않았다. 신의 존재를 믿지 않았기 때문이 아니다. 권위와 정치에 물든 것들을 모조리 혐오하는 내 눈에는 종교도 또 다른 권위로밖에 보이지 않았다.

그런 내가 신불 앞에서 자연스럽게 손을 모으게 된 것은 어머니가 돌아가신 뒤부터다. 어머니는 죽음 앞에서 아버지의 출생지인 시코쿠를 순례하고 싶다고 말했다. 그러나 이루지 못한 채 세상을 등졌다. 나는 그 뜻을 잇기라도 하는 양 어머니의 위패를 모시고 시코쿠를 돌았다. 그것이 첫 시코쿠 순례길이었다. 1979년, 내가 서른다섯 살일 때의 일이다.

당시 나는 어머니가 마음 편히 삼도천을 건너가시기를 바라며 시코쿠를 순례했다. 어머니가 좋은 곳에 가시도록 돕고 싶었다. 소위 말하는 저승길 공양이었다.

그 여행길에서 처음으로 불상 앞에서 손을 모으게 되었다. 오랫동안 불량신자였던 내가 부모의 죽음을 겪으면서 각성한 순간이라 말해도 좋을 것 같다.

어머니의 죽음을 계기로 순례길을 시작한 탓인지, 시코쿠에서는 혼슈나 큐슈와 다른 특별한 느낌을 받는다. 저승세계와 겹쳐지는 신비한 이미지. 어머니가 돌아가시고 십 년 뒤 아버지가 돌아가셨을 때도, 2002년에 형이 죽었을 때도 발걸음이 자연히 시코쿠를 향했다.

육친의 죽음을 계기로 삼은 여행 속에서 비로소 불상 앞에서 저항감 없이 합장하게 되었다. 한데 이상하게도 형을 공양하기 위해 나선 시코쿠 순례에서는 이상하게 합장하는 것이 망설여졌다. 예전 같은 불량청년의 마음으로 되돌아간 것은 아니다. 온갖 난잡한 일상생활 가운데 기도하는 것은 존중받아 마땅한 모습이라고 생각한다. 그러나 시코쿠의 여행을 시작한 직후에는 기도하는 모습을 볼 때마다 인간의 무거운 업보에 대해 생각하게 되었다.

88 사찰을 도는 시코쿠 여행은 기도의 여정이다. 그 기도 속에는 각자가 갖고 있는 개인적 소망이 깃든다. 때로는 자신과 가정의 건강을 기원하거나 병을 낫게 해달라고 한다. 자식이나 손자의 대학 합격을 위해 기도하거나 자신이 범한 죄를 사해 달라고 소망하기도 한다.

혹은 재물을 달라고 하거나 고인의 공양을 위해 기도한다. 어떤 사람이 원수를 죽이기 위해 절 기둥에 인형을 못 박으며 순례길을 돌았다는 무서운 이야기를 읽은 적도 있다. 물론 이것은 극단적인 경우다. 그러나 이러한 이야기를 종합해 볼 때, '기도'란 온갖 형태를 띠면서도 대체로 자기 구제를 목적으로 한다는 결론을 내릴 수 있다. 고인을 공양하기 위한 기도도 마찬가지다. 육친을 공양하는 것은 사랑하는 자를 잃었다는 사실에 요동치는 자신의 영혼을 구제하는 것이기도 하다. 넓은 의미로 보면 자기 구제의 일종이다. 반야심경을 외면서 번뇌나 집착을 버리려 하는 것 역시 자신을 구원하기 위한 행위이다.

즉 사람의 기도는 'XXX를 위해서 기도한다'는 형태에서 벗어날 수 없다. 기도라는 행위에 존경심을 느끼면서도, 그 이면을 생각할 때면 인간의 깊디깊은 업보를 통감하지 않을 수 없다.

그렇다면 자신을 위해서가 아니라 다른 대의, 가령 세계평화를 위해서 기도한다면 더 수준이 높다고 말할 수 있을까. 어려운 문제다. 그런 기도는 탁상공론이 되기 쉽고 현실감도 없다.

시코쿠 순례라는 특수한 여행 속에서는 어느 정도 기도를 하지 않으면 안 될 것 같은 압박을 받게 된다. 그러나 나는 히와사의 야쿠오우지를 방문한 이후 자기 위주의 기도에서 해방되고 싶다는 소망을 품게 되었다. 시코쿠에 처음 온 것도 아니고 인생경험도 더 쌓였는데도 기도하는 방식이 옛날과 똑같다는 것은 발전이 없다는 의미가 아닌가 하는 생각이 들었던 것이다.

하지만 그리 생각은 해도, 그럼 무슨 기도를 해야 좋을지 알 수가 없었다. 의외로 골치 아픈 문제인 모양이었다.

그런 고민 속에서 나는 잠시 기도하는 것을 그만두었다. 혹시라도 내가 사찰에 와서 기도하지 않는다는 것을 눈치챈 사람이 있다면 분명 뭐 하러 순례길에 올랐는지 의아하게 생각했을 터다.

기도 없는 순례길을 계속하던 중, 36번째 사찰인 쇼류지靑龍寺에 도착했을 때였다. 우연히 어떤 사건에 맞닥뜨렸다.

타네마지種間寺에서 8킬로미터 정도 되는 길을 자전거로 달렸다. 쇼류지에 도착한 것은 오후 3시였다. 경내는 버스를 타고 온 단체 순례객으로 붐볐다. 사람들은 모두 본당을 향해 반야심경을 읊고 있었다. 그것이 끝나자 삼삼오오 흩어져서 휴식을 취하기 시작했다.

본당 앞에는 젊은 부부로 보이는 남녀가 아이를 데리고 서 있었다. 부부는 어린이용 소복을 입은 아이에게 뭔가 말하고 있는 중이었다. 아마 자식에게 기도하는 법을 가르치는 모양이었다. 왠지 흐뭇해지는 광경이라 가까이 다가갔다.

"이 집에는 말이지, 부처님이라는 아주아주 훌륭한 분이 계신단다. 이렇게 손을 모으고, 부처님께 '안녕하세요~'하고 인사해 보렴?"

어머니가 아이에게 질문하듯이 말했다. 아직 유치원에도 안 갈 듯한 여자아이였다.

어머니의 말을 들은 아이가 본당의 어둠 속을 열심히 쳐다보았다.

그런 옆얼굴을 바라보고 있자니 그 아이가 지금 무슨 생각을 하고 있는지 알 것 같은 기분이 들었다. 문득 이모가 세상을 떠난 무렵, 아직 어렸던 나의 모습이 그 아이의 얼굴에 겹쳐졌다.

이모는 폐렴을 앓다가 내가 네 살일 때 세상을 떠났다. 젊어서 요절하는 여성은 아름답고도 덧없는 분위기를 띤다는 말이 있다. 그래서 그랬는지 그녀의 얼굴은 하얗고 가느다란 것이 아름다웠다. 어딘가 다른 세상을 바라보고 있는 것처럼 몽롱한 눈빛이 언제나 먼 곳을 바라보고 있었다.

그녀의 장례식이 끝나고 며칠 지난 뒤였다. 자신을 항상 귀여워해

주던 이모가 보이지 않는다는 사실을 깨달은 어린 나는 그녀를 찾아 헤맸다. 그 모습을 본 어머니가 나를 불단 앞으로 데려갔다.

"이제부터 이모는 이곳에 있단다. 이렇게 두 손을 모으고 '이모, 안녕하세요'라고 말해 보렴."

이모가 있다고 어머니가 가리킨 곳은 불단이었다. 이제까지 부모님이 '하느님이 계신 곳'이라고 가르쳐 주었던 상자다.

그 상자 안을 말똥말똥 쳐다본 것은 그때가 처음이었다. 두 개의 양초 너머 암흑이 자리 잡고 있었다. 어둠 속에 금색으로 빛나는 작은 불상이 보였다. 어린 마음에도 그 부처가 환하게 빛나고 있는 것만 같은 신비한 기분이 들었다. 그래서 어머니의 가르침대로 두 손을 모으고 가만히 눈을 감았다.

본당 앞에 선 여자아이의 눈 속에 깃든 원인 모를 공포가 그 시절 내가 느꼈던 기분을 고스란히 되살려 냈다. 아이는 손을 모으더니 느닷없이 고개를 숙였다.

"그래, 참 잘했어. 똑똑하구나!"

어머니가 어린 딸을 칭찬했다.

그 순간 내 머릿속에서 무언가가 반짝였다.

이 아이의 무심한 기도를, 눈앞의 세계를 순수하게 받아들이는 기도를 과연 어느 어른의 기도가 당해 낼 수 있을까.

저 아이의 기도에 비하면 이익을 갈구하는 어른의 기도 따윈 그저

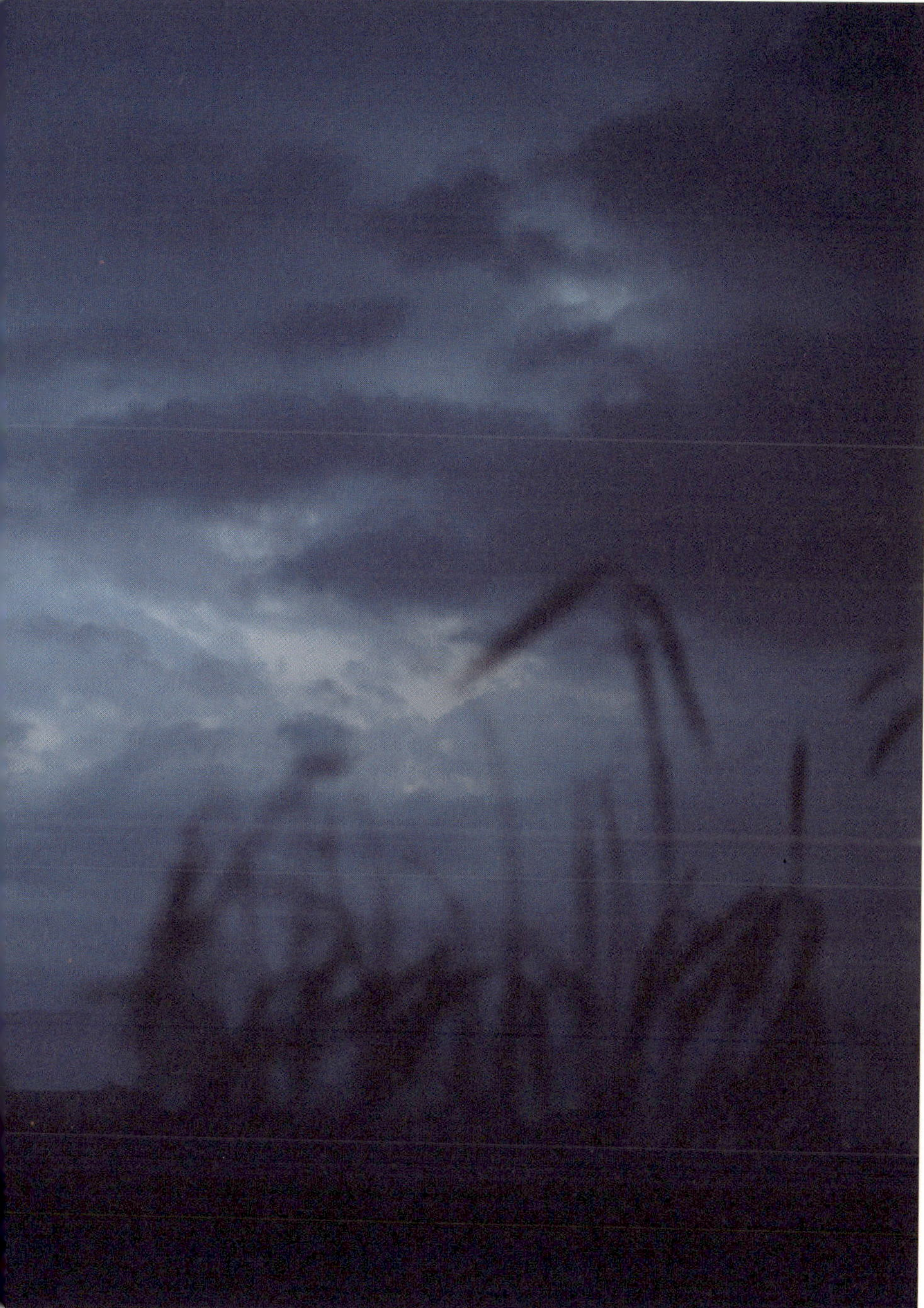

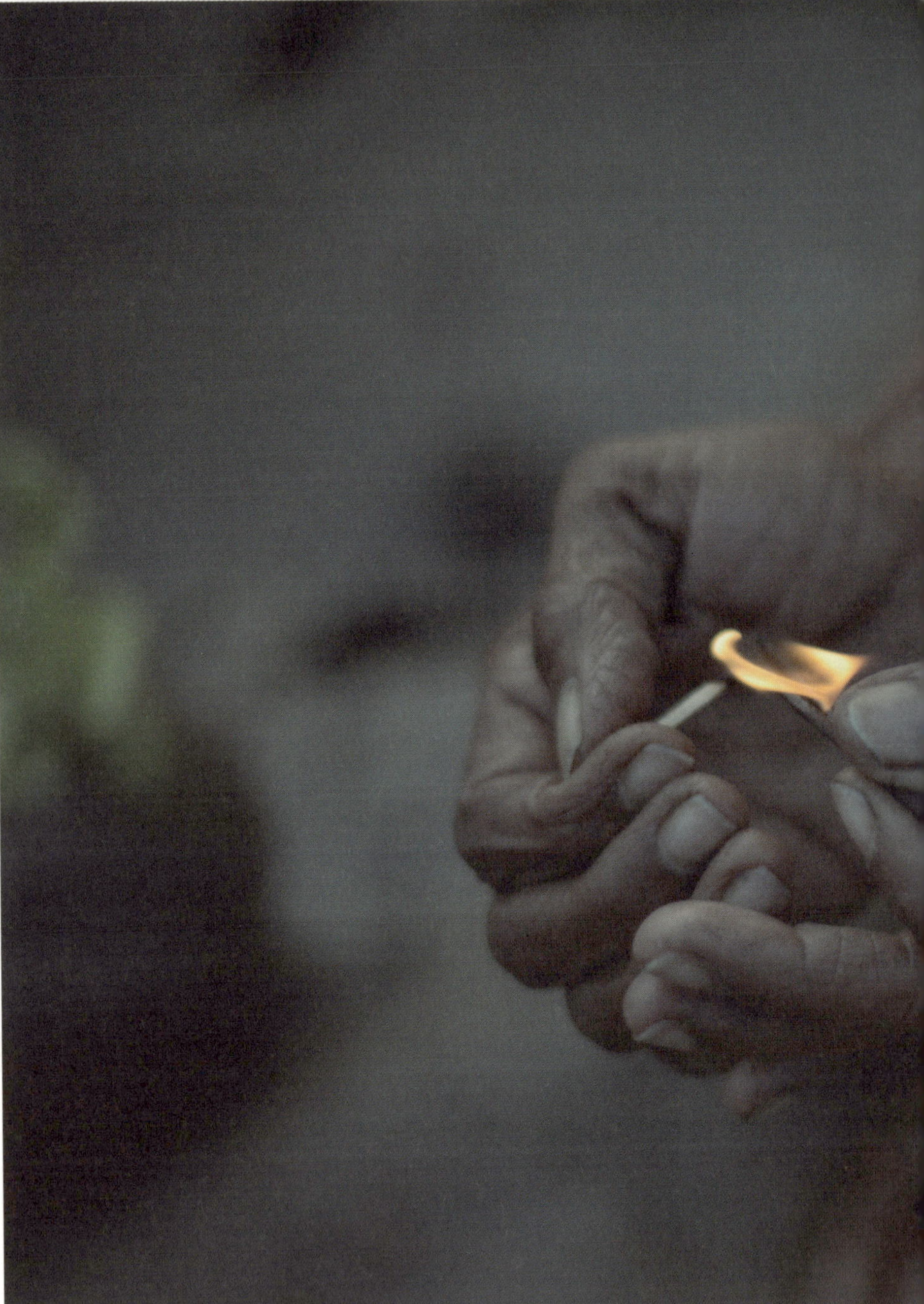

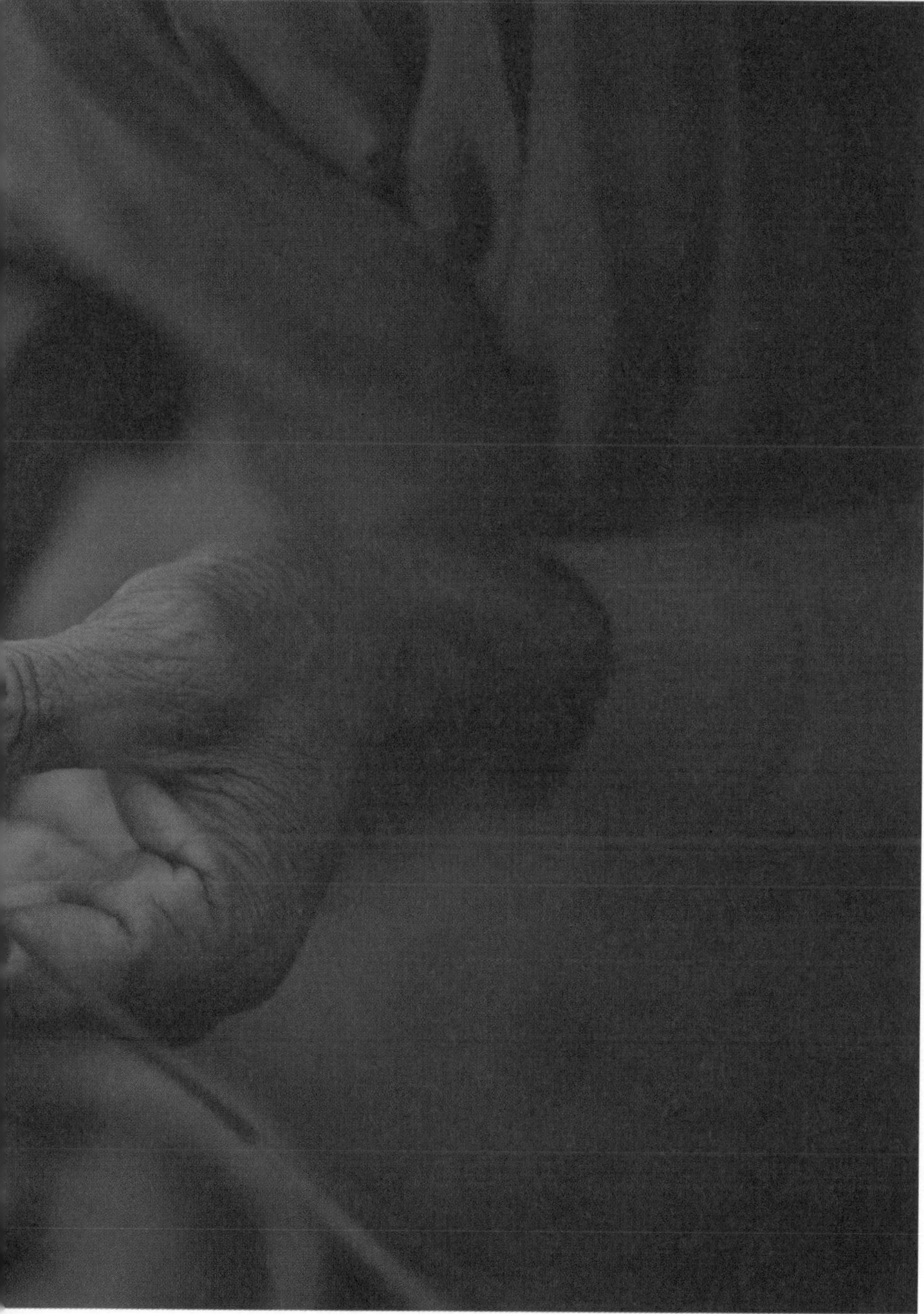

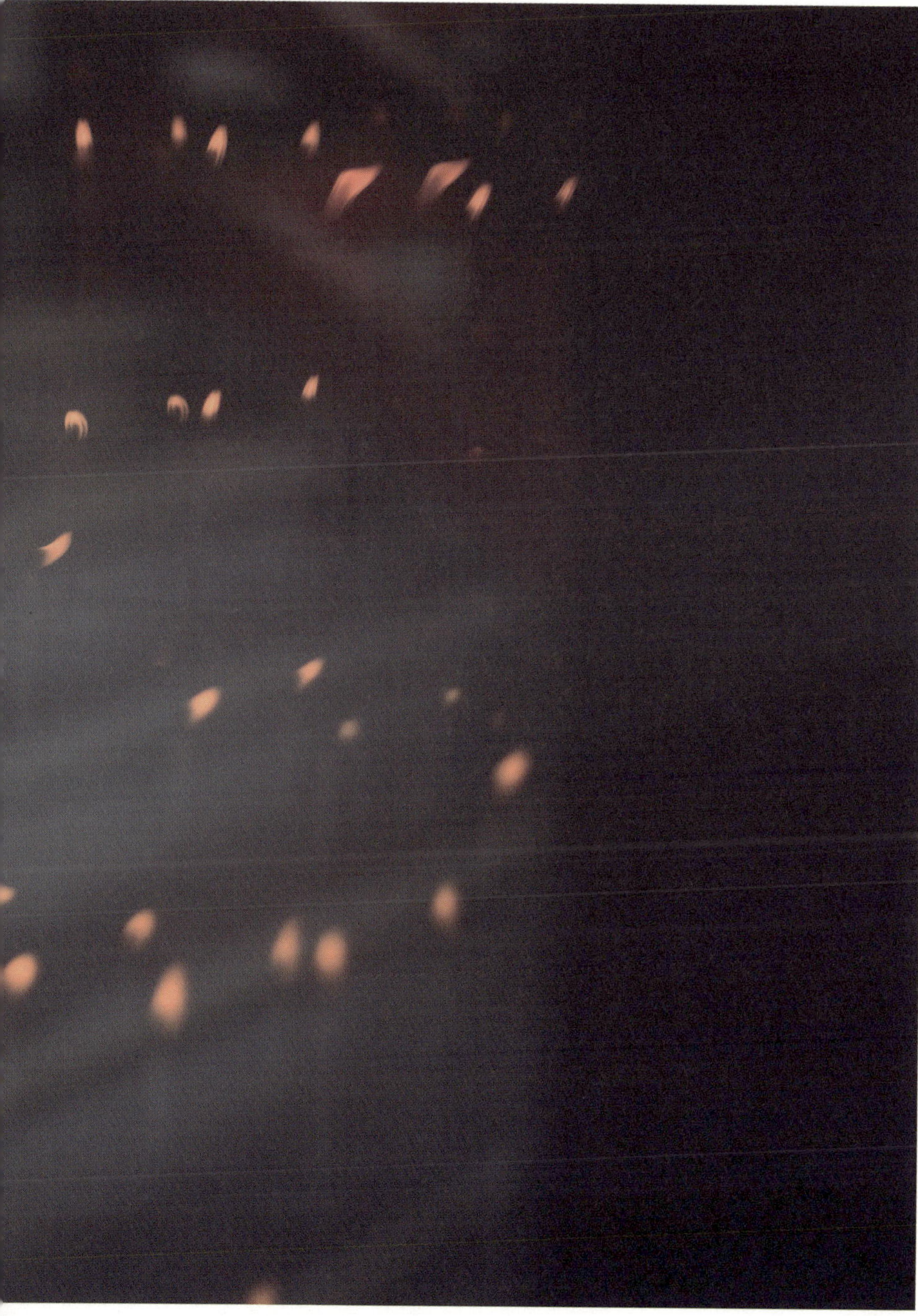

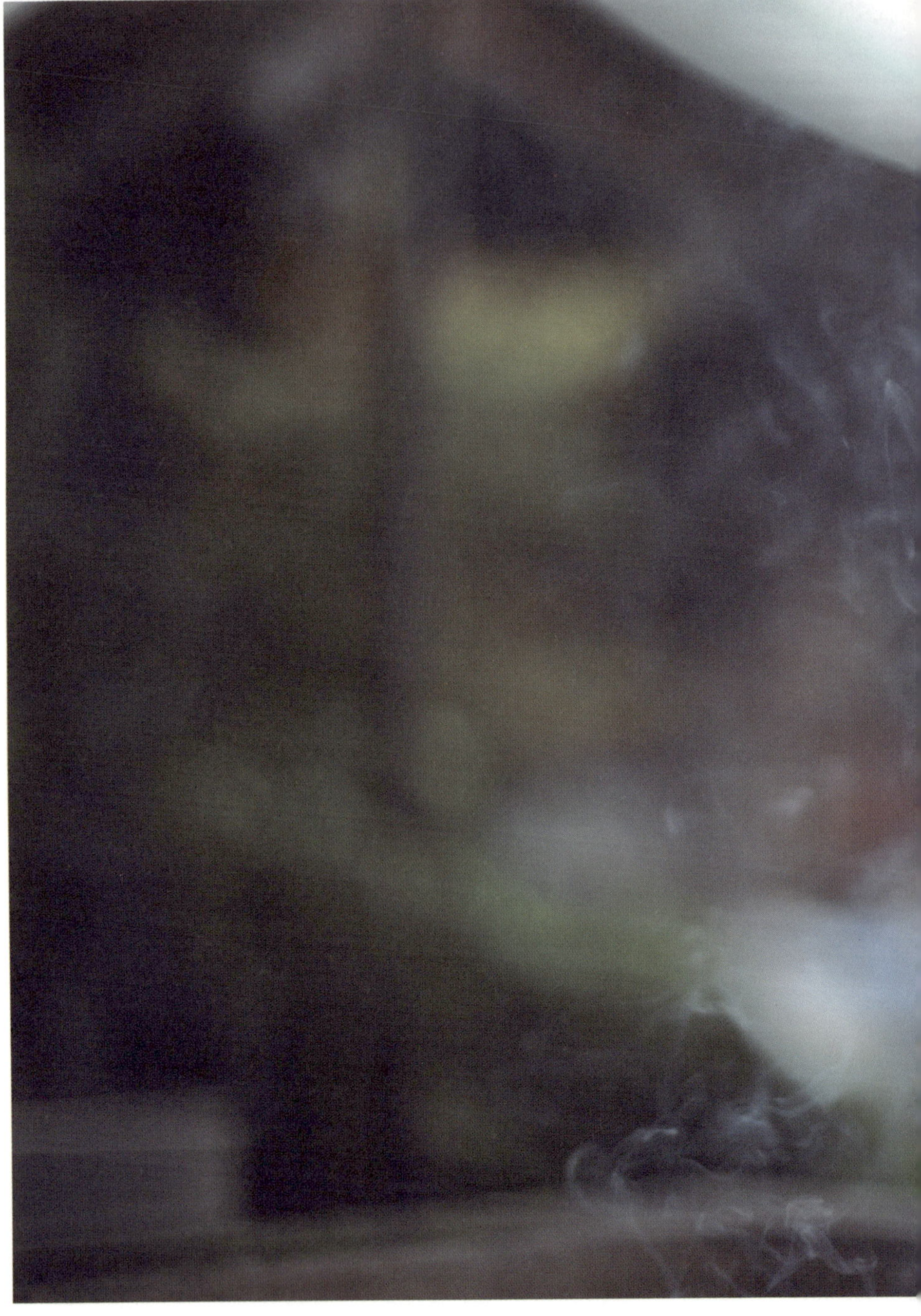

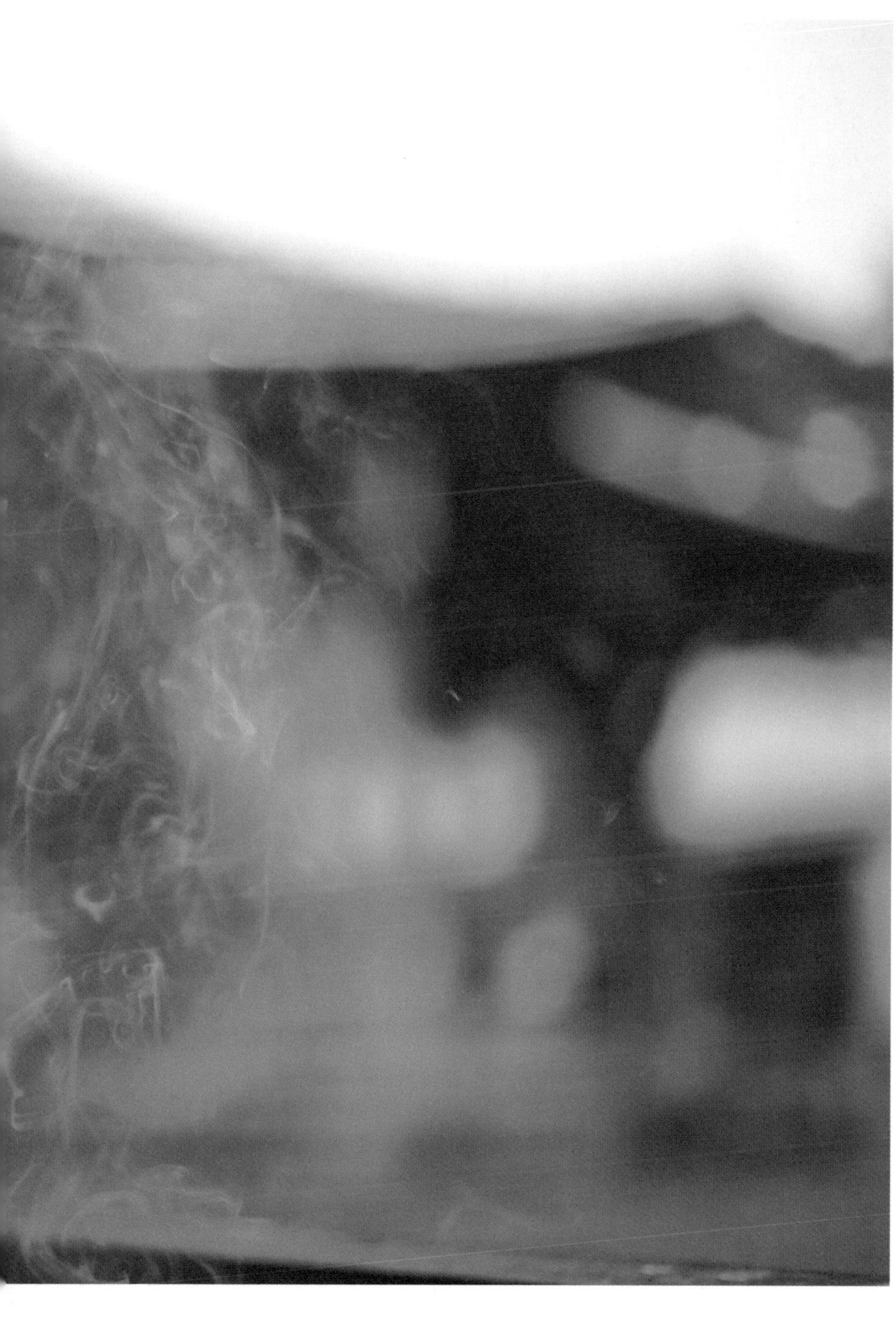

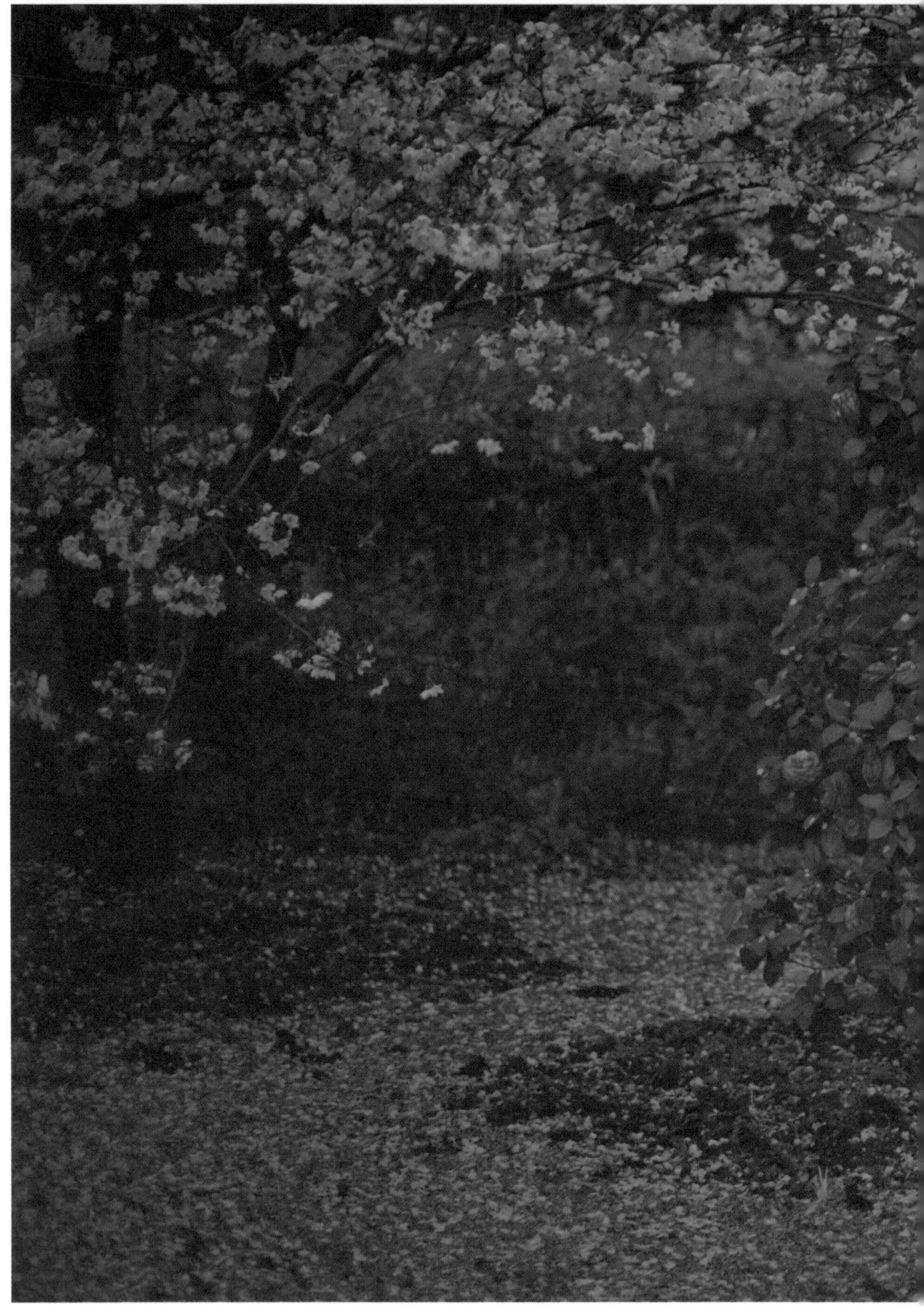

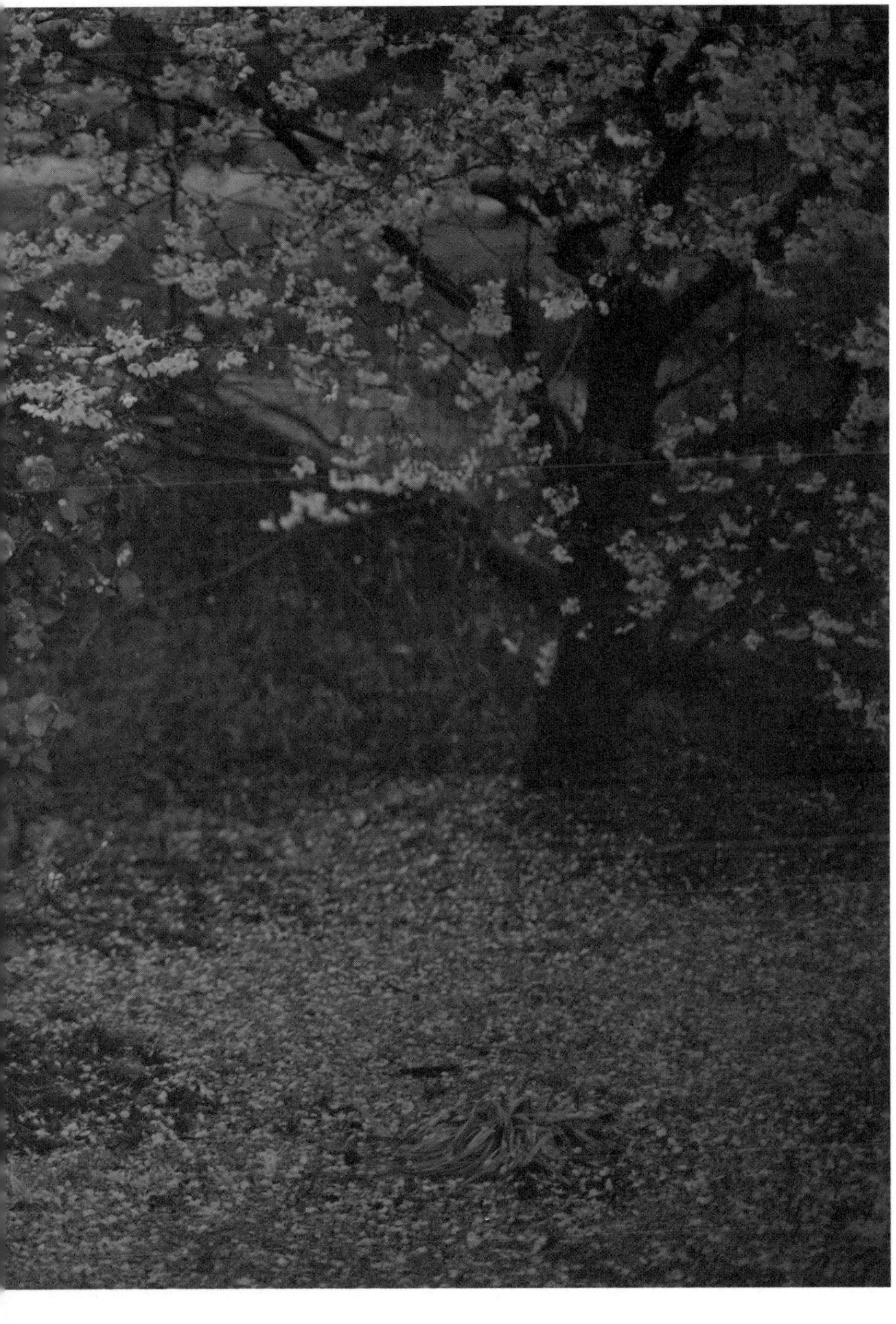

천박할 뿐이다.

 '기도'와 '소원'을 한 쌍으로 이해하는 기도 방식이 잘못되었다는 생각이 들었다. 그 아이의 모습이 내게 가르쳐 주었다. 아니, 그것은 한때 나 자신이 어린 시절 올렸던 기도의 모습이기도 하다.

 아무것도 바라지 않는다.
 그저 무심으로 손을 모을 뿐.

 이것이야말로 기도의 본모습이 아닌가 싶었다. 나는 이 깨달음을 마음속에 단단히 새긴 후, 다음 사찰에서 바로 실전에 들어갔다.
 상당히 어려운 일이었다. 마음을 모을 수가 없었다.
 사람은 손을 모을 때 소망으로 마음을 채운다. 그럼으로써 다른 잡념을 억누른다. 손을 모으는 짧은 시간, 단 십 초조차 마음을 비우기 힘들다. 소위 말하는 '미니 명상'이다. 아니, 오히려 제대로 명상하는 것보다 이쪽이 더 어렵지 않을까.
 명상은 장소와 마음을 가다듬은 후 몇 시간에 걸쳐 마음을 비우는 것이다. 그러나 여행 도중에는 대체로 난잡한 일상 속에서 기도하게 된다. 그 짧은 순간 동안 무심의 경지에 들어야만 한다. 만일 그게 가능한 사람이 있다면 명상의 달인이라 불러도 좋을 것이다. 나는 그런 기도의 달인이 되려면 아직도 한참 멀었다. 그저 장래를 기약하고 있다.

이렇듯 길을 잃고 헤매는 기도를 반복하다가, 다른 기도 방법이 있다는 것을 깨닫게 되었다.

기도란 일반적으로 자신보다 훨씬 위대한 대사나 여래를 향해 올리는 것이다. 그러면 자연히 주종 관계가 생겨난다. 그렇기에 자신을 도와 달라는 기도를 하게 되는 것이다. 그렇다면 그 관계를 뒤집어 보면 어떨까.

즉 기도를 받는 쪽이 아니라 하는 쪽의 위치가 더 우위에 있다면 어떻게 되겠느냐는 애기다. 그런 희한한 기도가 이 세상에 존재하겠느냐고 의아해할지도 모르겠다. 그러나 나는 그러한 기도가 존재한다는 사실을 우연히 알게 되었다.

여행 중에 사람이나 풍경, 그리고 거리에 피어 있는 꽃 등을 찍곤 했다. 그런 피사체들 속에서 길가 옆이나 묘 앞의 지장보살이 내 관심을 끌었다. 본디 무불의 세계에서 육도의 중생들을 교화하거나 구제하는 것이 지장보살이다. 그러나 세간에서는 죽은 사람을 위하여 지장보살상을 세운다. 또한 미즈코 쿠요(낙태 혹은 사산된 아이를 위한 제사 — 옮긴이)에서 지장보살이 사용되는 것으로 알 수 있듯, 어려서 죽은 아이들을 위해서 만들기도 한다.

길옆에 있는 지장보살은 사람과 자연의 합작으로서 의미를 가진다. 오랜 세월 밖에 세워져 있었던 탓에 풍화되고 자연과 일체화되어 독특한 조형미를 보인다. 어떤 것은 그대로 나무가 되어 버린 것처럼 보인다. 절의 목조 불상에 필적할 만큼 풍부한 표정을 갖고 있는 것도 있다. 그런 경탄스러운 걸작들이 알려지지 않은 채 풀이나 나무마냥 숨겨져 있다.

길을 걸으며 이 작은 불상들을 만날 때마다, 그것들의 얼굴이 사람의 표정만큼이나 다양하다는 사실을 깨닫게 된다. 개중에는 지장보살인데 불안과 공포를 띠우고 있는 것도 있다.

그런 비바람 속에 홀로 서 있는 키 작은 부처들을 보다 보니 문득 자신을 위해 기도해야겠다는 생각이 들었다. 이윤추구를 위한 기도와는 다른 감정이었다.

바다 같은 사람이 되고 싶다.

그런 마음을 담아 기도를 올렸다.

이 여행이 끝나면 다시 속세로 돌아가야 한다. 구원받을 여지가 전혀 없이 폭풍처럼 몰아치는 인간의 세상 속에서, 그 어떠한 불안과 황량함도 받아 낼 수 있는, 바다와 같은 자신이 되고 싶다.

길 위의 지장보살들은 그런 기도도 존재한다는 것을 내게 깨우쳐 주었다.

나는 그대로 기도하기 시작했다.

평안해지기

어머니의 입원 원인은 신장결석이었다.

벳부 칸나와에 계시는 어머니가 쓰러져서 입원했다는 소식을 들은 것은 막 봄꽃이 피어나려 할 무렵이었다. 나는 그날 아침 봄 특유의 노곤함 속에서 기묘한 꿈을 꾸었다.

나와 어머니는 본 적도 없는 낡은 집에 있었다. 어머니가 나에게 말했다.

"지금 밖에 나를 죽이러 오는 사람이 있어. 문을 전부 잠그고 전화 좀 해줘."

열린 문밖으로 낯선 비탈길이 보였다. 그 위에 모르는 남자가 서 있었다. 손에 칼을 들고 있었다. 겁에 질린 나는 문을 걸어 잠그고 전화기를 붙잡았다. 다이얼을 돌리는 형식의 옛날 전화기였다. 검지로 다이얼을 돌리려 했지만 잘 움직이지 않았다. 안달하고 있는데, 갑자기 또 모르는 여자가 하얀 옷을 입고서 나타났다.

"제가 전화할게요."

그렇게 말한 그녀가 다이얼을 대신 돌렸다.

그 순간 현실 속에서 전화가 울리기 시작했다. 꿈에서 깬 내가 수화기를 들었다. 여자 목소리가 들려왔다.

"후지와라 씨 댁인가요? 어머님의 상태가 좋지 않습니다. 되도록 빨리 이리로 와주시겠습니까?"

벳부 시내에 있는 병원의 간호사가 건 전화였다.

너무나 갑작스러운 소식을 들은 나는 꿈과 현실의 기묘한 연결조차 깨닫지 못한 채 서둘러 하네다 공항으로 향했다.

아무도 없는 이른 아침의 시바우라 거리를 빠른 걸음으로 지나갔다. 내 뒤에서 누군가가 지켜보고 있는 것 같은 느낌이 들어서 돌아보니, 서쪽 하늘에 당장이라도 사라질 것 같은 희미한 달이 떠 있었다. 왠지 처음으로 슬퍼졌다. 어머니가 돌아가시겠구나, 하는 생각이 들었다.

도쿄에서 벳부 병원에 도착했을 때는 이미 어머니의 상태가 꽤 악화된 후였다. 스파게티라는 별명의 의료용 튜브가 몇 가닥이고 몸에 박혀 있었던 것이다.

사흘째에는 의식이 몽롱해졌다. 그러나 정신이 들 때마다 격렬한 고통이 어머니를 덮치고 있다는 사실은 얼굴 표정으로 알 수 있었다.

고통스러워하는 육친의 모습을 보는 것은 괴롭다. 그러나 이 괴로움에서 도망쳐서는 안 된다고 생각했다. 그런다고 어머니의 고통이 줄어드는 건 아니지만, 그 고통을 직시하며 괴로워하는 것 자체가 아픔을 함께하는 행위라고 느꼈던 것 같다.

의학에 대해서는 아무것도 모르지만, 어머니가 회복하지 못할 것 같다는 사실은 짐작하고 있었다. 닷새째에는 그토록 격렬한 고통에 시달리는, 그러면서 조금씩 죽어 가는 어머니를 왜 억지로 살려 둬야만 하는지 모르겠다는 생각마저 하게 되었다.

의료행위는 많은 병을 낫게 하고 귀중한 생명을 구한다. 그러나 환자가 이미 죽음의 목전에 있는 상황에서 억지로 연명하게 만드는 것을 치료행위라고 부를 수 있을까? 더군다나 환자가 그로 인해 엄청난 고통을 받아야 한다면 연명 치료는 고통의 순간을 한없이 연장시키는 행위로밖에 보이지 않는다.

입원해 있는 한 병원의 시스템에 따라야만 한다면 차라리 어머니를 퇴원시켜서 집에 돌아갈까 생각했다. 즉 자연사를 의미한다.

그러나 여기서 불합리한 문제에 맞부딪쳤다. 어머니는 이미 의료행위에 속박당한 몸이었다. 어머니를 집에 모셔가려면 몸에 연결되어 있는 온갖 튜브를 빼야만 한다. 그러나 그로 인해 죽음이 찾아온다면, 살인죄로 고발될 가능성이 있었다.

어머니는 요독증을 앓고 있었다. 요독증이란 신장이 제기능을 못하는 탓에 소변으로 배출되어야 할 성분이 핏속에 스며들어 발생하는 중독현상을 가리킨다.

요독증이 나타나기 전부터 어머니가 죽음을 면하기는 어렵다는 것을 짐작하고 있었다. 그러나 그것은 의학에 대해선 아무것도 모르는 사람의 감에 지나지 않았다. 치료를 중단해 달라고 의사에게 요청하기에는 근거도 설득력도 없었다.

이러한 경우, 환자의 가족이 확실한 태도를 정하지 못한 채 자신의 역할을 잃고 그저 의사 얼굴만 바라보게 되는 이유가 여기에 있다.

짐작이지만, 생명의 종말을 앞에 두고 육체적 고통에 시달리는 환자를 지켜봐야 하는 가족들 중 상당수가 안락사를 바랄 것이라 생각한다. 그러나 의사에 대항할 설득자료가 없다는 이유로 아무 말도 하지 못한다. 의사 또한 결단할 동기도 부족한 상황에서 법으로 금지되어 있다는 현실에 부딪혀 있다. 서로 그렇게 움츠러든 채 상황은 한없이 지연되고, 환자는 아주 충분히 고통을 맛본 끝에 겨우 죽음에 도달한다. 이것이 종말 앞에 서 있는 환자들이 병실에서 겪고 있는 일상의 실체가 아닌가 생각한다.

나는 어머니가 요독증을 앓고 있다는 말에서 의사를 설득할 재료와 동기를 찾아냈다. 단순한 논리다. 링거 주사가 계속 어머니의 몸속으로 약을 주입하고 있다. 그러나 요독증을 일으킨 어머니에게는 소변을 배출할 힘이 없다. 그대로 어머니의 몸에 수분이 쌓이면 배가 풍선처럼 부풀어 오를 것이다.

이것은 아무리 생각해도 그냥 고문일 뿐이다. 어머니는 몸속에 부어 넣은 물에 빠져 죽게 될 것이다.

그날 밤 당직 의사가 있는 사무실로 찾아갔다. 직접 담판을 지을 작정이었다.

우선 현 상태에 대해 물었다. 의사가 전문적인 설명을 해주었지만 허무했다. 그가 돌려 말하면 돌려 말할수록 더욱 허무해졌다. 나는 말을 잘랐다.

"의학 지식은 없습니다만, 치료방식에 근본적인 모순이 있다는 건 알겠습니다. 어머니에겐 계속 액체가 주입되고 있습니다. 그러나 그 액체를 내보낼 능력은 없습니다. 이건 누가 보더라도 명확한 물리적 모순입니다. 그 모순이 어머니에게 또 다른 고통을 안겨 주고 있습니다. 결국 어머니는 고통 속에서 돌아가시게 되겠지요. 선생님께서 이 물리적 모순을 끊어 주셨으면 합니다. 제가 책임지겠습니다."

요약하면, 어머니의 몸에서 튜브를 빼달라고 의사에게 몰래 요청한 것이다. 그것은 어머니의 안락사를 의미한다.

의사는 내가 내세운 비전문가적인 판단을 반박하지 않고 침묵했다. 내 논리가 너무도 단순했던 탓이다.

나는 바로 사무실을 등졌다. 계단을 올라가며 시계를 보니 오전 4시였다.

병실로 돌아가니 어머니의 배가 한 시간 전보다 부풀어 있었다. 얼굴도 부어오른 듯했다. 이대로 계속 물을 주입할 작정이라면 내 손으로 튜브를 빼버릴 작정이었다.

밤이 하얗게 밝아 오기 시작했을 무렵이었다.

병실 문이 요란하게 열렸다.

의사가 아래층 당직실에서 올라온 것이다.

중년 의사는 오랫동안 생각했던 듯 얼굴이 붉어져 있었다.

주변의 가족들에게는 한마디 말도 없이 어머니의 몸에서 튜브를 차례차례 뽑아낸 의사는 순간 내게 시선을 던졌다. 그러나 아무 말 없이 눈 깜짝할 사이에 병실을 나갔다.

아마도 의사는 내가 당직실로 찾아간 이후 계속 고민했을 것이다. 그리고 결단을 내렸다.

나는 의사의 등을 바라보며 감사의 시선을 보냈다.

그 후, 튜브를 제거한 어머니의 몸은 액체를 내보내지도 못하는데 신기하게 가라앉았다. 동시에 얼굴에서 고통스러운 기색도 사라졌다.

다음 날 어머니는 돌아가셨다.

그녀의 얼굴은 평안했다.

낡은 시계

내 고향은 모지코우지만 가족은 이미 그곳을 떠난 지 오래다. 그래도 한 해에 몇 번은 모지코우를 찾곤 한다. 귀향길에 오를 때마다 자주 들리는 곳이 야마구치 현 해안이다.

토요우라(현재는 시모노세키)의 중심 촌락은 돌아가신 어머니가 살던 곳이며, 내가 한 살 때 피난 갔던 곳이기도 하다. 신기하게도 그 한 살 때 봤던 해안선의 모습은 부분적이긴 해도 또렷이 기억난다. 그러나 그 외의 광경은 하나도 없는 불완전한 기억이다. 기억나지 않는 풍경의 공백이 신경 쓰이기 시작한 것은 마흔을 넘긴 뒤부터였다. 그 무렵부터 고향인 모지코우에 돌아갈 때마다 기억의 공백을 메꾸려는 것처럼 야마구치 현의 해안을 찾게 되었다.

이것은 타자와 공유할 수 없는, 오로지 내 기억의 공백을 메우기 위한 개인적인 여행이다. 그래서인지 발을 옮길 때마다 원초의 자신으로 돌아가는 것 같은 기분을 맛보곤 한다.

목적지로 가는 교통편도 계속 변하기 때문에 질릴 일이 없다.

모지코우에 집이 없는 탓에 호텔이나 여관에 묵고, 아침식사 후에 부둣가로 가서 연락선을 탄다.

모지코우에 살았던 무렵, 증기선처럼 운치 있게 생긴 연락선을 타면 항구 맞은편 마을 언덕의 카라토까지 가는 데 삼십 분이 걸렸다. 느긋하게 움직이는 배를 타고 카라토에 도착하면 삼십 분 동안 작은 여행을 경험한 것 같은 기분이 들곤 했다. 지금은 소요시간이 5분밖에 걸리지 않는 작은 페리가 빈번히 왕복하고 있다. 그래도 바다를 건너면서 여행이 시작된다고 생각하면 왠지 별세계로 들어가는 것 같아 들뜨게 된다.

카라토에 도착하면 선착장 가까이에 있는 버스 정류장에서 시모노세키행을 탄다. 7~8분밖에 걸리지 않는다. 시모노세키역에서 산인혼센을 타면 겨우 목적지가 가까워졌다는 실감이 난다. 무려 본선인 주제에 촌스러운 느낌이 물씬 나는 시모노세키발 열차에는 현지 사람들이 잔뜩 타고 있다. 연락선, 버스, 열차 등 종류별로 바꿔 타야 하는 이 작은 여행은 질릴 틈이 없다.

한 달 전쯤 산인본센의 요시미라는 역에 갔다. 거기서 히비키나다에 인접한 작은 어촌 요시모를 방문했다. 어릴 적 어머니의 입에서 '요시모'라는 지명을 몇 번이나 들었던 기억이 있다. 어머니 생전에는 그 요시모라는 곳과 무슨 관계가 있는지 여쭤 보는 것을 잊어버렸지만, 지도를 펼쳐 보자 '요시모'라는 지명이 떡하니 눈에 띄었다.

요시모에는 꽤 깊은 내력이 있다. 옛날에는 미기와 마을이라고 불렸단다. 진구 황후전설에 따르면, 황후가 원정에서 승리하여 이 땅으로 돌아왔을 때 해안선의 해초를 모아서 문을 만든 후 무사히 오진 천황을 출산했다고 한다. 이때 '해초를 모으다(요세소)'는 말이 점점 바뀌어 '요시모'라는 지명이 탄생했다는 이야기가 있다.

이름은 본질을 나타낸다는 말이 있다. 나는 종종 지명의 느낌에 이끌려 그곳을 찾아갔다가 해당 지명과 연관되는 사건이나 장소를 마주하곤 했다. 요시모라는 지명은 왠지 알 수 없는 기대감을 품게 하는 구석이 있었다.

시모노세키 역에서 다섯 번째인 요시모 역에 내리자 우거진 수풀 위로 초여름 같은 햇살이 쏟아져 내렸다. 역 앞 광장에는 영춘화가 눈에 띄지 않는 곳에 숨어서 노랗게 빛나고 있었다.

요시모로 가는 버스 정류장에서 배차시간을 알아보니 한 시간에 한 대가 다닌다고 했다. 아직 시간이 꽤 남아 있었기에 근처를 돌아보았다. 가게에 들어가 어묵을 샀다. 비닐을 벗기면서 걸어가 보니 국도인데도 요새 유행하는 드라이브 인이나 패스트푸드 가게 하나 보이지 않았다. 역 앞과 마찬가지로 사람이 없다. 가끔 트럭이 바람을 일으키며 지나갈 뿐이었다. 국도 양옆으로 늘어선 집 처마에서 일광욕을 즐기고 있는 암컷 고양이를, 수컷고양이 한 마리가 호시탐탐 노리고 있는 풍경이 웃음을 자아냈다. 고양이들 사이로 간판도 없는 낡은 쇼윈도우가 보였다. 그곳에는 자명종 시계 몇 개가 햇살을 직접 받으며 놓여 있었다.

길을 건넌 나는 유리창 너머로 안쪽을 들여다보았다. 어슴푸레한 가게 안은 그 자체가 골동품인 것처럼 낡아 있었다. 도저히 영업 중이라곤 생각할 수 없었다. 그러나 눈이 어둠에 익숙해지자, 텅텅 빈 진열케이스에 자명종이나 손목시계가 놓여 있는 것이 보였다. 그 중 빨간 플라스틱 시계가 맘에 들었다. 너무 오래된 것이라 과연 움직일지 의심되긴 했지만, 마침 친구네 아이가 자명종을 갖고 싶어 했다는 사실이 떠올랐다.

버스가 오려면 아직 15분이나 남았음을 확인한 후 유리문의 손잡이를 쥐었다. 발을 안쪽으로 옮기자, 몇 년이고 열지 않은 낡은 옷장 같은 냄새가 났다. 동시에 시간의 흐름을 새기는 시계 소리가 들려왔다. 소리 나는 쪽을 바라보니 가게 벽에 커다란 기둥시계가 서 있었다. 두꺼운 금색의 추가 천천히 좌우로 흔들린다. 요시미 역에 온 이후 처음으로 시간이 움직이기 시작한 것 같은 기분이 들었다.

예의 빨간 자명종은 움직이고 있지 않았다. 그 플라스틱의 색깔이나 상태, 디자인을 보건대 적어도 이십 년은 된 것 같았다. 여기가 골동품 가게가 아닌 이상, 이 시계는 이십 년 동안 아무에게도 팔리지 않고 오도카니 여기에 앉아 있었다는 얘기다.

그런 일이 있을 수가 있나 싶어서 케이스를 들여다보고 있는데 인기척이 났다. 예순 정도 되어 보이는 노파가 어두운 가게 안에서 나타났다. 그러더니 약간 놀란 것처럼 내 얼굴을 바라보았다. 아마도 무척 오랜만에 보는 손님인 모양이었다.

"…이 시계, 아직 움직이나요?"

노파의 갑작스러운 등장에 인사도 잊은 나는 그렇게 물었다.

"글쎄요…."

노파는 무척 미안하다는 듯이 고개를 멋쩍게 움직이며 시계를 바라보았다. 태엽을 감아 보려 하지도 않았다.

"무척 오래된 시계네요."

"요시하루가 초등학교에 들어갔을 무렵부터 계속 있었으니까요."

"요시하루요?"

"손자예요. 대학을 졸업하고 오사카에 취직했어요. 곧 결혼할 거예요."

"그렇다면 곧 증손주도 보시겠군요."

"아이구, 그때까지 살아나 있을까요."

화제가 점점 시계에서 멀어지고 있었다. 버스 시간이 신경 쓰이기 시작했다.

"이 시계 움직일까요?"

이야기를 되돌리려 했지만, 노파는 또다시 '글쎄요'라고 말하며 멋쩍은 듯 서 있을 뿐이었다. 그때 목소리를 들은 것인지, 안쪽에서 또 다른 노인이 나타났다. 볼에 성긴 수염이 보일 만큼 털이 많은 노인이었다. 아무래도 이 가게의 주인인 모양이었다. 처음 만나는 사이인데도 잘 아는 사람을 만난 것처럼 만면에 미소를 띠고 있었다.

"여행하십니까? 여긴 그다지 볼 게 없을 텐데…. 젊은 분에게는 따분할 겁니다."

"아니, 전 벌써 쉰여덟인데요. 젊지 않아요."

"쉰여덟이오? 젊구만요. 인생은 지금부터입니다. 전 이제 아흔일곱이라구요. 저승사자가 부르러 와도 이상할 게 없습니다. 그때가 오면 저 기둥시계를 관으로 써달라고 아내에게 부탁해 놨습죠, 핫핫핫."

"기둥시계 관이라구요? 그거 재밌는데요."

"그쵸? 운치를 아시는 분이군요. 아내는 그런 짓을 하면 창피해서 어떻게 친척들을 보냐고 하더라구요. 하지만 이 시계는 당신보다 더 오랫동안 나랑 있었으니까 부끄럽다는 소릴 하면 벌받을 거라고 해 줬죠."

조바심이 났다.

기둥시계를 보니 버스 시간까지 육칠 분밖에 남지 않았다. 나는 이야기를 끊고서 케이스 안의 시계를 가리켰다.

"이건 파는 물건인가요?"

"뭐 살 사람이 있다면 못 팔 것도 없죠."

주인은 태평하게 말했다.

"이십 년도 더 된 거니까 고장 나도 부품은 못 구하지만요."

"장식품이라고 생각하면 안 움직여도 상관은 없겠죠. 이거 얼마인가요?"

딱 자르며 물었지만, 노부부는 그저 웃어 보일 뿐이었다.

버스가 올 때까지 5분 남았다.

"이천 엔이면 어떻습니까?"

손님인 내가 먼저 가격을 제시했다.

노부부는 아무 말 없이 웃고만 있었다. 너무 싸게 불렀나 생각하고 있는데 부인이 어려운 얘기를 꺼내는 것처럼 '그럼 천오백 엔으로 할까요?'라고 말했다. 아니 그건 너무 미안하다며 이천 엔과 천오백 엔으로 옥신각신하는 희한한 홍정이 벌어졌다. 그러는 동안에도 시간은 계속 흐르고 있었다.

결국 내가 항복했고 천오백 엔으로 결정 났다.

"죄송합니다. 이런 걸 돈 받고…."

그렇게 말한 부인이 정성스럽게 시계를 포장하려 했지만, 마음이 급했던 나는 그 시계를 손에 들고 있던 비닐봉지에 넣고서 인사한 후 가게를 나왔다.

아슬아슬하게 요시모로 가는 버스를 탔다. 달리기 시작하자 곧 국도에서 벗어났고, 창밖으로 한가로운 시골 풍경이 펼쳐졌다. 그 가운데에 홀연히 한 채의 매입주택이 나타났다. 전원 풍경 중앙에 뜬금없고 무미건조하게 들어앉은 집을 보자 왠지 조금 전 있었던 사건이 아주 먼 옛날 일인 것처럼 느껴졌다. 세상에서 잊힌 것 같던 그 노부부의 시간과 현실의 시간이 도저히 겹쳐지질 않았다. 나는 비닐봉지 속으로 손을 넣어 작고 빨간 자명종을 만져 보았다. 확실한 시계의 감촉이 느껴졌다. 시계를 어루만지면서 문득 이 자명종이 사라진 진열 케이스의 모습을 상상했다.

노부부가 시계를 꺼낸 순간, 시계 하나가 없어진 것뿐인데 진열 케이스의 모습이 이라도 빠진 것처럼 쓸쓸해 보였다. 왠지 어렴풋한 죄책감이 느껴져서 잠깐 망설였다. 갑자기 뛰어 들어온 여행자의 작은 욕심이, 노부부가 오랜 세월 물들여 온 집의 풍경을 바꾸어 놓았다. 그러나 임박한 버스 시간 때문에 찬찬히 생각하고 있을 겨를이 없었다.

버스는 이십 분 정도 달려서 요시모의 시내로 들어섰다.

승객은 네다섯 명 정도였다. 시내로 들어가기 바로 직전에 나오는 정류장에서 내 앞에 앉아 있던 단정한 옆얼굴의 중년 여성이 내렸다. 시계를 볼 때의 기분과 같은 느낌이 나를 사로잡았다. 여성의 얼굴에서 해당 지역의 분위기가 배어 나오는 법이라고 항상 생각했는데, 그 여성의 옆얼굴을 본 순간 요시모에 기대를 갖게 되었다.

갑자기 창밖으로 파란 바다가 펼쳐졌다.

버스에서 내려서 바다에 인접한 길을 걸어 해변으로 갔다.

해변에 북쪽 곶에서부터 남쪽 곶을 향해 완만한 커브를 그리고 있었고, 단아한 강줄기가 바다로 흘러갔다. 고요한 바다 위로 오후의 햇빛이 수면 위에서 반사되어 눈이 부시다.

해변에 앉아 모래를 떠냈다.

결이 곱고 하얀 모래였다.

모래를 만지고 있자니 문득 그 여성의 옆얼굴이 떠올랐다.

그녀의 얼굴선이 천천히 어머니의 얼굴과 겹쳐진다.

비닐봉지 속에서 자명종을 꺼냈다.

태엽을 감자 고전적인 째깍째깍 소리가 났다. '시간'이라는 이름의 곡을 연주하는 것만 같았다.

나는 자명종을 눈부신 바다 위에 얹으며 초침의 작은 춤을 바라보았다.

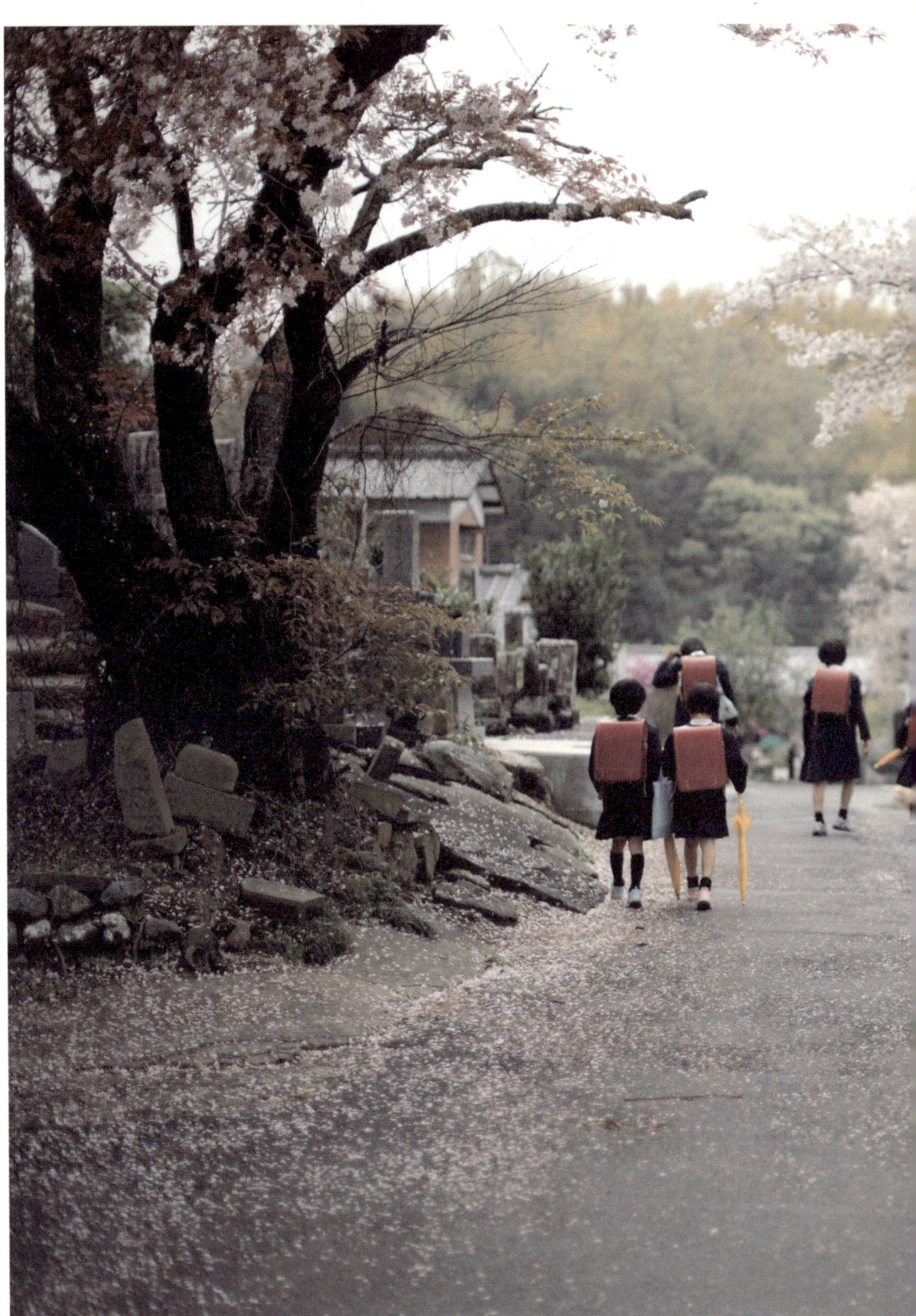

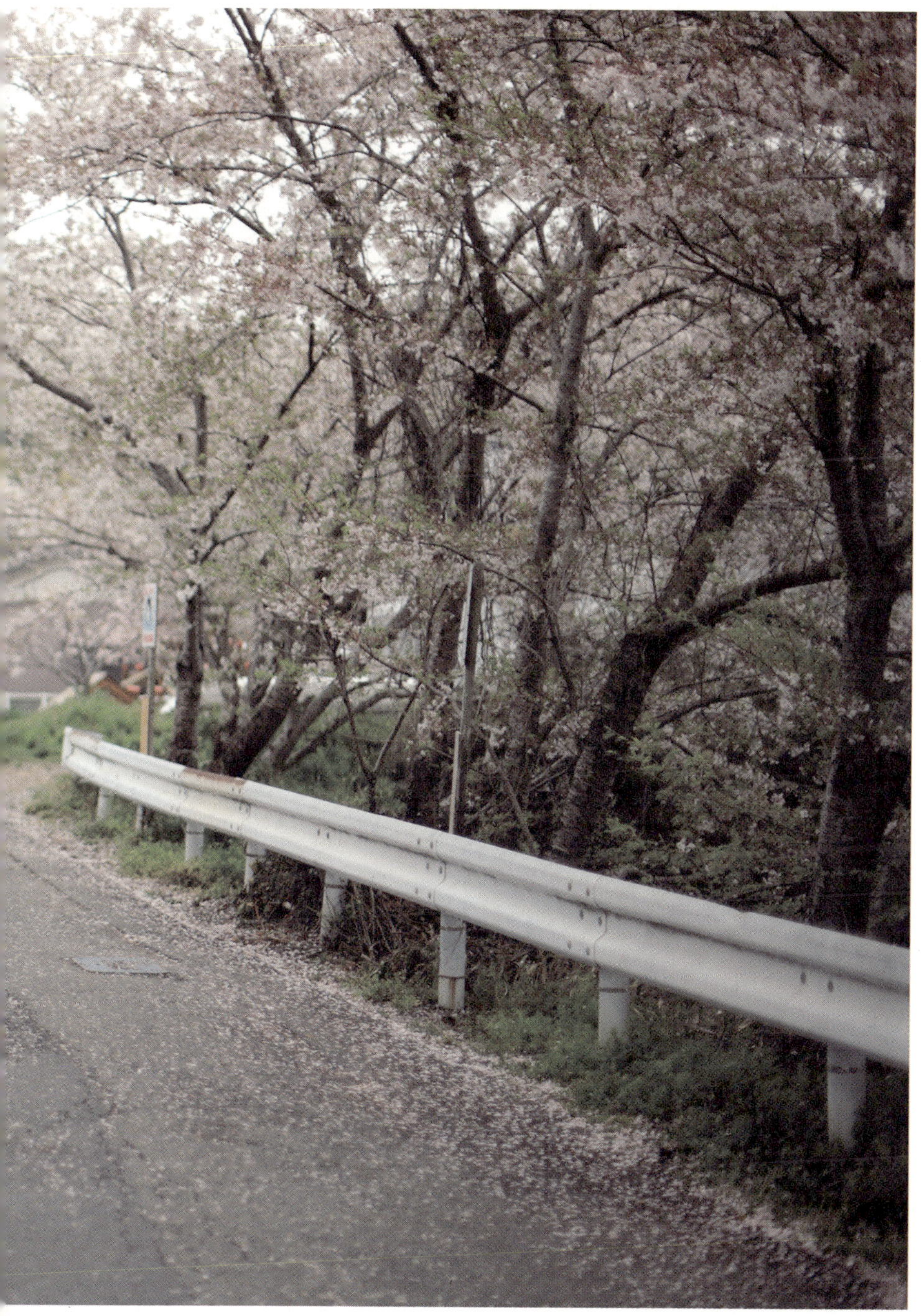

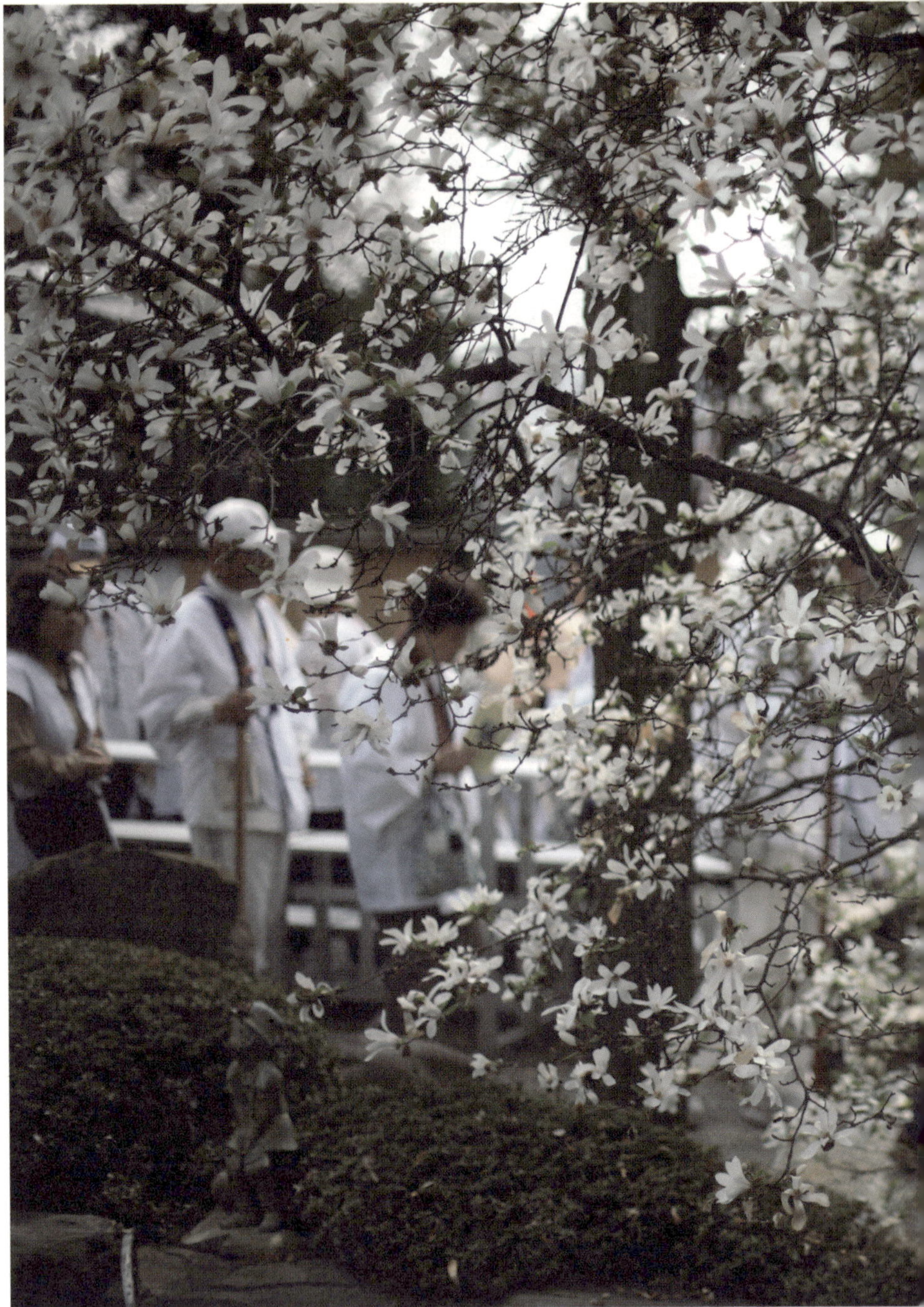

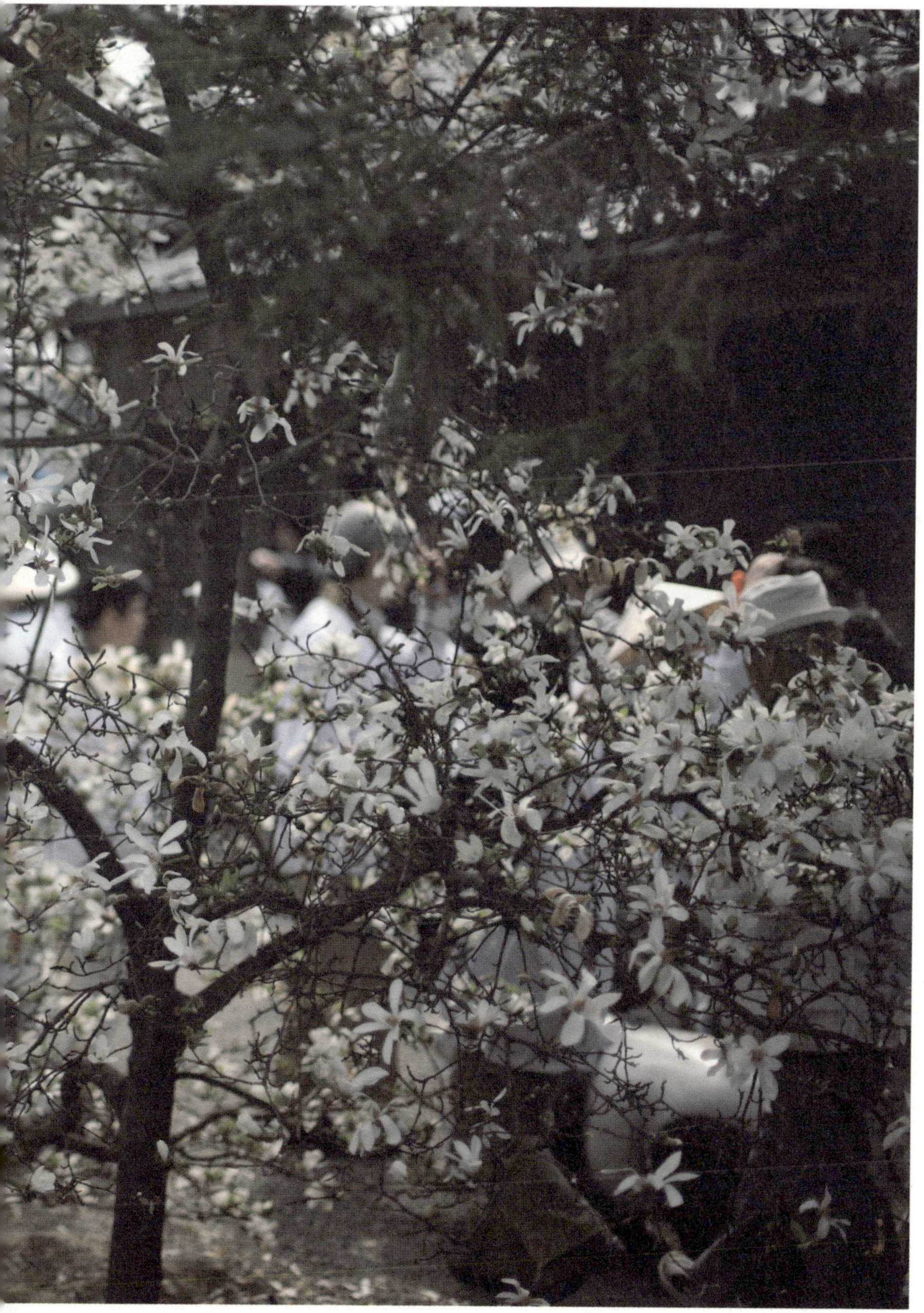

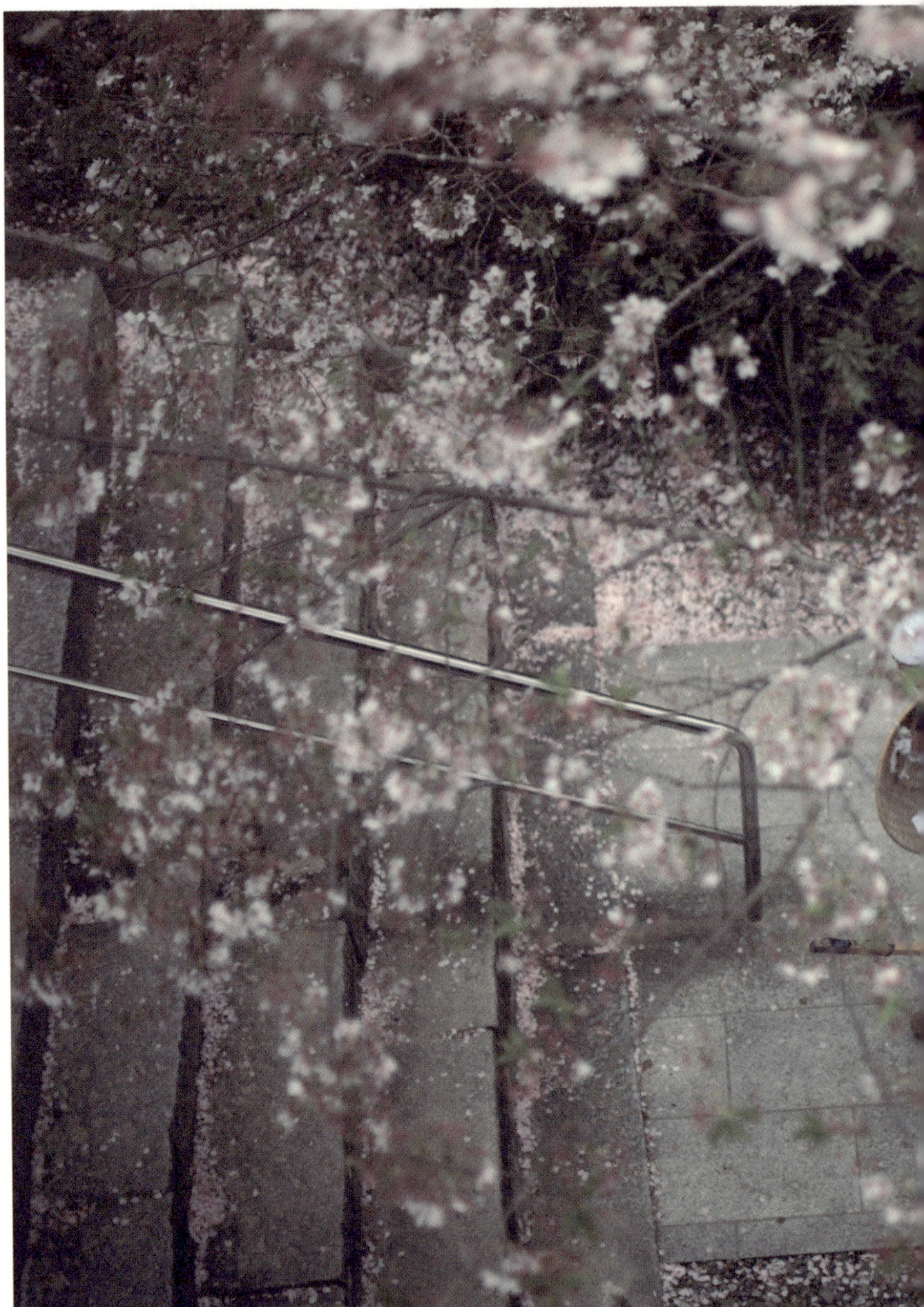

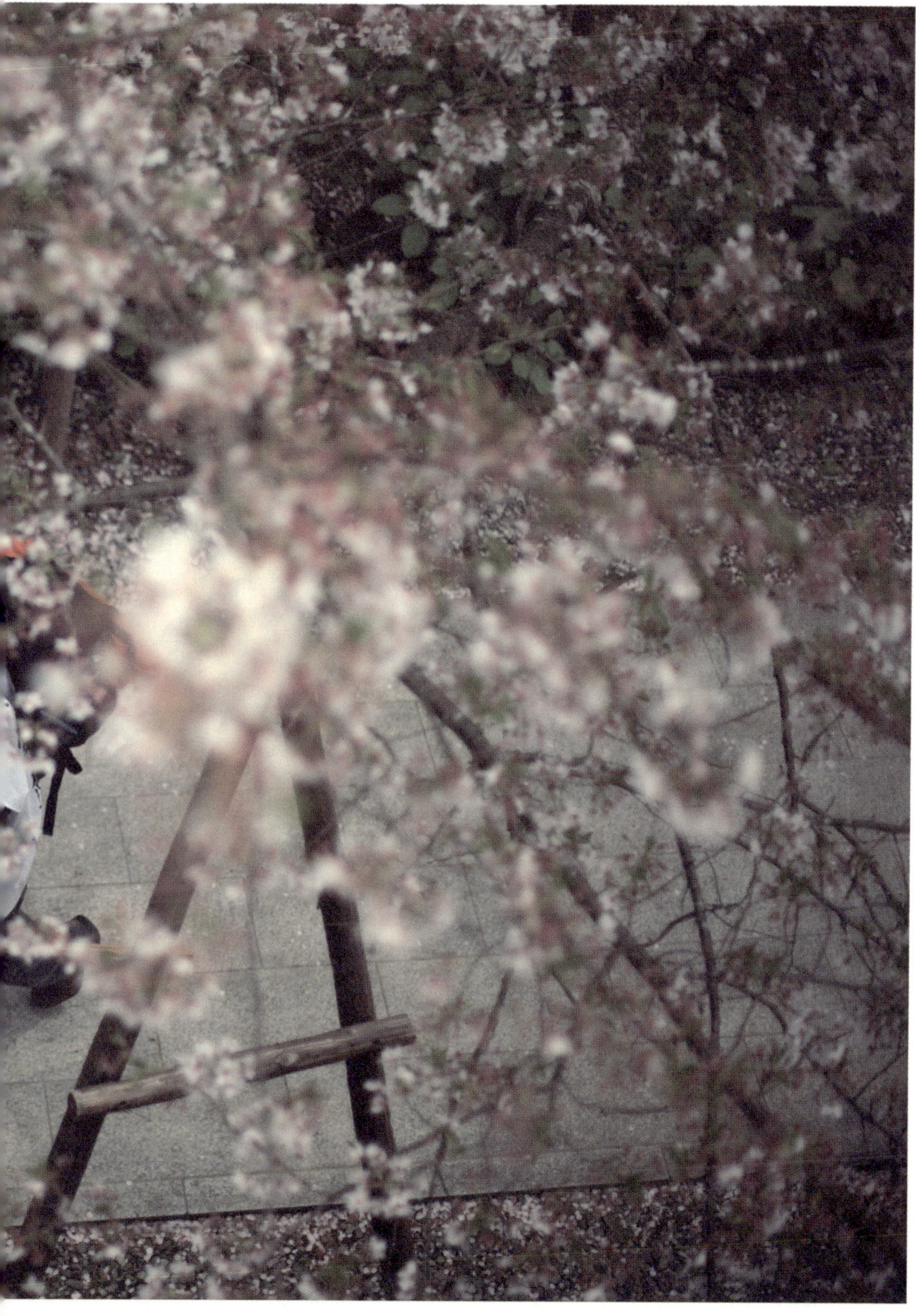

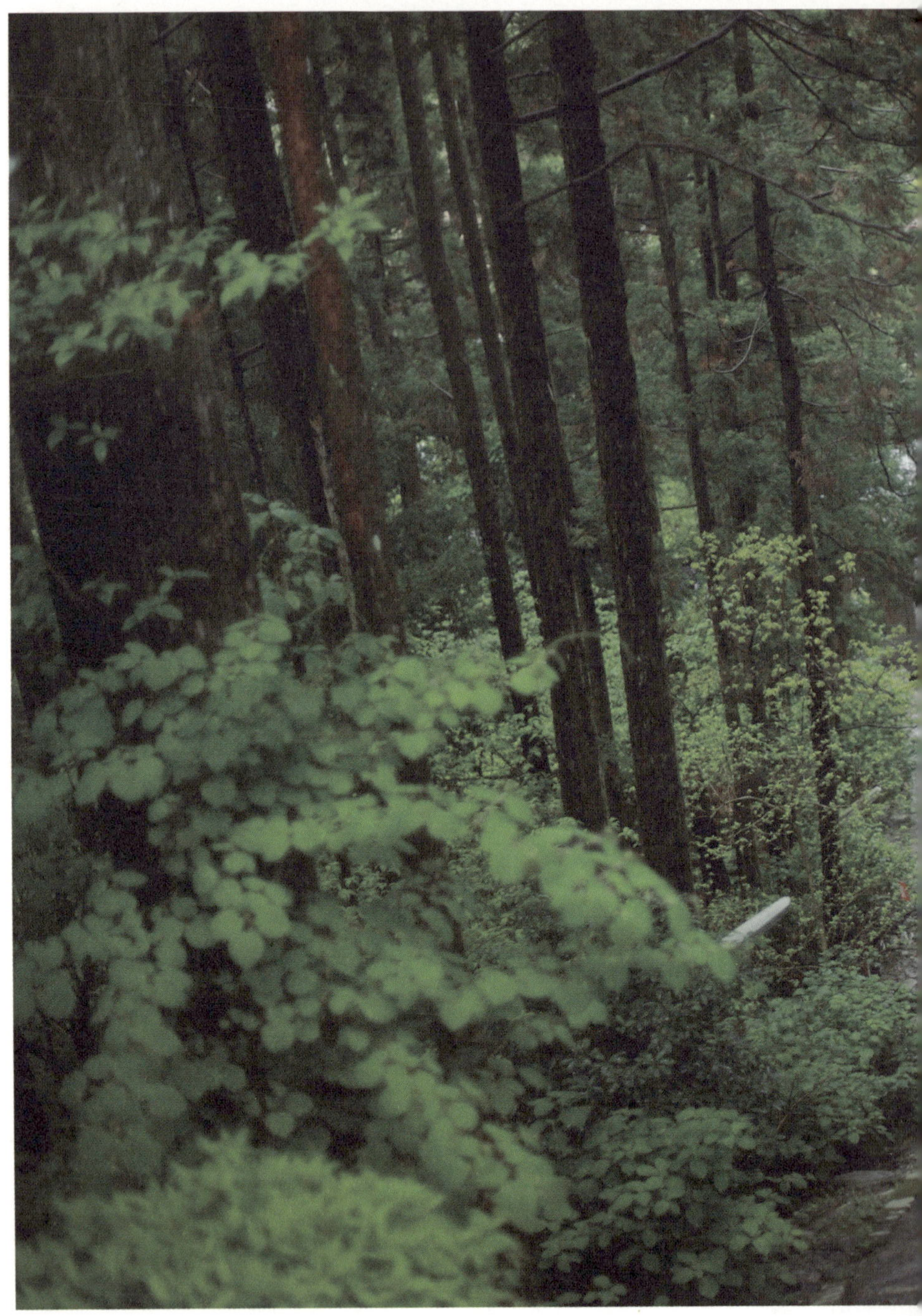

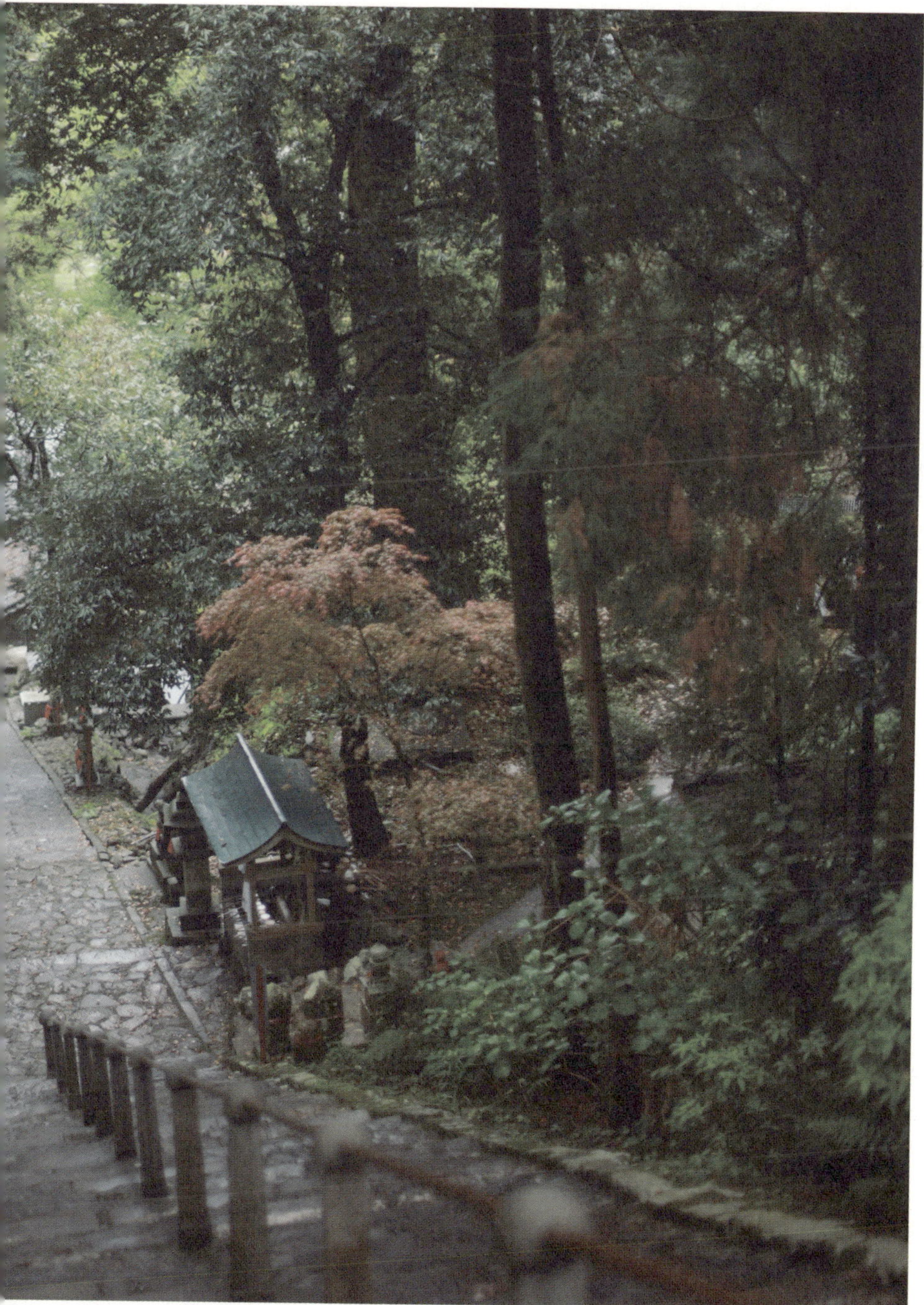

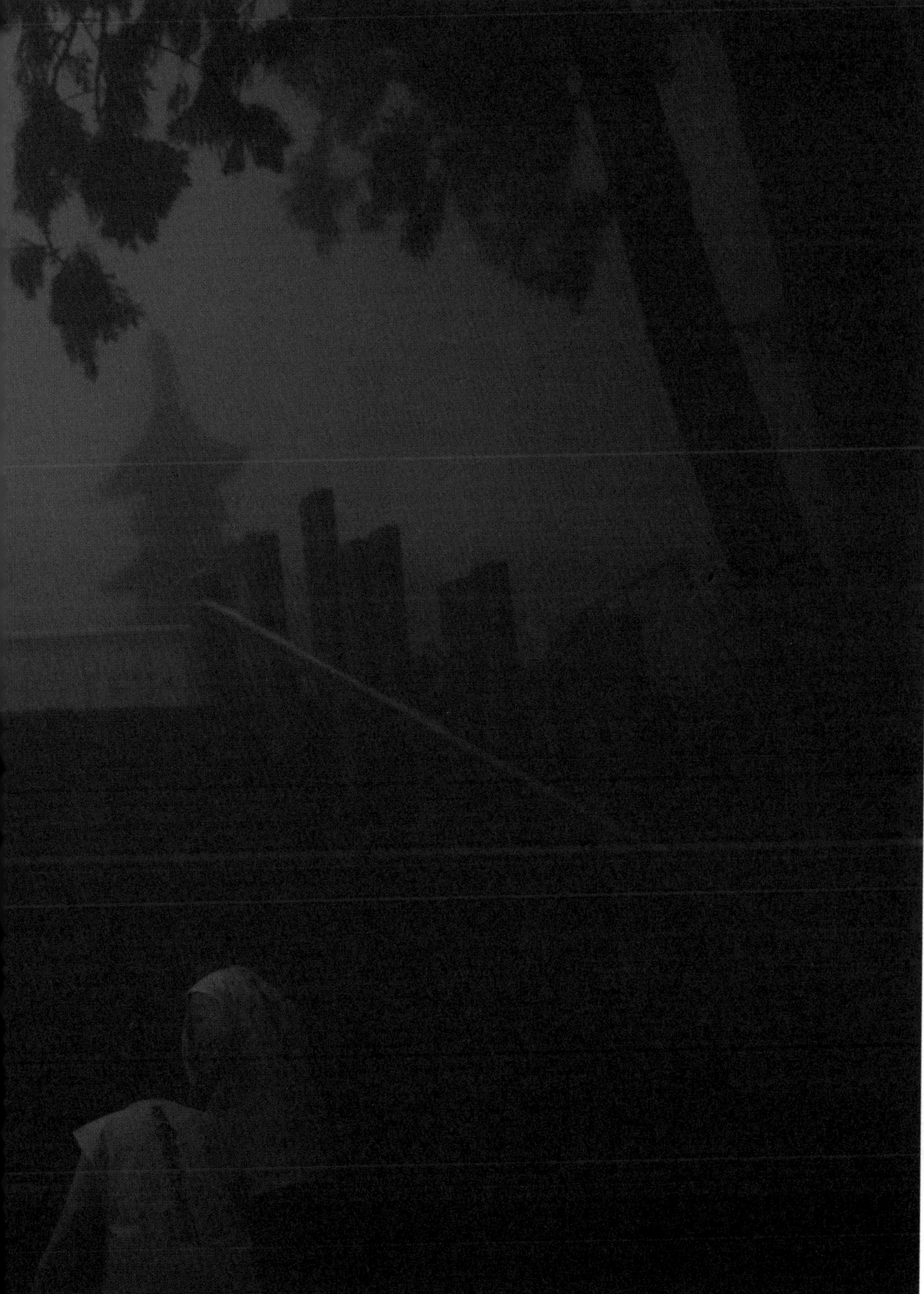

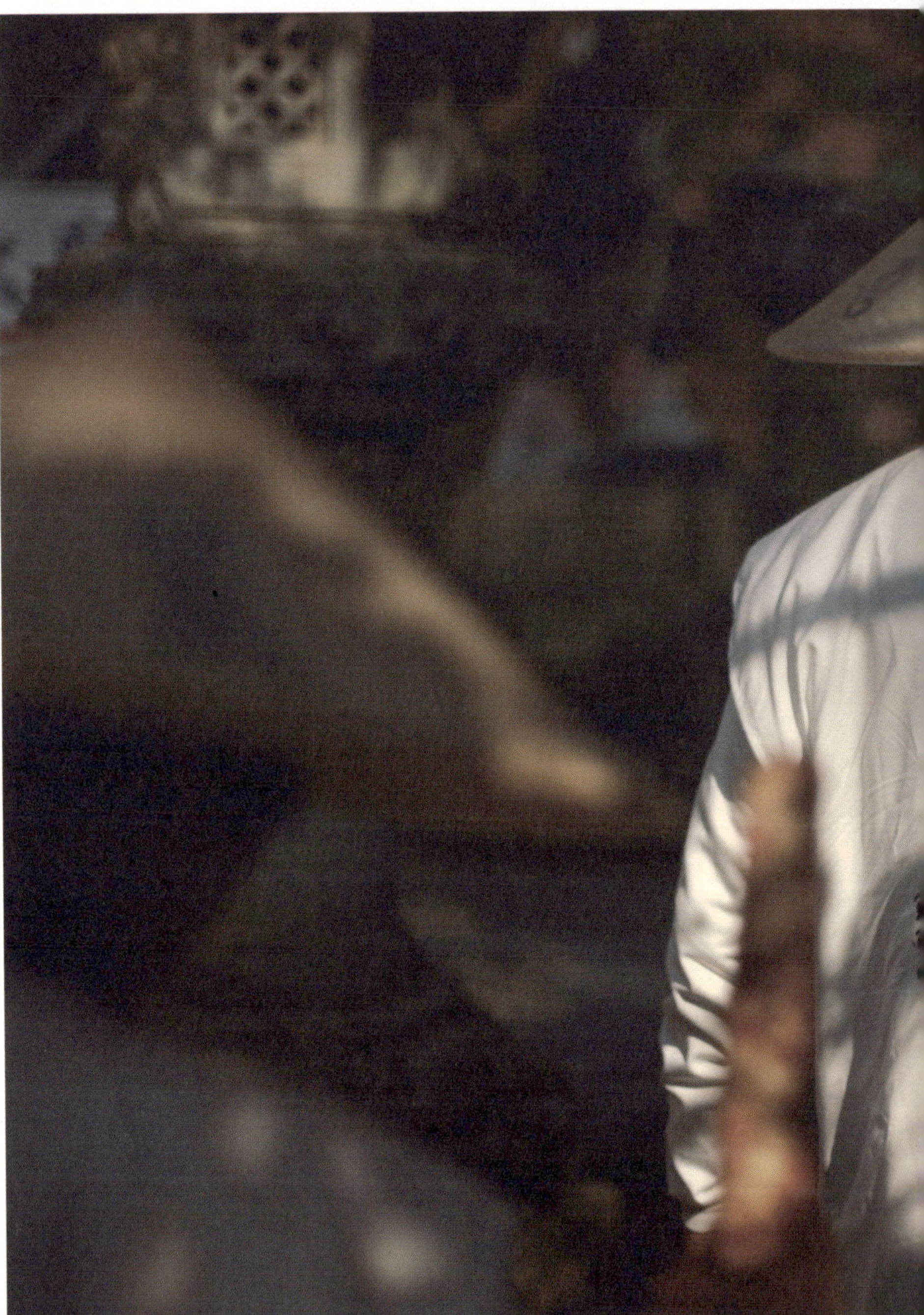

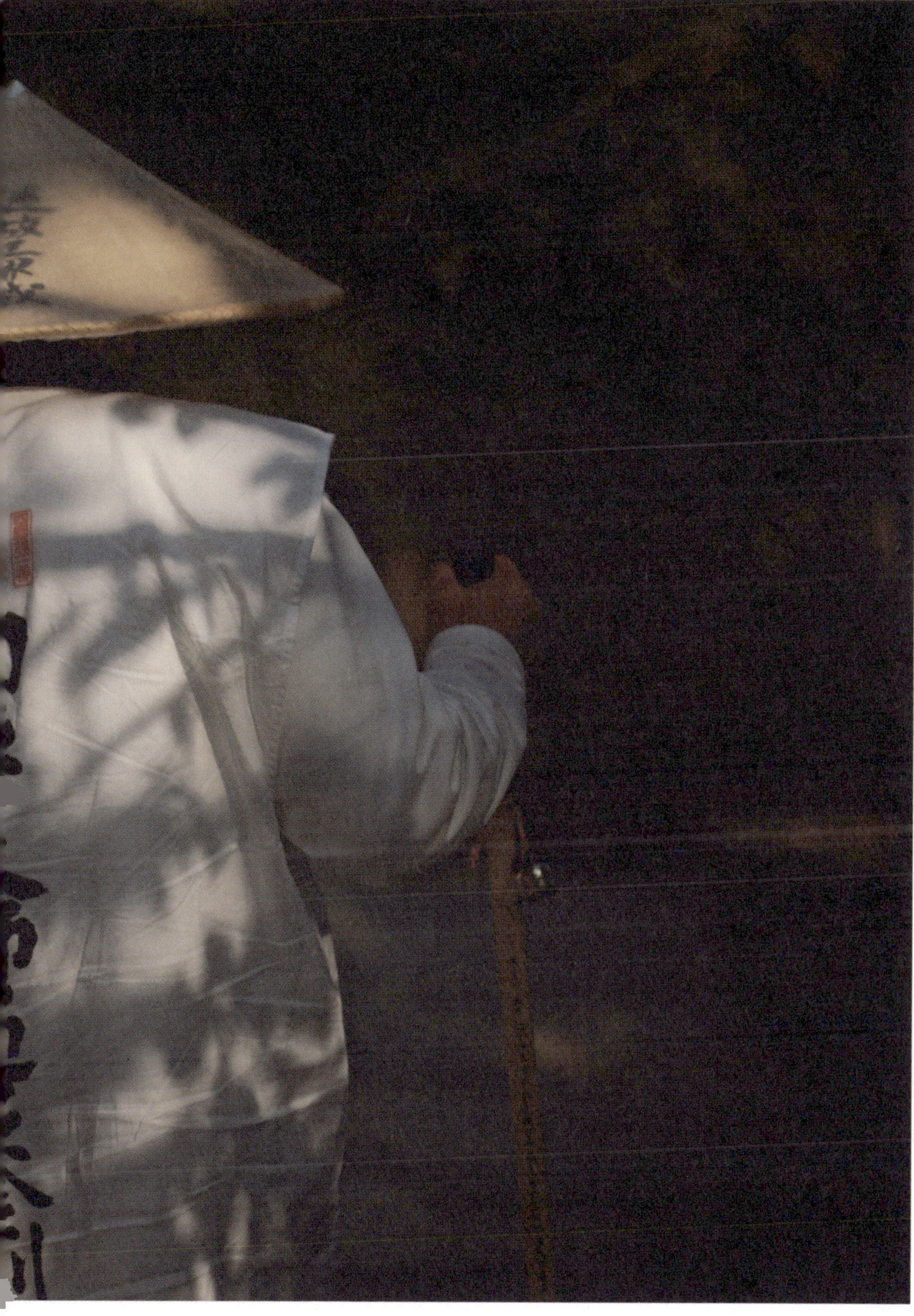

개 그림자

시코쿠의 하늘에는 대일여래 대신에 작은 천사가 날고 있다.

말하긴 좀 그렇지만 나는 그 천사와 친분이 있다.

처음으로 천사의 장난과 맞닥뜨린 것은 어머니가 돌아가신 후 시코쿠를 순례하고 있을 때였다. 고치현의 카츠라하마 근처를 걷고 있는데, 어머니의 젊은 시절을 쏙 빼놓은 여성과 만났던 것이다. 어머니를 그리워하는 마음이 순간 그녀를 어머니로 보이게 한 것일지도 모르겠다.

아버지가 돌아가신 후 시코쿠를 돌았을 때도 역시 천사가 내게 미소 지었다. 나비의 죽음에 관련된 이야기인데, 그 일화는 '죽은 나비'라는 제목으로 이 책에 따로 실려 있다.

이런 기이한 경험들은 시코쿠 특유의 감미로운 이미지를 더욱 강렬하게 남겼고, 나로 하여금 다시 시코쿠에 발을 들이는 계기를 만들어 주었다. 이번에 형의 죽음으로 인해 시코쿠를 방문했을 때에도, 침울한 마음 한구석엔 그러한 기적을 기대하는 자신이 있었다. 그리고 역시나 천사가 다시 내게 미소를 보내왔다.

37번째 사찰인 이와모토지岩本寺의 본당 앞에서 손을 모으고 있는데, 뇌리에 언뜻 개의 그림자가 스쳐 지나갔다. 그 모습을 본 순간, 나는 맘속으로 작게 '류!'라고 중얼거렸다.

그것은 틀림없는 류였다. 어린 시절 나와 형이 길렀던 개다. 몇십 년 동안 잊고 있었던 그 개의 모습이, 시코쿠를 여행하는 도중 갑자기 떠올랐던 것이다. 아마도 공양을 하는 여행 중에 형과 관련된 기억의 편린이 스멀스멀 솟아올라, 그 가운데 완전히 굳어 버렸던 추억마저 흘러나왔던 모양이다.

그러나 내게 있어 그것은 추억 이상의 것이었다. 오랫동안 형과 부대끼면서 있었던 일들 중에서도, 그것은 최고로 오래되고 깊숙한 사건 중 하나였기 때문이다. 본당의 계단을 내려온 나는 주춧돌에 걸터앉아, 류와 형과 나 사이에 얽힌 기억을 천천히 되살렸다.

내가 초등학교 5학년일 때의 일이다. 2살 위였던 형은 아키타견에 빠져 있었다. 어느 날 모지코우 시내에 있는 오이마츠 공원에서 근처 현에서 온 아키타견 품평회가 열린 탓이었다. 듬직한 아키타견들의 모습을 본 형은 그 개에 완전히 홀려 버렸던 것이다.

형은 매달마다 작은 마을 서점에 가서 개에 대한 잡지를 읽었다. 아키타견에 대한 지식을 쌓으면 내게도 일일이 가르쳐 주었다. 형과 나의 관계는 항상 그런 식이었다. 뭔가 새로운 정보를 얻은 형이 거기에 푹 빠져들었고, 나도 휩쓸렸다. 전부 대단한 사건들은 아니었지만 무의식중에 형이라는 존재를 존경하게 만드는 효과가 있었던 것 같다.

당연하게도 나 또한 아키타견에 빠져 버렸고 갈망은 점점 커져만 갔다. 그러나 우리는 아키타견을 기르자는 생각은 하지 않았다. 잡지에 실릴 정도로 훌륭하고 멋진 개를 우리 같은 애들이 기를 수 있을 거라고는 상상도 할 수 없었다. 우리는 영화 스타에 열광하는 것처럼 아키타견의 정보를 모으는 것만으로 만족하고 있었다.

그러던 어느 날, 생각지도 못한 일이 일어났다. 나와 형이 둘이서 다다미 위를 뒹굴며 『애견의 친구』라는 잡지에 실려 있는 아키타견의 사진을 들여다보고 있을 때의 일이다. 우리 뒤를 지나가던 아버지가 멈춰 서더니 불현듯 말했다.

"그렇게 갖고 싶냐?"

애들 일에 그닥 끼어들지 않는 아버지였지만, 우리가 아키타견에 열광하고 있다는 건 알고 있었던 모양이다. 우리는 아버지의 말에 큰 의미를 두지 않고서 "…응."이라고 중얼거렸다. 아버지는 입을 더 이상 열지 않은 채 그대로 지나쳐 갔다.

아키타견이 우리 집에 온 것은 그로부터 두 달 후의 일이었다. 아버지는 우리에겐 한 마디 말도 없이 몰래 아키타견을 구하러 다녔던 것이다. 도착하기 열흘쯤 전에야 어머니가 아키타견이 아키타 현에서 올 거라고 우리에게 말했다. 놀란 우리는 춤을 추었다.

그로부터 열흘 간, 우리는 제대로 잠을 자지 못했다. 밤중에 내가 도착할 아키타견에 대해 상상하다가 뒤척거리면 형도 똑같이 뒤척였다. 나는 형과 내가 같은 것을 상상하고 있는 모양이라고 생각했다.

드디어 도착한 아키타견은 우량아 판정 혈통서까지 붙은 강아지였다. 개는 열차 사정 탓에 밤늦게야 우리집에 도착했다. 역에서 열차가 도착했다는 연락이 온 후, 네 명의 인부가 분주하게 개 우리를 현관에 밀어 넣었다. 나랑 형은 콩닥거리는 가슴을 안고 달려갔다. 우리 안에는 동글동글하게 살찐 하얀 강아지가 불안한 눈으로 이쪽을 바라보고 있었다.

"얘들아, 개가 지쳤잖니. 겁도 먹었겠지, 불쌍하게도."

부모로부터 떨어져 나와 기나긴 여행을 한 강아지의 심정을 맨 먼저 헤아린 것은 어머니였다. 나와 형은 그저 들떠서 정신없이 강아지를 들여다보고만 있었다. 우리에서 꺼내자마자 먼저 목덜미부터 만져 보았다. 목덜미가 굵은 개는 몸집이 커진다는 얘기를 들었기 때문이었다. 강아지치고는 언밸런스할 정도로 목덜미가 굵었다. 우리는 그 감촉에 감동했다. 어머니는 준비해 둔 개밥을 강아지에게 내밀었다. 강아지는 긴 여행에 시달렸다고는 생각할 수 없을 만큼 식욕이 왕성했다. 닭고기와 밥을 섞은 개밥을 순식간에 다 삼켜 버린 후 잠이 들었다. 우리 둘은 밤늦게까지 우리 앞에서 서성이며 오래도록 자는 강아지의 얼굴을 지켜보고 있었다.

형은 아키타견 강아지에게 센류고仙龍号라는 이름을 붙였다.

개 이름치고는 스케일이 굉장하지만, 이름 끝에 전투기마냥 '고号'를 붙이는 것이 당시의 유행이었다.

이윽고 센류고는 목덜미의 굵기에서 예측했던 것처럼 단 일 년 만에 작은 산처럼 커졌다. 그러나 개를 키우게 되면서 예측하지 못했던 일도 일어났다. 우리들이 개를 키우는 데 너무 빠져들어서 학업에 소홀했던 것이다. 형과 나는 24시간 내내 센류고에 대한 생각만 하고 있었다. 수업 중일 때에도 센류고가 머릿속에 자꾸 떠올라서 다른 소리가 전혀 들리지 않았다. 게다가 애들이 아키타견을 훌륭한 성견으로 길러 내는 것은 그다지 만만한 일이 아니다. 우리는 학교에서 돌아오면 센류고에게 달려가서 개밥을 준비하고 개집을 청소하고 씻겨 주고 운동을 시켰다. 훌륭한 아키타견으로 키우기 위한 거라면 뭐든지 했다.

센류고는 몸집은 커도 외로움을 잘 타고 순했다. 우리들이 집으로 오고 있으면 냄새로 알아채고는 멀리서 왕왕 짖어 댔다. 그 울음소리에는 아직 강아지 같은 느낌이 남아 있었다. 그러나 운동시키려고 밖으로 나가면 어찌나 기운이 넘치는지 우리들을 압도했다. 센류고를 혼자 운동시키는 건 무리였다. 형과 내가 필사적으로 목줄을 붙들고 있어야만 했다.

"너희가 개를 데리고 가는 건지, 개가 너희를 데리고 가는 건지 모르겠다."

개의 힘에 휘둘리는 우리 둘을 본 술집 아저씨가 놀려 대던 말이다. 그러나 우리도 점점 이 커다란 개를 컨트롤하는 방법을 익히게 되었다. 개를 잘 키우기 위해서는 그냥 상냥하게 대해 주는 것만으로는 부족하다. 때로는 독하게 야단쳐야만 한다는 걸 깨달은 것이다.

몇 개월이 흐른 뒤, 센류고는 우리의 말을 알아듣고 따르는 수준에 이르렀다. 똘망똘망한 눈망울, 반들거리고 빛나는 코, 부드러운 털의 감촉, 창끝처럼 쫑긋 하늘로 솟은 두 귀, 야생동물처럼 힘센 꼬리, 넓은 가슴에 복실거리는 털, 활처럼 쫙 뻗은 등, 당당한 발걸음.

건강하게 사랑받으며 자라난 아키타견만큼 늠름한 것도 없다. 센류고가 마을을 한 바퀴 돌 때면 인간을 포함한 온갖 생물이 생동감에 넘치는 것처럼 보였다. 신기한 노릇이다.

우리 가족은 그로부터 머지않아 오랫동안 살아온 니시키마치에서 세이류라는 마을로 이사했다. 그러나 새로운 집에서 비극이 우리를 기다리고 있었다. 여관을 개업한 그해부터 모지코우에 오는 사람들이 거의 끊기다시피 했던 것이다. 흥청거리던 마을의 모습이 거짓말처럼 고요해졌다. 칸몬 터널이 개통된 탓이었다. 모지코우는 체류지가 아닌 통과지점이 되어 버렸다. 그런 시대 속에 집만 넓은 세이류의 여관이 손님으로 북적일 리가 없었다. 어쩌다 가끔 오는 손님들만으로 여관을 유지하는 것은 불가능했다. 항상 계산대에 서서 등을 구부린 채 장부에 뭔가를 기입하며 어떻게든 꾸려 보려 노력하던 어머니의 뒷모습은 우리들의 눈에 선명하게 눌어붙었다.

악운이라는 것은 참으로 신기하다. 집안의 몰락이란 예기치 못한 자질구레한 불운에서 시작되는 법이다. 우리 집의 운명이 슬슬 보이기 시작할 무렵, 마치 불운의 뒤를 잇는 것처럼 센류고가 갑자기 병에 걸렸다. 세이류로 옮겨 온 지 2년 만의 일이었다.

우리는 일반 가정집 한 채를 여관으로 사용하고 있었다. 그 안마당이 센류고의 집이었다. 어느 날, 형과 나는 언제나처럼 안마당에서 개를 끌어내 목줄을 잡아당기며 니시키마치 초등학교의 뒷산으로 향했다.

그러나 반도 못 가서 갑자기 개가 멈춰 섰다. 그러더니 목구멍 안에 뭔가 이물질이라도 낀 것처럼 목을 꼬면서 괴로워하기 시작했다. 동시에 투명하고 찐득거리는 침을 질질 흘렸다. 우리는 놀라긴 했지만 아마 뭔가 잘못 먹은 게 아닌가 생각하고 그대로 집에 돌아왔다.

그러나 다음 날이 되어도 개는 여전히 침을 흘렸다. 이삼일 두고 보았지만 변함이 없었다. 불안해진 우리는 수의사에게 센류고를 데려갔다. 진찰 결과는 충격적이었다. 센류고는 당시 개에게 치명적이었던 병, 디스템퍼에 걸려 버린 것이었다.

센류고는 눈 깜짝할 사이에, 모든 이의 시선을 빼앗을 정도로 눈부셨던 그 나날들이 정말 있었던가 의심스러울 만큼 쇠약해져 갔다. 털은 윤기를 잃었고 코는 바싹 말랐고 눈에는 생기가 없었다. 귀는 축

처졌고, 꼬리는 흔들 힘도 없는 것처럼 늘어졌다.

간호해도 소용이 없었다. 이윽고 뒷다리가 움직이지 않게 되었다. 개는 무참하게도 앞다리만으로 자신의 몸을 질질 끌고 다녀야 했다. 그래도 우리가 학교에서 돌아오면, 침을 질질 흘리면서도 가느다란 소리를 내면서 필사적으로 우리에게 다가오려 노력했다. 그런 센류고의 모습을 볼 때마다 우리는 매번 울었다.

결국 그 울음소리마저 들리지 않게 되었다. 어느 날 오후, 개는 조용히 숨을 거두었다. 우리는 항상 산보하러 데려갔던 니시키마치 초등학교의 뒷산 한쪽에 센류고를 묻었다.

몇 년 뒤 세이류의 여관은 파산했다. 우리 가족은 오오이타현의 칸나와라는 온천 마을로 이사하게 되었다. 그러나 고교를 졸업한 형은 부모의 도움 없이 학업을 계속하기로 작정하고 도쿄의 대학에 진학했다.

우리는 모지코우 역에서 상경하는 형을 배웅했다.

개찰구 쪽으로 가던 형이 갑자기 내게 다가오더니 다른 사람들이 모르도록 내 교복 주머니에 몰래 손을 집어넣었다. 뭔가가 주머니 속에 들어왔음을 느꼈지만 모르는 척했다.

형을 배웅하고 집에 돌아온 후, 아무도 없는 곳으로 간 나는 주머니 속의 물건을 꺼냈다. 그것은 아무 특징도 없는 과자 봉투였다. 그러나 내용물을 본 순간 치밀어 오르는 눈물을 멈출 수가 없었다. 봉투 안에 들어 있는 것은 다름 아닌 센류고의 가슴털이었다.

센류고를 데리고 두 번째로 수의사에게 갔을 때, 의사는 진찰을 위해 센류고의 가슴털을 깎았다. 형은 땅에 떨어진 털들을 주워 모았다. 나는 형이 청소를 하는 줄 알고 신경 쓰지 않았다. 그러나 개에 대해서 잘 아는 형은 그때 이미 센류고가 살아나지 못할 거라는 걸 알고 있었던 모양이다.

나는 봉투를 다시 주머니에 쑤셔 넣었다. 어떤 의문이 뇌리에 떠올랐다. 형 자신도 센류고의 털을 나눠 갖고 있는 걸까, 아니면 전부 내게 맡기고서 도쿄로 간 것일까. 그러나 그 털의 양을 생각하면 아마도 내게 준 것이 전부인 듯했다. 문득 형은 어쩌면 내게 무언가를 맡기려 한 것이 아닐까 하는 생각이 들었다.

청년이 되고 나서 깨달았다. 파산 이후, 벌써 칠순을 넘긴 아버지를 중심으로 가족이 힘을 합쳐야만 하는 이 상황에서 형은 내게 장남의 역할을 부탁하고 싶었던 게 아닐까. 그러나 아직 소년이었던 나는 형이 맡긴 것이 무엇인지 제대로 깨닫지 못했다.

잠시 센류고의 추억에 젖어 있다가 정신이 들어 보니 주변 공기가 주홍빛으로 물들어 있었다. 사찰의 경내에서는 보이지 않았지만 아마도 서쪽 하늘에는 노을이 번지고 있을 것이다.

경내를 나가 하늘을 바라보니 비늘구름이 빨갛게 불타고 있었다. 그를 바라보니 내 안에 있는 죽음의 기억들이 발열하고 있는 것 같은

기분이 들었다. 그러나 노을은 절정을 치고 나면 눈 깜짝할 사이에 사
라져 간다. 죽음의 기억도, 그를 비추는 하늘의 구름도 모두 환상이라
고 고하는 것처럼.

색식시공

〈큐슈 모지코우에 태어난 것은 행운이었습니다.

그건 식도락의 길을 타고난 것이나 마찬가지니까요.

바다로 흘러가는 물의 관문의 해협에서 제일 맛있는 생선들만 먹고 자랐거든요. 게다가 집이 여관이었으니 무엇을 더 바라겠습니까.

저도 형도 그런 숙명을 짊어지고 말았던 것입니다. 어릴 때부터 맛있는 것만 먹고 자라다 보니, 웬만큼 맛있는 음식이 아니면 맛있다고 느끼지도 못하게 된 것이지요. 그 성과가 이 수첩입니다. 살아가는 것이 곧 먹는 것이라면, 이 수첩은 제 삶의 증거이기도 합니다. 그 삶의 증거가 여러분의 손으로 넘어가면 여러분이 또다시 먹고 살아가게 되겠지요.

먹어 주십시오.

형은 그로 인해 다시 한 번 성불할 것입니다.〉

미망인이 된 형수는 1주기 때 모인 지인들 앞에서 이러한 서문을 담은 소책자 한 권을 돌렸다.

호랑이는 죽어서 가죽을 남기고, 사람은 죽어서 이름을 남긴다.

형이 남긴 것은 한 권의 수첩이었다.

그 수첩에는 형이 생전에 다녔던 맛집이 카테고리별로 정리되어 있었다. 형은 누군가와 만났다가 식사 때가 되면 주머니에서 수첩을 빼 들고 '오늘은 뭘 먹을까?'라며 중얼거렸다고 한다. 어떤 메뉴도, 어떤 주문에도 대응할 수 있을 정도였단다. 수첩의 맨 뒷페이지에는 '이것은 생명만큼 소중한 것이니 습득하신 분은 아래 주소로 보내 주시기 바랍니다'라는 문구에, 심지어 머리를 조아리며 부탁하는 만화풍 캐리커쳐까지 그려져 있었다.

수첩은 형이 죽은 후 역할을 마치고 외롭게 붕 떠버렸다. 수첩의 존재를 알고 있었던, 심지어 신세를 졌던 지인이 '그렇게 귀중한 것은 썩히지 말고 다른 사람들에게도 나누어 줬으면 좋겠다'고 권했다. 그러자 형수는 지인들에게 나눠 주기 위해 이백 부 정도를 수첩 사이즈의 소책자로 인쇄했다. 그 소책자를 1주기 때 모인 사람들에게 돌렸던 것이다.

나는 이것도 일종의 문예작품이 아닌가 생각하면서 때때로 그 소책자를 펼쳐서 문자를 훑어보곤 한다. 이 책을 읽으면 한 사람의 생존이 여기에 걸려 있었다는 감회가 치밀어 오르기 때문이다.

사람은 먹고 먹고 먹은 끝에, 죽는다.

사람의 인생에는 정신적 영향을 끼치는 타인과의 관계 및 자기 자신과의 갈등이 반복되는 법이지만, 그 이전에 인간은 한 마리 동물이다. 1일 3식을 1년 365일 동안, 살아 있는 연수만큼 먹고 먹고 먹고, 먹은 끝에 죽는다는 단순한 삶의 형태를 보이게 된다.

또한 한때 발랄한 색과 향기를 뽐내며 우리들 눈앞에 존재했던, 우리 입속으로 들어가며 산과 바다의 맛을 온몸 가득히 느끼게 해주었던 수만 개의 식재료들은 마치 그것이 한낱 꿈이었던 것처럼 흔적도 없이 이 세상에서 사라지고 만다.

그 뒤에 남는 것은 희미한 기억의 조각뿐이다. 마치 인간 세상의 무상함을 나타내듯이.

색즉시공
색식시공

이 맛집 소책자는 문예인 동시에 경문이기도 하다.

살아남은 자들은 그 색식시공의 경을 열고서 환상을 찾아 거리를 헤맨다.

그 후 나는 몇 번인가 이 경문을 들고서 거리를 배회했다. 당연히 그

중에는 형과 내가 공유했던 맛집도 있었다. 그저께 저녁 무렵에도 책
자가 추천하는 식당에 혼자서 찾아갔다.

바 테이블에서 혼자 생선을 뜯다가 문득 형이 받은 최후의 만찬을
떠올렸다. 형이 마지막으로 먹은 요리도 이 식당 것이었다.

그 무렵 이미 심하게 병든 형의 위장은 어떤 재료도 받아들이지 못
했다.

정어리 동그랑땡, 문어 초절임, 파무침, 새우튀김, 넙치 회, 홍살치
조림, 바지락찜. 마치 위장의 능력을 시험해 보는 것처럼 차례차례 놓
이는 접시들. 형은 눈으로 그를 쫓을 뿐 차마 젓가락을 들이대지 못했
다. 삼십 년이나 알고 지내 온 가게 아주머니는 항상 그랬듯이 미소를
띠우며 접시를 날랐다. 그러다 형이 전혀 식사하지 못하고 있음을 깨
닫고 침묵한 채 눈시울을 붉혔다.

나는 흑판에 적혀 있는 오늘의 메뉴를 눈으로 훑었다. 형에게 권할
만한 것은 없겠다고 생각하기 시작했을 때, '오징어회'가 눈에 들어
왔다. 반쯤 포기하는 심정으로 그것을 주문했다. 나온 것은 오징어회
라기보다는 오징어면에 가까울 정도로 부드럽게 요리된 음식이었다.
바 테이블 너머의 주인장이 묵묵히 기원을 담아 최대한 먹기 좋게 손
질한 듯했다.

그것이 육십 년 간 대식가로 살아온 형의 마지막 만찬이었다.

오징어에 젓가락을 갖다 댄 형은 아주 조금 그것을 씹었다. 그러더
니 다시 젓가락을 들었다. 그리고 계속 젓가락을 들었다.

결국 무슨 조화였는지 오징어회 한 접시를 다 비웠다.

오징어야, 맛있어서 고맙구나.

이때만큼 물고기에게, 그리고 요리사에게 감사해 본 적이 없다. 그후 나는 오징어라는 물고기를 다시 보았다. 오징어는 도미나 참치처럼 식탁의 주역이 되는 식재료는 아니다. 강렬하게 자기주장을 하는 맛도 없고, 잔치 사이사이 가끔 식탁이 비지 않도록 내오는 조연이다. 그러나 이 조용한 조연 생선은 고통스러운 마지막 만찬 위에서, 수많은 다른 생선들을 제치고 '먹히는' 희생을 감수했던 것이다.

나는 이날도 혼자서 오징어회를 주문했다.
"이게 저희 형이 마지막으로 먹은 메뉴였답니다."
여주인이 식탁으로 왔을 때 내가 문득 중얼거렸다.
"그랬지요. 그땐 정말 하나도 입에 대지 못하셨는데, 이것만큼은 전부 드셨었지요."
약간 젖은 눈의 여주인이 미소 지으면서 말했다. 항상 만원인 식당에서 바쁘게 움직이는 그녀가 그런 걸 기억하고 있었다니. 나는 약간 놀랐다.
가게를 나오니 봄의 폭풍이 나를 덮쳤다.
가로등에 비춰진 벚꽃나무 한 그루가 휘어져서 꽃을 활짝 피우고

있었던 것이다. 이제 곧 벚꽃이 질 때다. 그 하이얀 꽃잎이 흩날리는
전철의 선로 위로 피안의 어둠이 빠져나가고 있는 것 같은 기분이 들
었다.

죽은 나비

카가와의 코보지弘法寺에서 조상 묘를 돌아본 후 서쪽으로 떠났다.

충동적으로 마츠야마항을 통과하는 연락선을 탔다. 세토 내해 근처의 섬으로 간다기에 문득 가보고 싶어졌던 것이다. 당일치기를 생각했기에 처음 배가 닿은 나카지마에서 내린 후 섬 주변을 도는 길을 따라갔다. 바람도 없이 화창한 날이었다. 부드러운 세토 내해의 바다를 바라보면서 걷고 있자니 어느새 시간도 잊어버렸다. 정신을 차려 보니 섬 뒤의 작은 촌락에 와 있었다.

배가 도착한 항구의 마을에는 사람들이 있었지만, 섬 뒤편의 마을은 마치 폐촌처럼 고요했다. 마치 이 세상으로부터 단절되어 버린 것 같은 분위기가 넘치고 있었다.

바다 너머로 섬이 몇 개 보였다. 나카지마를 둘러싼 그 섬들은 세토 내해 안에 또 다른 내해를 만들어 내고 있었다. 동시에 세상과 단절된 것 같은 분위기를 풍겼다. 게다가 바다가 마침 만조 때여서 뭔가를 밴 것처럼 둥그렇게 부풀어 있었다. 빛과 바닷속에 정적이 가득했다.

잠시 후 나는 정적에 감싸인 이 섬 한 구석에서 새로운 생명들을 찾아냈다. 어느 집 처마 뒤쪽에 피어 있던 금어초 봉오리 위에 예닐곱 마리의 나비가 소리도 없이 날고 있었던 것이다.

나는 옆에 뒹굴고 있는 돌덩이 위에 앉아서 나비들의 춤을 바라보았다. 그러다가 문득 뭔가를 깨달았다. 모두 똑같은 호랑나비였지만, 날개 무늬의 선명도가 하나하나 달랐다. 그 중 한 마리는 다른 나비들과 달리 인분의 금색과 검은색 대조가 확실히 옅었다. 날개도 조금씩 찢겨져 있었다.

이것은 늙은 나비가 아닌가…!

그런 생각이 들었다.

옛날부터 나비는 자주 봤지만, 나비에게도 나이가 있다는 당연한 사실을 깨달은 것은 이때가 처음이었다. 사람이 나이를 먹으면 백발이 되는 것처럼, 나비 역시 날개의 선명한 색깔이 흐려져 가는 게 아닐까. 그런 생각을 하면서 그 늙은 나비가 날아가는 모습을 지켜보았다. 늙은 나비는 다른 나비들보다 날개 치는 힘이 약했다. 그러나 어느 순간 갑자기 날갯짓이 강해졌다. 바다가 밀물을 마치고 썰물로 돌아서며 약간씩 술렁이기 시작했을 때였다.

늙은 나비는 갑자기 나비 무리에서 빠져나와 일직선으로 하늘을 향해 날아갔다. 십수 미터 정도 올라갔을 때, 왠지 모를 충동에 이끌려 나는 그 나비의 뒤를 쫓았다.

그때였다. 나비는 상공에서 불현듯 날갯짓을 멈췄다. 순간 모든 것이 정지했다. 지금까지 움직이던 시계의 초침이 갑자기 멈추는 것 같은 느낌이었다.

상공에서 멈춘 나비는 마치 글라이더가 활공하는 것처럼 날개를 움직이지 않은 채 단숨에 하강했다. 나비가 그렇게 바람을 타고 나는 것을 가끔 본 적은 있다. 그러나 이 나비가 나는 모양새에는 조금 독특한 구석이 있었다. 마치 연줄이 잘리듯이 생명의 끈이 끊긴 느낌이었다.

나비는 활공하면서 금어초 봉오리 쪽으로 향했다. 꿀이라도 찾고 있는 건가 싶어 다시 나비 뒤를 쫓았다. 그러나 나비는 불꽃처럼 피어오르던 붉은 꽃들 사이의 어둠으로 사라졌다. 꿀을 좇지 않는 나비라니…. 신비한 기분이 들어서 그 어둠 속을 잠시 바라보고 있었다. 그러나 나비는 다시 나타나지 않았다.

나비를 찾으려고 허리까지 줄기를 뻗은 금어초의 봉오리를 헤쳤다. 나비가 사라진 곳으로 들어가서 봉오리 속을 들여다보았지만 흔적을 찾을 수 없었다. 그러나 잠시 후, 내 눈은 금어초 사이의 지면 위에 못 박혔다. 그 늙은 나비였다. 덧없게도 너덜너덜해진 날개를 펼친 채, 나비는 지면 위에 엎드려 있었다. 손을 뻗어서 손가락으로 만져 보았다. 전혀 움직임이 없었다.

아마도 내가 목격한 것은 나비의 마지막 순간이었던 것이다. 어릴 때부터 곤충의 시체는 꽤 많이 봤지만 죽는 순간을 본 것은 정말 드문 일이었다. 옛날에 한 번 터키에서 마찬가지로 나비가 죽는 순간을 목격한 적이 있을 뿐이다.

그러나 다음 순간, 더더욱 믿을 수 없는 일이 눈앞에 펼쳐졌다.

죽은 나비의 날개 밑에 뭔가 하얀 그림자 같은 것이 보이기에 손가락으로 날개를 잡고 살짝 들어올렸다. 놀랍다기보다 불가사의한 일이었다. 죽은 나비의 날개에 딱 겹쳐지는 모양새로, 아래쪽에 또 다른 나비 한 마리가 죽어 있었던 것이다. 게다가 그것은 죽은 지 시간이 좀 지났는지, 나뭇잎 수맥처럼 날개의 줄기만이 하얗게 남아 있었다.

나는 그 자리에 굳어 버렸다.

도대체 이게 뭐지?

이 자리에 나비들의 시체가 가득하다면, 그 중 한 마리에 늙은 나비가 겹쳐진 거라면 신기할 것도 없다. 그러나 거기에는 단 한 마리의 나비밖에 없었다.

이것은 우연인가?

아니면 기적인가?

나는 망연히 서 있었다.

그리고 잠시 후, 손가락에 들고 있던 나비를 살며시 제자리에 올려 놓았다.

'이 세상은 저 세상을 비추는 거울이야. 여기서 일어나는 일은 완벽하게 똑같이 저쪽에서도 일어나고 있지.'

온 길을 다시 되짚으며 항구로 가는 도중, 초등학교 때 경문을 읽어주러 온 스님이 우뭇가사리를 후루룩 먹으면서 우리 가족에게 했던 말이 머릿속에 되살아났다.

그 이야기가 기억난 순간, 문득 어떤 상념이 뇌리를 스쳤다.

아까의 늙은 나비는 저승으로 떠난 어머니를 따라간 아버지가 아니었을까. 세토 내해의 조용하고 작은 섬 한 구석에서 저 세상의 어느 순간을 비추는 거울을 들여다본 게 아닐까.

항구에 가보니 연락선의 엔진소리가 들려왔다. 배가 도착하니 가족으로 보이는 떠들썩한 일가가 내려왔다. 이윽고 내 상념은 작은 이승의 소란 속에서 녹아 버렸다.

유채꽃 전차

오랜만에 모지코우로 돌아갔을 때, 문득 치쿠호 철도를 타고 싶어
졌다.

버스를 타고서 고교 시절 다녔던 모교 앞을 지나가다가 당시 반 친
구였던 N을 떠올린 탓이다. N과 오랫동안 교류했다고는 말할 수 없
지만, 고등학교 2학년 때 반년 동안 서로 장래의 꿈을 나누며 친해졌
었다.

그는 관서 지방에서 온 전학생으로, 하얗고 허약체질에 중성적인
면모가 보이는 소년이었다. 목소리는 잘 안 들릴 정도로 가늘고 작았
으며 수줍음을 탔다. 쉬는 시간에도 항상 눈에 안 띄는 구석에서 얌전
히 있었다. 당시 남자애들은 대부분이 운동부에서 활동했기 때문에
수업이 끝나면 바로 운동복을 입고서 각자 부활동을 하러 갔었다. 그
러나 그는 항상 하얗고 무거울 것 같은 가방을 메고서 어딘가 불안해

보이는 뒷모습을 남긴 채 학교를 등졌다. 당연히 운동신경도 둔했다. 수학여행 때는 기차 안에서 불안정하게 고정되어 있던 창문이 창턱에 얹은 자기 팔 위로 덜컹덜컹 떨어지는 것을 멍하니 구경만 하고 있기도 했다.

그런 연유로 N은 괴롭힘까지 당하지는 않았지만 대체로 존재 자체를 무시당했다. 그러나 전학 온 지 4개월쯤 되었을 무렵, 그가 빛나는 순간이 도래했다. 국어 시간에 전원이 작문을 써냈는데, 얼마 후 선생님이 개중 훌륭한 작문 열 편 정도를 모아서 소책자로 만든 뒤 수업 중에 보여 주었다. 그 소책자에서 제일 훌륭한 글로 뽑힌 것이 N의 작문이었던 것이다. 그것도 자신의 일상에 대해서 쓴 다른 학생들과 달리, 그는 단편소설을 써냈다. 제목은 『골짜기의 백합』.

돌이켜 생각해 보니 발자크의 소설과 같은 제목이었다. 그러나 지방의 고교생이었던 나는 발자크가 누군지도 몰랐다. 아쉽게도 구체적인 내용은 잊어버렸지만, 굉장히 어른스럽고도 관능적이며 죽음의 이미지가 짙은 글이었다. 부활동에 대해 쓴 내 작문도 그의 소설 뒤에 실려 있었지만, 누구나 알 수 있을 정도로 두 사람 사이에는 재능의 차이가 확연했다. 당시 나는 작문이 내 특기라고는 생각지도 않았고, 국어 수업의 작문 따위는 시킨 분량만큼만 쓰면 된다고 생각하고 있었다. 그러나 그의 소설이 선생님에 의해 낭독되던 순간, 약간이긴 했지만 질투심과 존경심을 느끼는 자신을 발견했다.

N과 교류하기 시작한 것은 그 사건 이후다. 그는 내 작문이 배꼽을

뺄 만큼 재미있는 글이었다고 말해 주었다. 사귀어 보니 그는 위트도 있고 정도 깊었다. 마음속 깊은 곳까지 통할 만큼 나와 비슷한 감성을 갖고 있는 것처럼 느껴졌다.

그러나 그 후, 우리 집이 파산하는 바람에 나는 벳부 칸나와로 전학을 가게 되었다. 여성적인 면모가 있었던 그는 이별의 순간에 모지코우의 산에서 꺾어 온 유채꽃으로 작은 꽃다발을 만들어 주었다.

"이건 우리들의 이별의 꽃이야."

아마도 그가 읽은 무슨 문학작품에서 영감을 얻은 행동이었던 것 같은데, N만큼 책을 읽지 않았던 나는 출처를 알 수 없었다.

벳부로 이사 온 후로도 편지를 계속 주고받았다.

그러나 내가 도쿄로 나오면서 그와 연락하는 일도 드물어졌다. 급기야 내가 일본을 떠나 여행을 하기 시작한 뒤에는 연락이 완전히 끊기고 말았다.

하지만 오랜 여행을 잠시 중단하고 23년 만에 고향으로 돌아왔을 때, 나는 N을 떠올렸다. 동시에 만나고픈 마음이 치밀어 올랐다.

이미 23년이나 되는 세월이 흘렀기에 거처를 바로 알아내지는 못했지만, 건너 건너서 그가 치쿠호 지방의 타가와이타에 살고 있다는 정보를 듣게 되었다.

나는 키타큐슈 출신이지만 치쿠호 지방에는 발을 들여 본 적이 없다. 치쿠호는 미츠이 탄광에서 비롯된 지방이라 특유의 진흙내가 나는 땅이라고 어릴 때부터 들어왔다. 아버지가 하던 여관에서도 연회가 열리면 반드시 탄광의 노래가 나왔다. 이 노래가 불리면 회장 분위기는 순식간에 달아오르곤 했다.

'굴뚝에서 연기가 솟아오르면 달이 타오르네'라는 단순한 가사였다. 지금 생각하면 공해를 기뻐하는 것처럼 들리는 이 노랫말에선 고속성장기를 살아온 일본인의 자부심이 느껴진다. 이 지방 사람들은 온가 강이 지나가는 지역 한정으로 '카와스지모노(강가 사람들)'이라고 불렸다. 특히 강가 여자들은 깊은 정열을 품고 있기에, 그것이 질투심 쪽으로 방향을 틀면 남녀관계가 끝장을 본다고도 했다.

N이 그런 지방에 살고 있다고 들은 순간, 처음 느낀 감정은 위화감이었다. 고등학교 시절에는 발자크의 패러디 소설을 쓸 정도로 서양풍이었던 데다, 그러면 분명 문필 방면으로 나가거나 작가가 될 거라고 생각했기 때문이었다.

그러나 놀랄 소식은 여기서 끝나지 않았다. N이 타가와이타의 마을에서 카바레의 지배인으로 일하고 있다는 것이었다. 인간의 운명이 예측불가능하다는 사실을 이때만큼 통감한 적이 없었다.

그러나 한편으로 N의 인생이 그 자신의 성격과 미묘하게 맞아떨어지는 것 같다는 생각도 들었다. 그는 여자들에게 인기 있는 편은 아니었지만, 남녀관계에 남들보다 한층 더 관심이 많았고 어린 나이인데도 유독 퇴폐적인 문화에 애정을 쏟는 조숙한 구석이 있었다.

유쿠하시에서 치쿠호 철도를 타고서 찾아간 타가와이타는 탄광으로 뜬 지방에 어울리게 서민적인 향취가 물씬 나는 마을이었다.

도시계획에 의해 만들어진 마을과는 대조적으로, 생활이 증식할 때마다 온갖 공간이 유기적으로 이어지며 불어난 풍경이 보였다. 길도 구불구불하고 골목도 많아서 마을의 확장 과정을 느낄 수 있었다. 마을을 둘러보고 있자니 느닷없이 천천히 흘러가는 온가 강이 나타나 눈길을 빼앗았다. 전성기에는 사람 냄새 나는 분위기와 떠들썩한 활기가 가득 흘러넘쳤을 것이 틀림없는 이 마을. 그러나 탄광 산업이 쇠락한 지금은 축제가 끝난 뒤의 쓸쓸함 같은 기운이 마을 전반에 떠돌고 있었다.

N이 근무하는 카바레를 찾아내기까지 시간은 그리 오래 걸리지 않았다. 마을 전성기에는 카바레도 많았다고 하지만, 지금은 N의 카바레만이 홀로 근근이 운영 중이었기 때문이다. 시내 중심부에 자리 잡고 있는 카바레는 이 마을이 그렇듯이 초라해진 분위기를 감출 수가 없었다. 그가 출근할 저녁 무렵에 카바레로 향했다. 그곳에서 막 가게에 나온 듯한 30대 후반의 여성과 마주쳤다.

"N씨는 벌써 출근했나요? 저는 고등학교 친구였던 F라고 합니다."

사람 대하는 일에 익숙해 보이는 여성은 미소를 띠면서 "보기 드문 분이 오셨네요. 이제 금방 가게로 올 거예요."라고 말하더니 내 이름을 다시 확인한 뒤에 가게 안으로 사라졌다.

빨갛고 파란 가게의 네온사인이 희미하게 비추고 있는 길거리에는 인기척이 없었다. 이런 곳에서 어떻게 카바레가 운영 가능한지 모르겠다는 생각이 들었다.

시간이 지나도 N의 모습은 보이지 않았다.

개점 준비하느라 바쁜지도 모르겠다 싶어서 입구 옆 동백꽃 화단에 걸터앉았다. 불현듯 가게 안에서 악기를 튜닝하는 소리가 들리기 시작했다. 이런 한적한 도시인데도 아직 라이브 연주를 고집하고 있는 모양이었다. 튜닝 소리가 연주로 바뀌었다. 약간 느린 템포의 「세인트루이스 블루스」였다.

이런 마을에서 재즈 음색을 듣게 되다니 신기한 기분이었다. 그러나 미시시피 강변의 공장촌인 세인트루이스와 온가 강변의 탄광촌인 타가와이타는 닮은 구석이 있는지도 모르겠다. 게다가 이런 서양풍의 곡을 이런 시골에서 연주한다는 사실에서 N의 기적을 느꼈다. 베이스 기타와 트럼펫, 드럼이라는 단순한 구성의 밴드가 곡을 연주하고 있었다. 그러나 뭔가 빠진 듯한 그 쓸쓸함이 이 마을의 분위기와 잘 어울리기도 했다.

연주곡을 들으면서 인적 없는 거리를 멍하니 바라보고 있는데 등 뒤에서 문을 여는 소리가 들렸다. 동시에 트럼펫 소리가 밖으로 터져 나오는 것처럼 밀려 나왔다. 돌아보니 파란 조명 가운데 남자 한 명이 서 있었다.

"…N이야?"

나는 자신 없는 목소리로 중얼거렸다.

그곳에는 나비넥타이에 검은 정장을 입고 머리를 올백으로 빗어 넘긴 남자가 서 있었다. N이라고는 생각할 수 없는 모습이었다. 게다가 풍기는 분위기로 보건대 그다지 성실한 타입으로 보이지는 않았다. 그러나 수초 후, 가늘고 긴 눈매와 뾰족한 콧날에서 N의 느낌을 찾아낼 수 있었다.

"N이구나…."

내가 말했다. 그는 희미한 미소를 띠웠다.

"나야. 보면 알잖아?"

그는 희미한 미소를 띤 채로 약간 목을 꼬듯이 고개를 끄덕였다.

깜빡이는 푸른색 분홍색 조명 속에 서 있는 사내의 볼은 홀쭉하게 빠져 있었다. 새까만 그의 눈동자는 며칠이나 안 팔리고 남아 있는 물고기의 눈처럼 생기가 없었다.

"여기서 오래 살았나 봐?"

나는 너무도 변해 버린 N의 앞에서 무슨 말을 해야 할지 몰라 당연한 얘기를 꺼냈다.

그가 입을 열었다.

작고 가느다란, 그리운 그 목소리였다.

그러나 그 찰나, 다시 입구의 문이 열리더니 「세인트루이스 블루스」의 마지막 구절을 연주하는 밴드의 소리가 흘러나왔다. 뭐라고 말한 건지 다시 되물으려는데, 문을 열어젖힌 리젠트 머리의 청년이 물

장사 풍의 말투로 "실장님, 점호 시간인데요!"라고 외쳤다.

"…그럼."

N은 단 한 마디로 이별을 고하고 가게 안으로 사라졌다.

"어서 옵쇼! 잠깐만 기다려 주세요. 7시에 문을 열거든요. 찍어 둔 아이가 있으신가요?"

N이 사라지자 리젠트 머리의 청년이 문 사이로 고개를 내밀고서 내게 물었다.

"아니, 없는데…."

"이번에 쿠루메에서 새로 온 아톰이라는 애가 있는데요, 어떠세요? 젊고 탱탱해서 강력추천입니다요!"

"아, 그래요…?"

"하지만 실장님께는 비밀입니다. 특정 인물을 손님께 추천하는 건 금지되어 있거든요."

청년은 담배 냄새를 풀풀 풍기면서 내게로 다가와 귓속말로 속삭였다. 나는 그저 고개만 끄덕였다.

문을 닫으려던 청년은 앞니가 없는 입을 크게 벌리며 내게 한껏 미소 지어 보였다. 청년이 사라지는 것과 동시에 가게 안에서 들려오던 연주가 끝났다. 마지막에 울린 심벌즈의 여운만이 허공에 떠돌았다.

23년간의 공백. 낡은 연주곡 하나만큼의 길이밖에 되지 않는, 덧없으리만큼 짧은 순간이었다.

N이 폐렴으로 죽었다는 소식을 들은 것은 그로부터 4년 후였다.

그해 정월, 출판사에 치쿠호에서 보낸 연하장이 하나 도착했다. N이 보낸 것이었다. N은 내가 무슨 일을 하는지 알고 있었던 모양이다. 당시 나는 연하장이 도착한 출판사에서 모지코우를 테마로 삼은 사진집『소년의 항구』를 내고 있었다.

연하장에는 그때 매정하게 대해서 미안했다는 말이 적혀 있었다. 너와 나 사이에 벌어진, 이 거대한 입장 차이가 수치스러워서 일초라도 빨리 네 앞에서 사라지고 싶었다, 라고 했다.

내가 그 연하장을 읽은 것은 여행에서 돌아온 후 두 달이 지났을 때였다. 병원에 전화해 보니 그는 이미 세상을 떠난 후였다.

삼월 초순, 그 추억을 가슴에 품은 채 17년 만에 국철 타가와센, 지금의 헤이세이 치쿠호 철도 타가와센을 탔다.

헤이세이 치쿠호 철도 타가와센은 JR 닛보혼센의 유쿠하시에서 타가와이타까지 달리는 최장 26킬로미터의 지선이다.

타가와이타에 도착해 마을을 둘러보려 했지만, 탄광촌의 분위기를 희미하게나마 남기고 있었던 그때의 모습은 흔적조차 없었다. N이 일했던 카바레도 부서지고 공터만 남아 있었다.

그를 확인한 나는 이제 이곳에 다시 올 일은 없겠다는 생각을 하며 돌아가기 위해 헤이세이 치쿠호 철도 이타센을 탔다.

한 칸밖에 없는 이타센의 작은 열차는 운전석이 왼쪽에 붙어 있고 정면 중앙에 커다란 창문이 있다. 나는 그 앞에 선 채 선로 너머에서 왔다가 멀어져 가는 풍경을 바라보고 있었다.

그러던 어느 순간, 나의 망막과 열차의 창문이 노란색 빛깔로 물들었다.

선로 옆으로 드넓게 펼쳐진 토지 한켠에 이른 봄의 햇살을 받으며 흐드러지게 피어난 유채꽃 꽃밭이 나타났던 것이다. 달리는 말처럼 눈앞까지 달려온 눈부신 노랑색이 뒤쪽으로 사라지려 하고 있었다.

순간 카메라의 셔터를 눌렀다.

이건 마치 천국에서 보내는 선물 같지 않은가….

그런 생각이 스쳤다.

눈부신 노랑빛은 순식간에 열차와 엇갈리며 과거를 향해 달려갔다.

열차 안을 돌아보았다.

살아 있는, 살려 하는 것들은 모두 이른 봄바람에 흔들리는 유채꽃 같은 슬픔을 마음속에 숨기고 있는 거라고 암시하듯이

노란 빛은 창가에 앉아 있는 치쿠호 사람들의 옆얼굴을 리드미컬하게 물들이면서

멀리, 멀리

…사라져 갔다.

인생의 자살골

요 십년 간 일본에서 축구 열풍이 불고 있지만, 개인적으론 관심도 없고 아는 바도 없다.

그러나 형의 장남, 그러니까 조카가 고교에서 대학까지 축구를 계속해 왔다. 그런 연유로 조카와 나 사이에는 축구에 얽힌 기묘한 일화가 있다.

그와 나는 조카와 숙부 사이지만, 내가 일본에 도통 머무르지 않는 탓에 계속 서먹한 사이였다.

기업전사인 형은 교육에 신경 쓸 여유가 없었고, 조카는 소위 말하는 도쿄대 진학의 숙명을 초등학교 때부터 짊어진 아이였다. 영양제 신세를 져가며 학교 및 학원을 다녔던 그는 하얀 얼굴에 만화에 나오는 두꺼운 뱅글뱅글 안경을 쓰고 있었다.

가끔 만났지만, 공부 때문에 스트레스가 쌓인 탓인지 느닷없이 히스테릭한 고함을 지르는 등 그다지 사랑스러운 아이가 아니었다. 나처럼 멋대로 사는 인생과 그의 사이에 접점이라곤 없었다. 게다가 나는 이삼십대 시절에 아이라는 존재가 약간 거북했다. 비상식적인 일이지만, 그가 고등학생이 될 무렵에는 조카의 얼굴 윤곽조차 잘 기억나지 않을 정도였다. 그러나 어느 날 그의 얼굴을 말똥말똥 쳐다볼 기회가 왔다.

어느 겨울날이었다. 형이 나를 찾아오더니 아들이 집으로 돌아오지 않는다는 얘기를 꺼냈다. 벌써 두 달이나 되었단다. 고등학교 부실에 숨어서 다른 아이들이 도와주며 근근이 먹고 살아가고 있는 중이라고 했다.

형은 옛날부터 장남에게 엄격했다. 절대로 자신이 먼저 숙이지 않았다. 그러나 이번만은 너무 걱정이 되었던지 동생인 내게 그 사실을 털어놓았던 것이다. 형이 그렇게 약한 모습을 보이는 건 매우 드문 일이었다. 딱히 뭔가 부탁하지는 않았지만, 내게는 형이 SOS를 보내고 있는 것처럼 느껴졌다.

그로부터 이틀 후, 저녁 무렵에 조카가 다닌다는 M 고등학교로 발길을 옮겼다. 그때까지 조카가 무슨 학교를 다니는지도 모르고 있었다.

학교로 가보니, 어슴푸레해진 교정에 십몇 명 정도 되는 남학생들이 축구공을 차고 있었다. 그리운 풍경이었다. 문득 검도 연습을 마치고 저녁의 땅거미 속에서 마무리 런닝을 하던 중학시절의 나 자신이 겹쳐졌다.

그때 축구공이 내 쪽으로 굴러왔다. 학생 중 한 명이 다가왔다. 나는 공을 그에게 돌려주고 나서 조카의 이름을 대며 지금 있느냐고 물었다. 학생은 공을 한가운데로 차더니 그대로 교정으로 달려가 학생 한 명에게 말을 걸었다.

아무래도 그 학생이 조카인 모양이었다. 그 학생은 친구의 이야기를 들으면서 내 쪽을 힐끔 쳐다보았다. 그러더니 날 무시한 채 그대로 연습에 들어갔다.

조카의 그림자를 눈으로 쫓았다.

그는 운동장으로 돌아가자마자 무턱대고 상대 진영 속으로 들어가 공을 쫓아갔다. 공을 빼앗더니 두 사람을 제치고 힘껏 차올렸다. 골대와 한참 떨어진 곳을 지나친 공은 어둠이 번지는 하늘 속으로 꽂히듯이 포물선을 그렸다.

…어려운 나이로군.

그렇게 생각했다.

코트 주머니에 양 손을 집어넣고 있자니 문득 고교 2년 때 배구부 선배와 주먹다툼이 벌어졌던 일이 떠올랐다. 그때 맞은 배의 아픔도 생각났다. 이제까지 한 번도 서로에게 관심 주지 않고 살아온 숙부가 이런 꼬인 상황에서 고개를 삐죽 내밀었으니, 조카가 불쾌해한들 어쩔 수 없는 일일 것이다.

조카의 실루엣이 눈에 익은 탓인지, 잠깐 시선을 돌려도 금세 사람들 속에서 조카의 모습을 찾아낼 수 있게 되었다. 내 입에서 흘러나온 하얀 입김 속에서, 그는 훌륭한 공 돌리기를 두 번 선보였다. 그 모습이 내 인상 속에서 가장 강렬했던 그의 얼굴, 즉 두꺼운 안경을 걸친 병약소년의 이미지에 겹쳐졌다.

…참 많이 컸구나.

어쩌면 그는 편협한 수험교육이 만들어 낸 자신의 모습을 깨닫고서 그에 맞서 싸우려 하고 있는 것일지도 몰랐다.

달리는 그림자를 눈으로 쫓던 머릿속에 그런 생각이 스쳤다.

시간이 계속 흘렀다. 왠지 그가 이대로 나를 무시해도 상관없겠다는 기분이 들기 시작했다. 집을 나와서 부실에서 혼자 두 달이나 살다니, 순수 배양 시스템 속에서 자라난 수재가 할 수 있는 일이 아니다. 애초에 나는 형의 이야기를 처음 들었을 때부터 내심 '그거 난 놈인데!'라고 생각했었다. 그때서야 처음으로 조카의 존재를 정면으로 의식했다.

연습은 날이 어두워질 때까지 계속되었다.

어느새 조카를 분별할 수 없을 정도로 어두워졌다. 이윽고 작은 웅성거림이 일더니 공 차는 소리가 멎었다. 운동장이 약간 떠들썩해졌다.

잠시 그러고 있자니 고요한 땅거미 너머에서 사람의 그림자가 이쪽을 향해 왔다. 조카라는 것은 금세 알 수 있었다.

그가 내 앞에 섰다.

아무 말도 없이 약간 고개를 숙였다.

나는 그때 처음으로 조카의 얼굴을 정면으로 바라보았다.

내가 기억하는 머핀마냥 둥근 얼굴이 아니었다. 사나운 기색마저 엿보이는 낯선 소년의 얼굴이 거기 있었다. 그러나 어딘가 희미하게 천진난만한 아이의 기색이 엿보였다. 약간 낯빛이 파랬다. 방랑 생활 탓에 영양 부족이 온 것인지, 가출 중에 갑자기 숙부와 마주치게 되어서 긴장한 것인지는 알 수 없었다. 그냥 괴로운 수험공부가 싫어서 도망친 녀석인지, 편협한 수험생활에 의문을 느껴서 반발하는 중인지도 판단하기 어려웠다.

단지 이 추위 속에서 꿋꿋이 서 있는 그가 굉장히 지쳐 있다는 것은 알 수 있었다.

"끝났으면 뭐 좀 먹으러 갈까?"

내가 말했다.

그는 아무 말 없이 교정으로 돌아갔다.

이쪽으로 돌아올 가능성은 5대5 정도라고 생각했다. 그러나 20분쯤 지나자 주름투성이의 감색 자켓을 걸친 조카가 나타났다.

땀과 때로 얼룩진 냄새가 났다.

그길로 내가 자주 가는 스가모의 일본식당으로 갔다.

아무것도 묻지 않고 그저 잔뜩 먹였다.

우리는 오직 축구에 대한 얘기만 했다.

축구가 어떤 것인지, 그가 어떤 포지션인지, 발의 어느 부위로 공을 차는지 등등 축구를 좀 하는 사람이라면 코웃음 칠 만큼 단순한 것들을 물었다.

조카는 가출에 대한 힐난을 각오하고 있었던 모양이었다. 축구에 대한 것만 물으니까 놀랐는지 처음에는 어처구니없다는 표정을 짓고 있었다. 그러나 점점 불타오르더니 내 질문에 대답하기 시작했다. 나는 가출에 대한 이야기를 꺼낼 생각은 처음부터 없었다. 그저 그가 모든 걸 걸고 열중하고 있는 것이 뭔지 궁금했다.

식사가 끝날 때쯤에는 조카의 얼굴이 꽤나 밝아져 있었다.

"억지로 집에 돌아갈 필요는 없어. 하지만 부실에서 사는 건 힘들 테니 내 작업장에서 자는 게 어떠냐? 나도 밤에는 집으로 가니까 아무도 없어서 맘 편할 거다."

식사가 끝난 후에 그렇게 말했다.

어쩐 일인지 조카는 순순히 내 말에 따랐다.

그가 내 작업장에서 묵은 것은 그로부터 두 달 정도다.

그 사이에도 가출에 대한 이야기는 전혀 하지 않았다. 그저 일반적인 얘기만 했다. 그는 두 달 동안 뭔가 내려놓은 것처럼 평온한 얼굴이 되었다. 그리고 어느 날 갑자기 내 작업장에서 사라졌다.

다음 날 전화를 걸어온 형이 '겨우 집에 왔네'라고 말했다.

조카가 사라진 내 작업장에는 표면이 벗겨진 축구공과 부서진 운동기구가 뒹굴고 있었다.

어느 날, 그 축구공을 쳐다보다가 문득 조카와 똑같은 것을 해보고 싶어졌다. 공을 공터로 가져간 나는 그것을 벽을 향해 힘껏 걷어찼다.

큰 소리가 났다. 후련했다.

그로부터 나는 매일처럼 공터로 축구공을 들고 가서 공을 차기 시작했다.

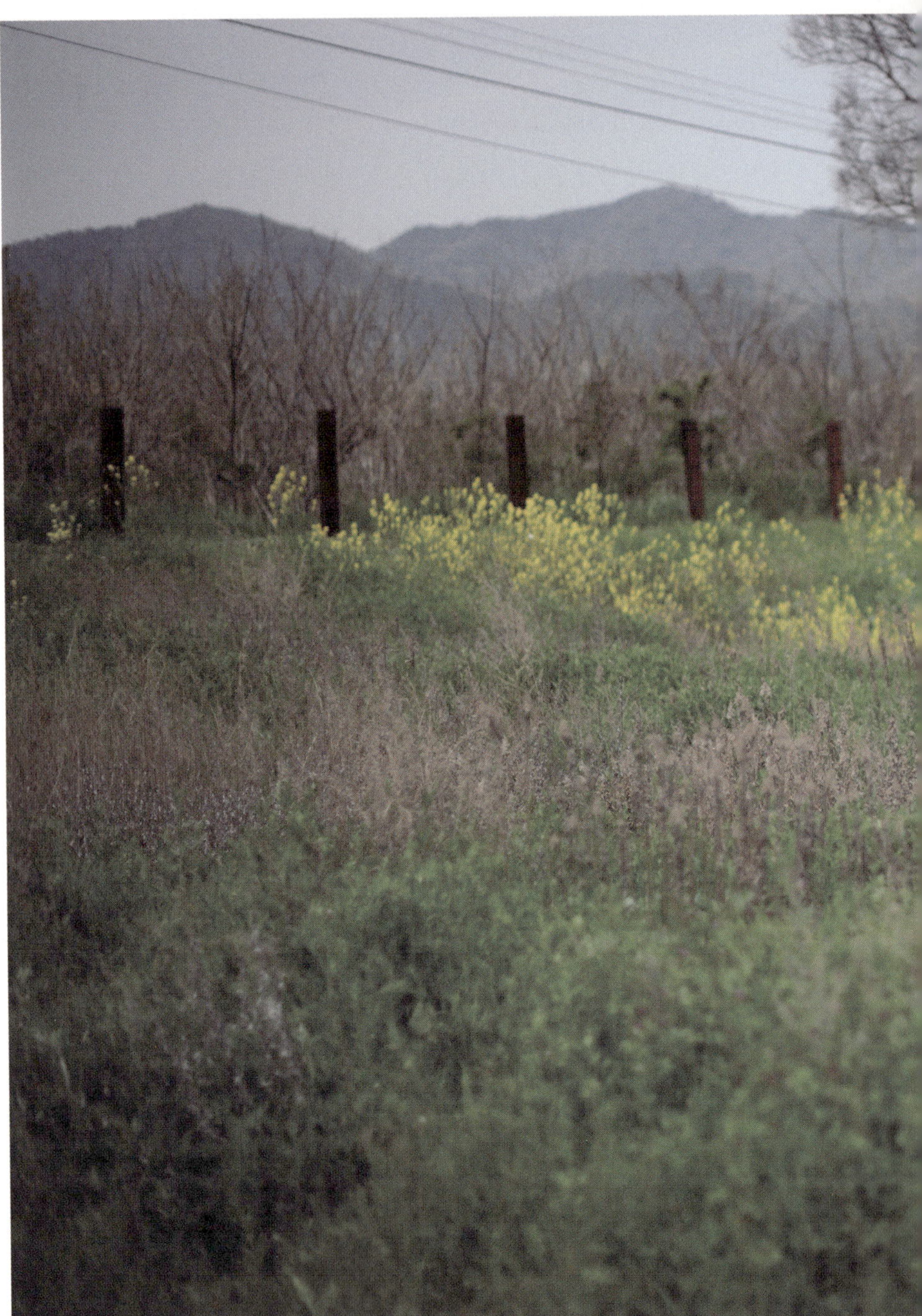

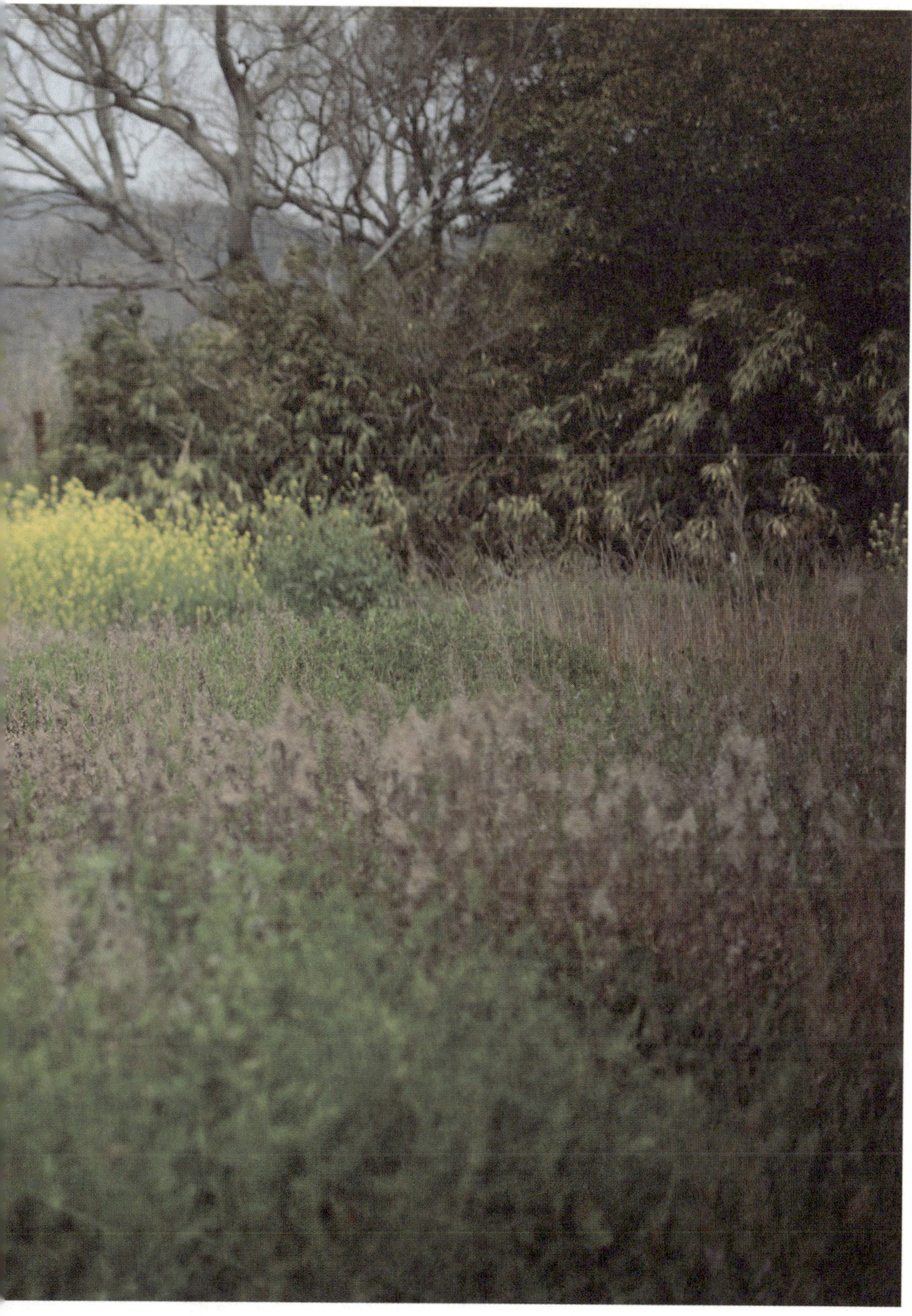

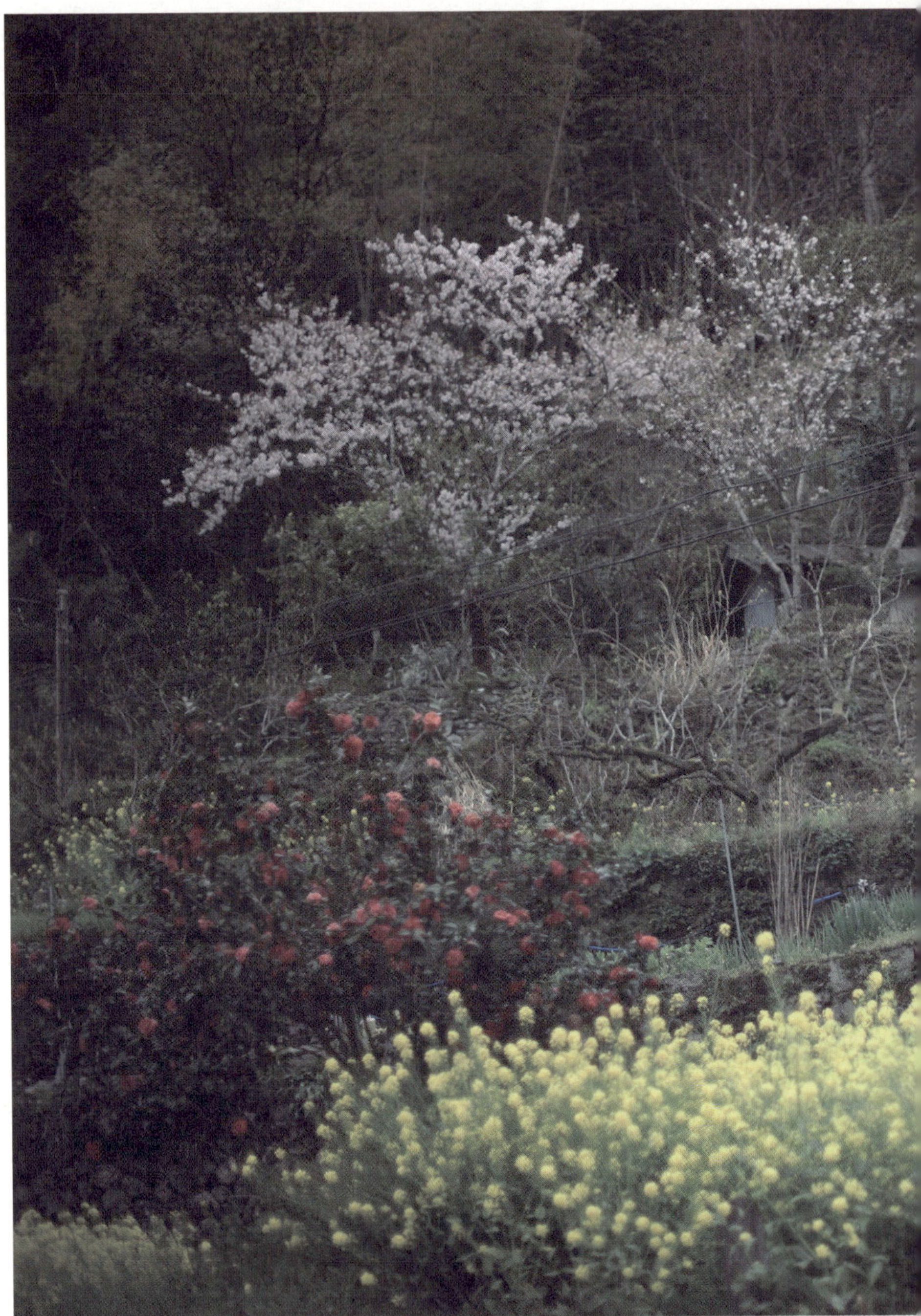

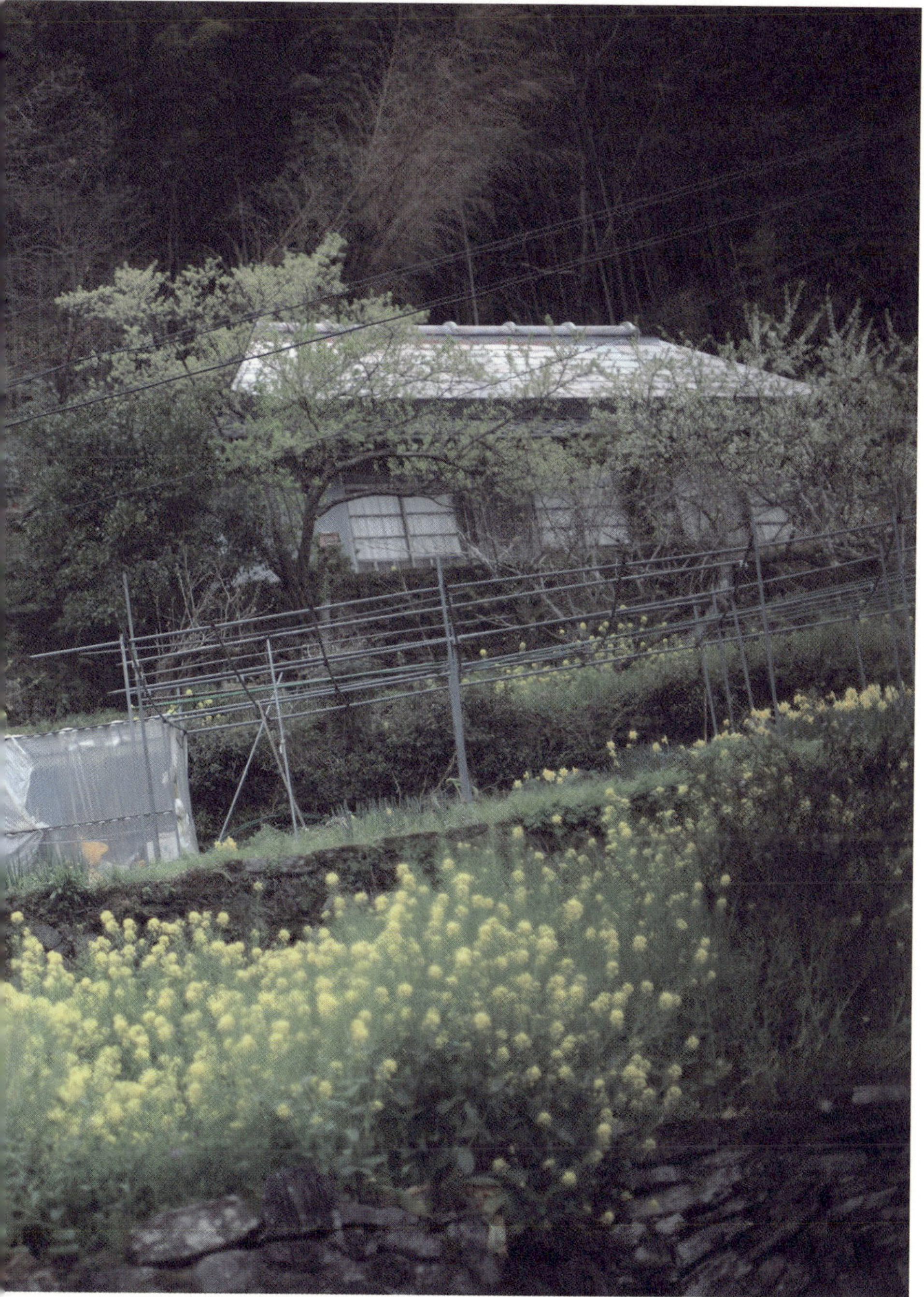

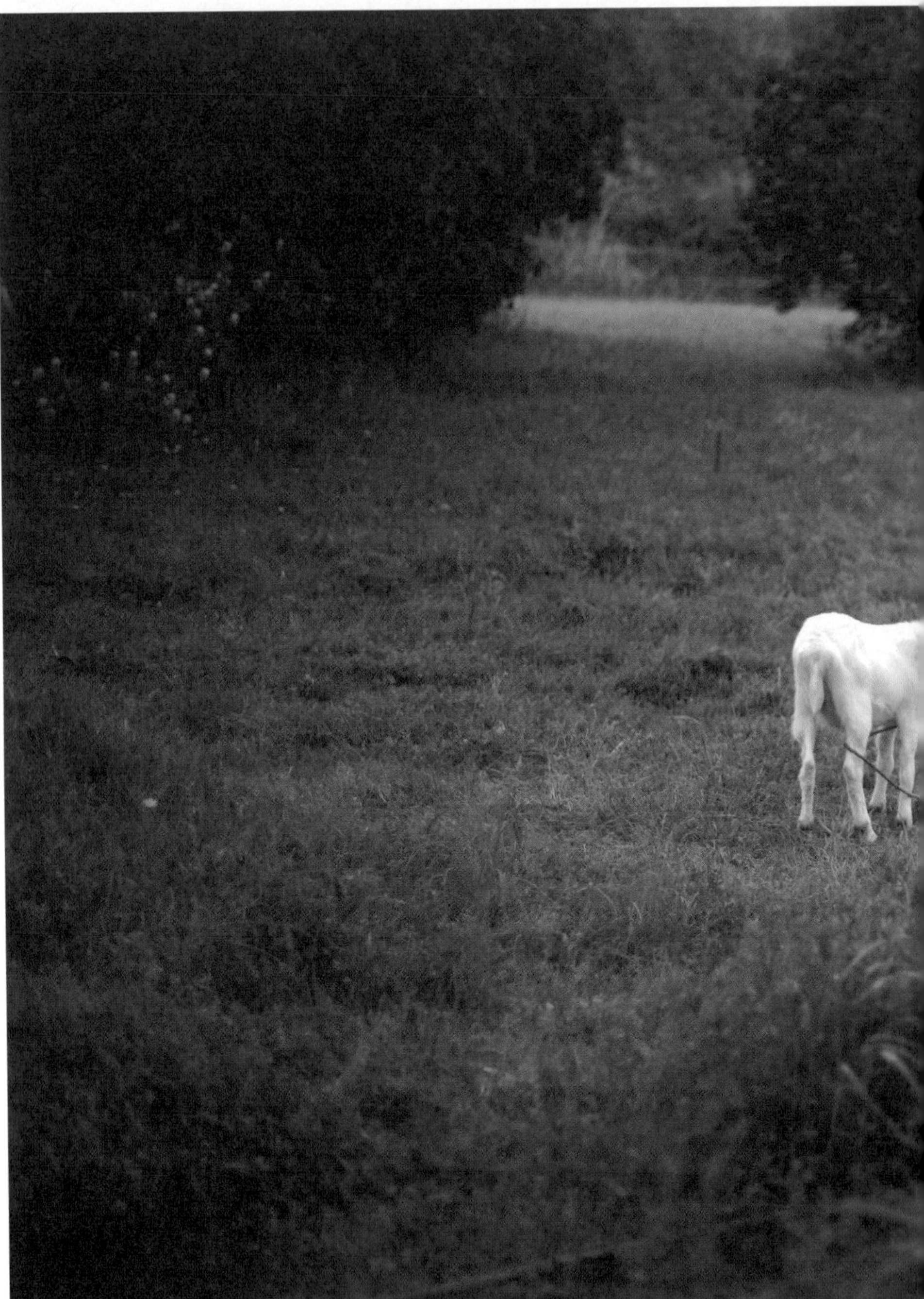

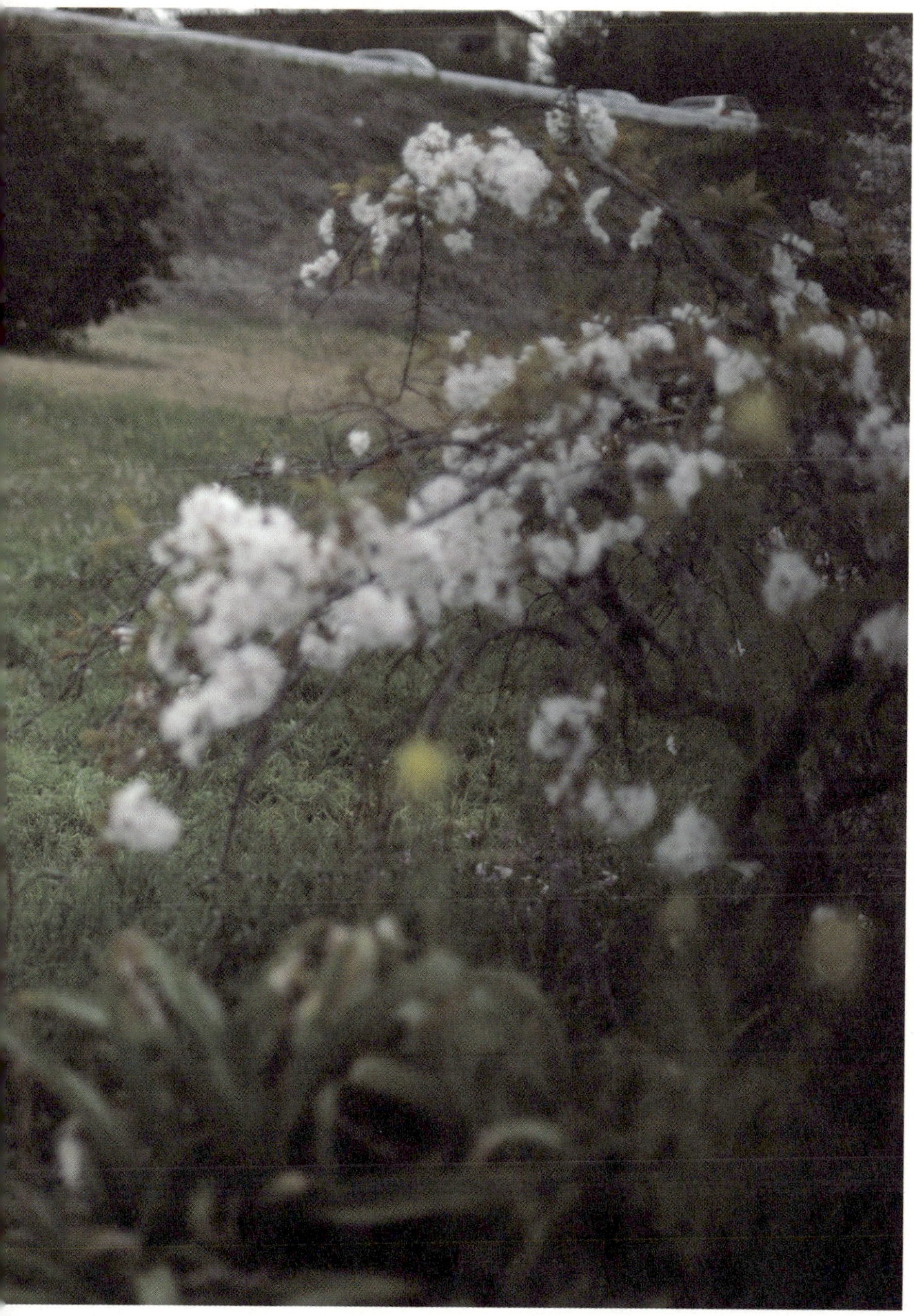

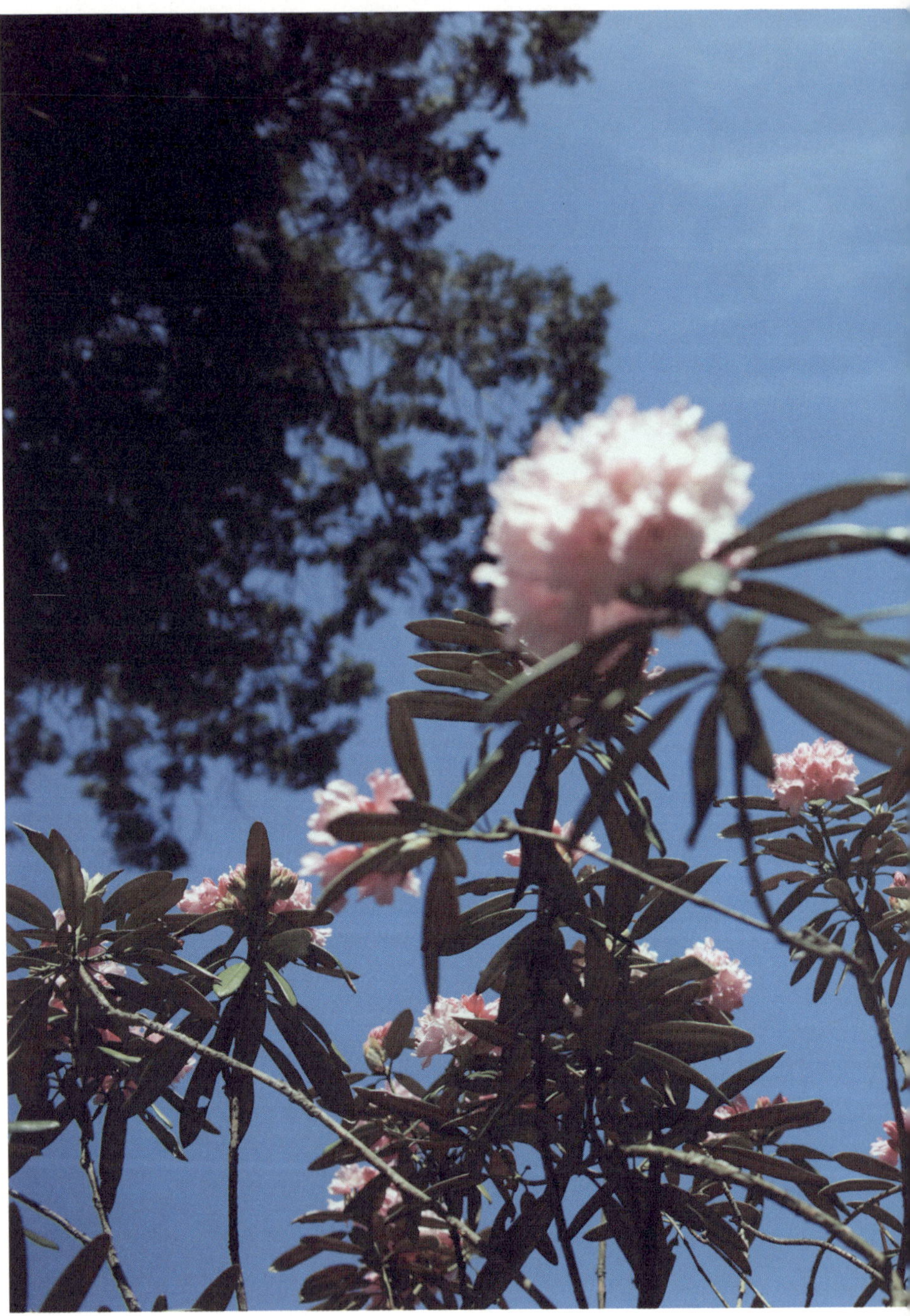

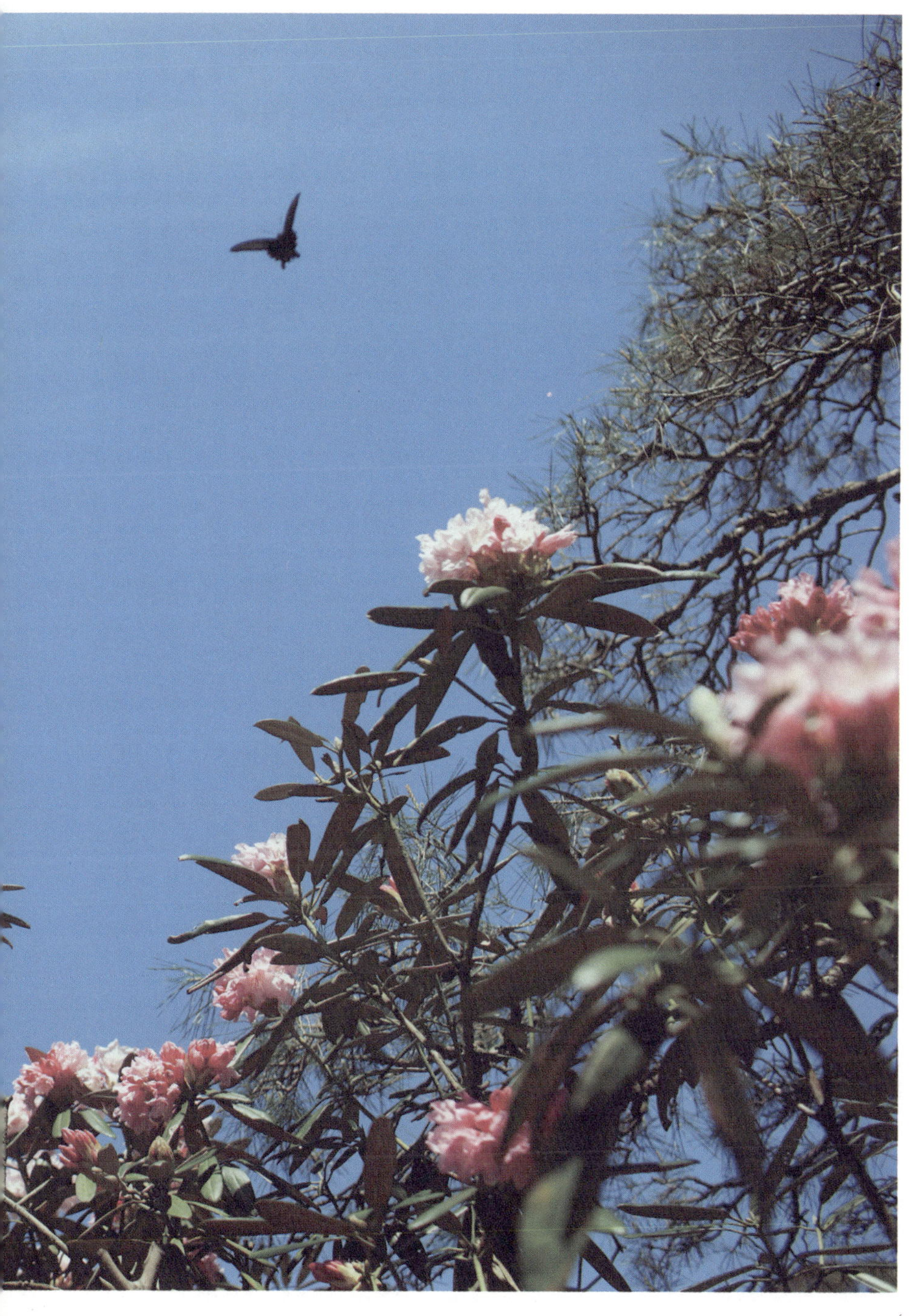

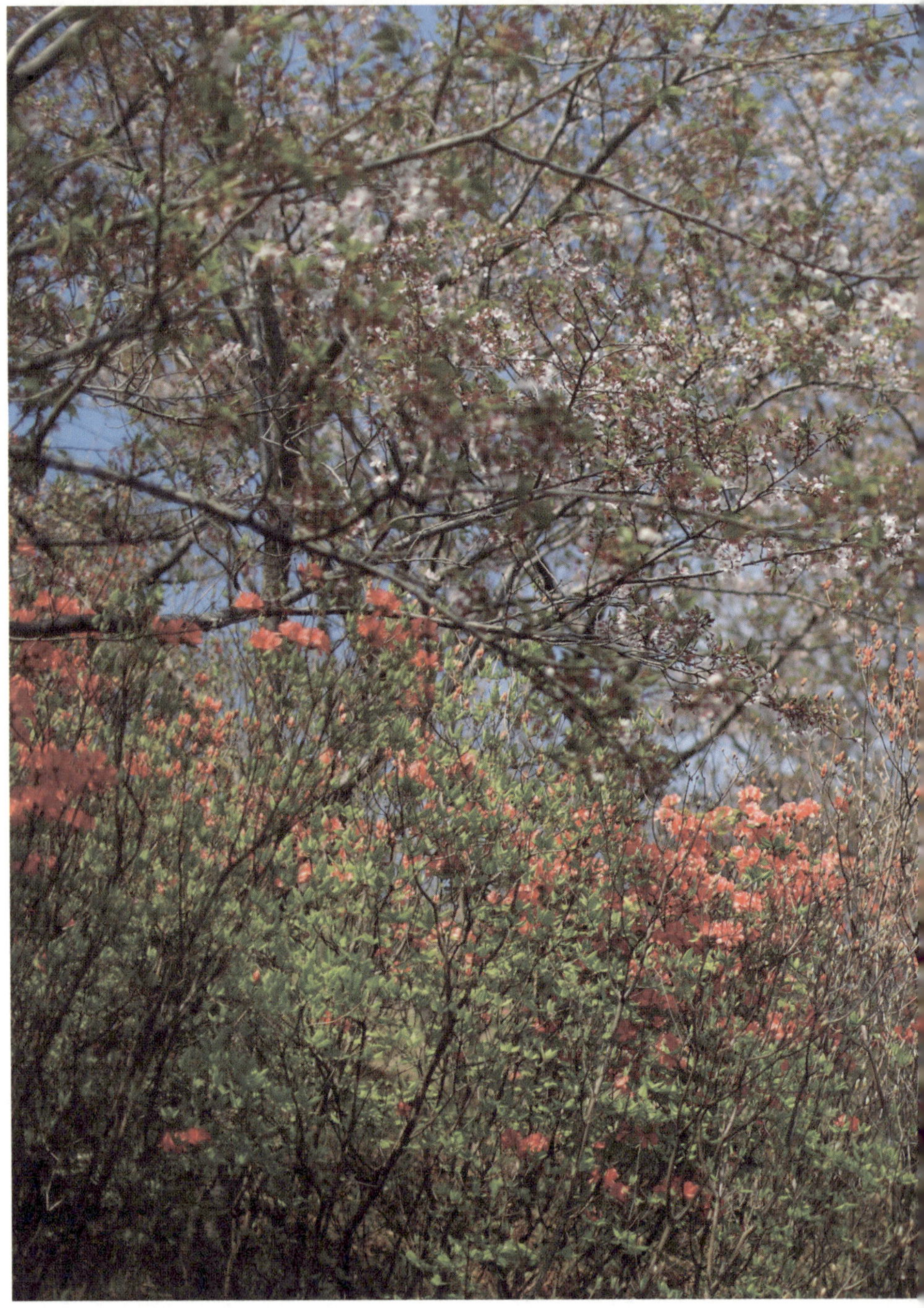

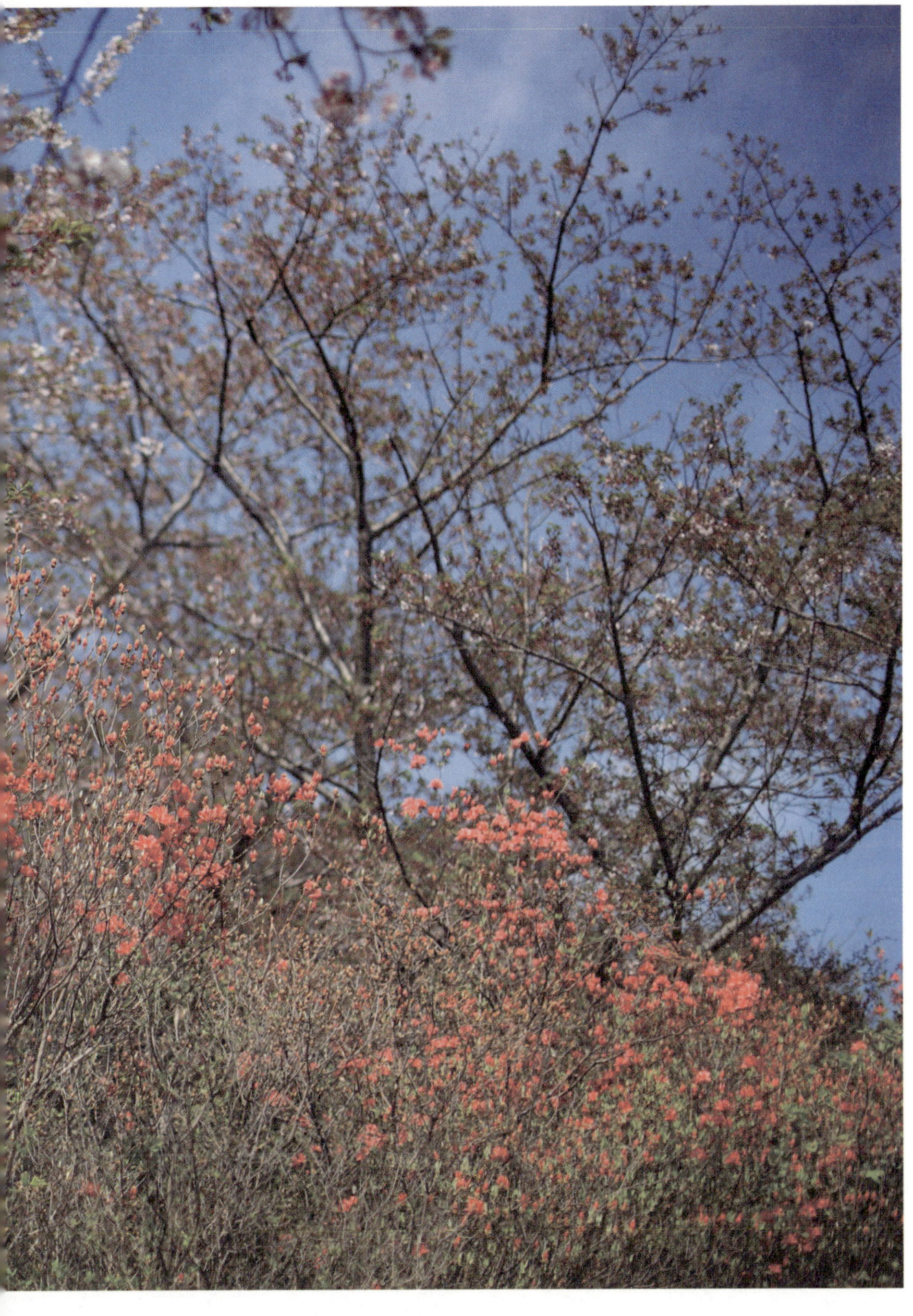

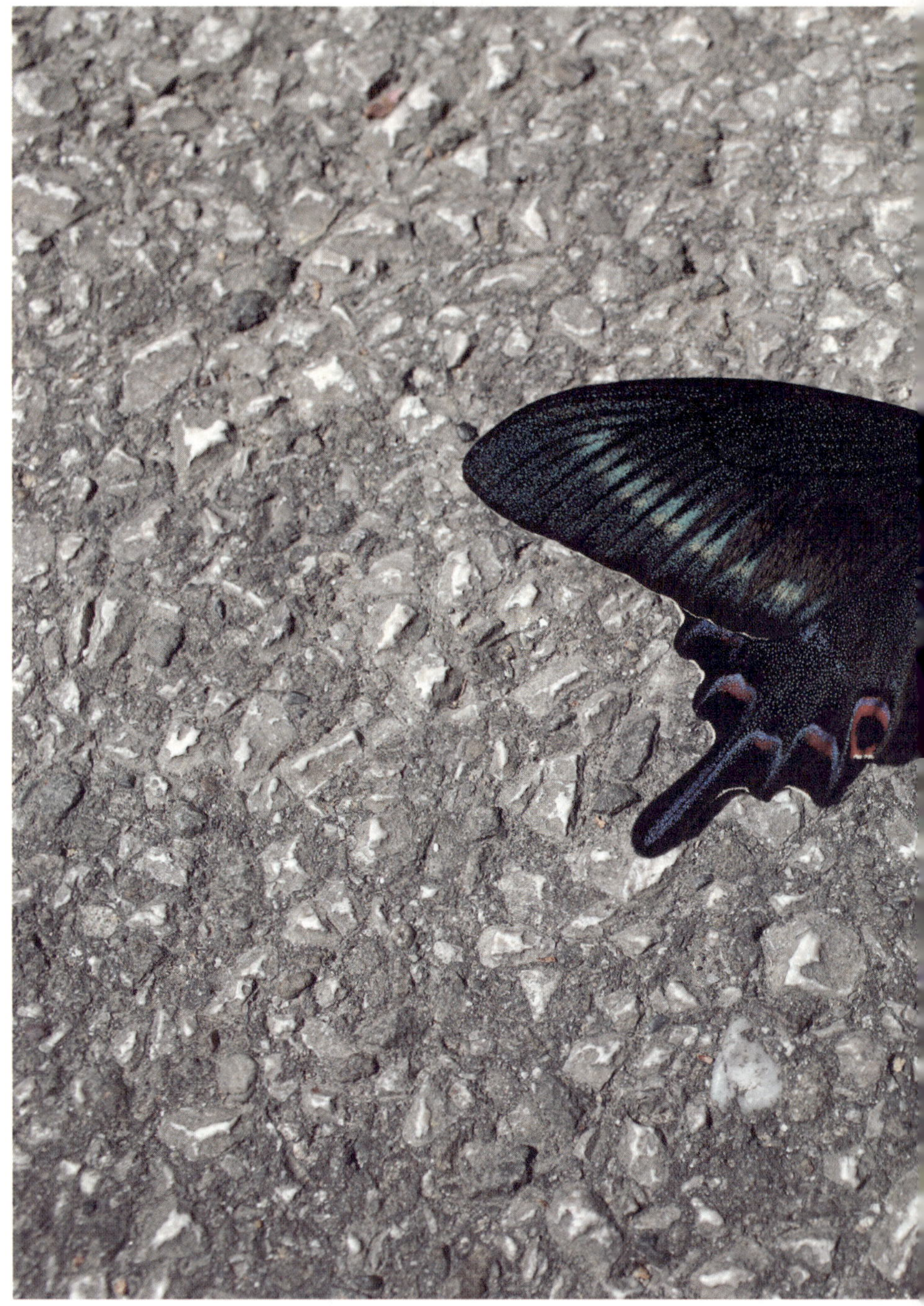

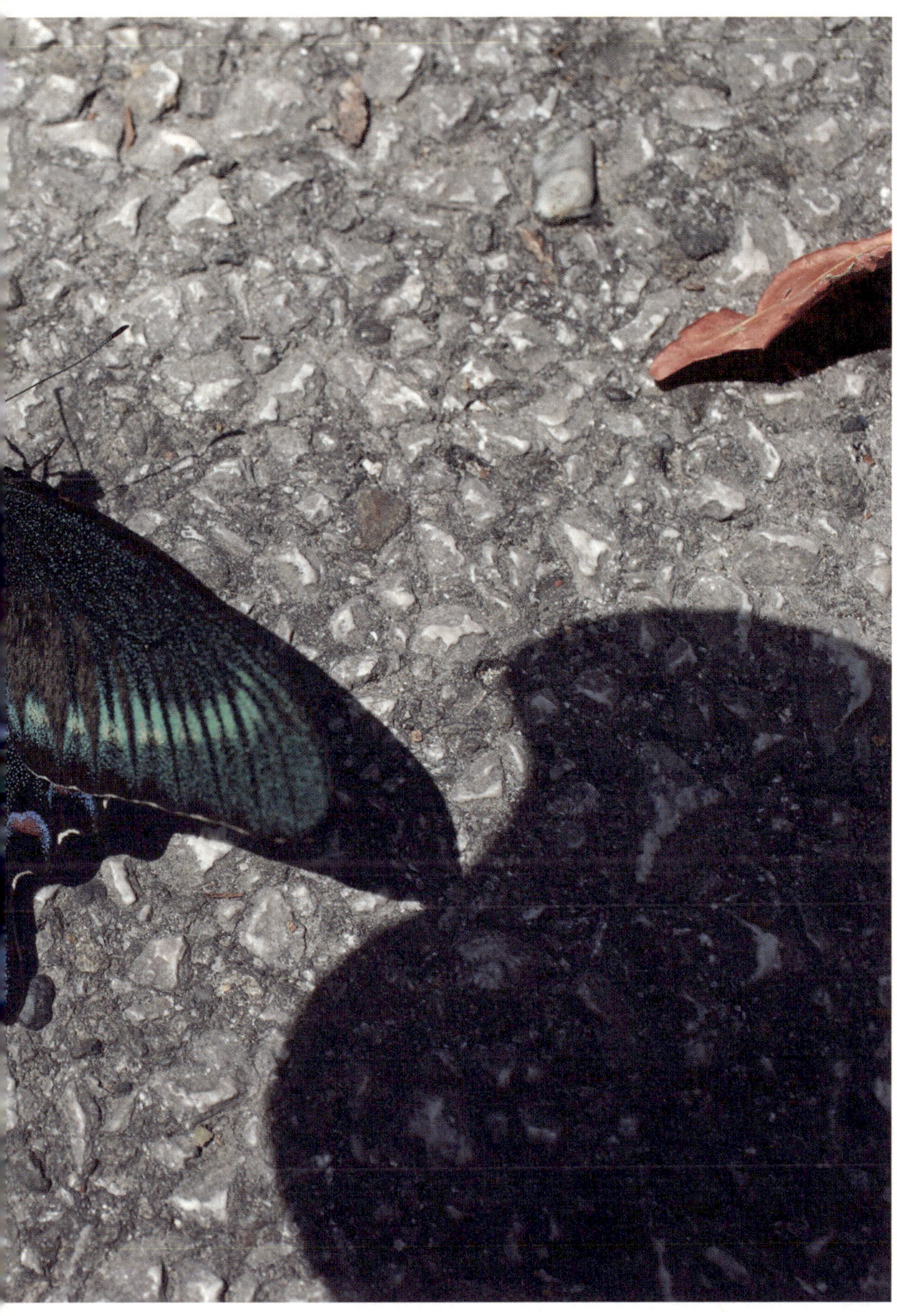

물에 홀리다

화가이자 모지코우의 친구인 카와하라다에게서 전화가 왔다. 어느 조각가가 작품집을 내는데, 거기에 해설을 써달라는 것이었다.

그 와나지요 타카시라는 조각가와 카와하라다 사이에 면식이 있어서가 아니었다. 그냥 도쿄에서 같은 화랑을 쓰고 있을 뿐이라 했다. 그 화랑의 주인이 부탁했단다. 당연히 나도 그 조각가와 아무런 면식도 없었다. 작품조차 본 적이 없었다. 그야말로 뜬구름 잡는 얘기였다.

평론은 잘 못한다. 작가와 아는 사이라서 인간론을 포함해 평론을 쓸 수 있다면 괜찮겠지만, 그냥 작품론이라니 그다지 흥미가 일지 않았다. 와나지요 씨는 지금 암투병 중이라 어쩌면 얼마 남지 않았을지도 모르는 상황이었다.

말이 궁해졌다. 암에 걸리는 것은 요새 드문 일도 아니다. 암환자의 여생이 얼마 남지 않았다는 얘기도 흔하다. 알지도 못하는 사람에게 그런 일이 닥쳤다 한들 남들에게는 그다지 절실한 기분을 불러일으키지 못하는 것이 현실이다.

그러나 나는 묘하게 궁지에 몰린 기분이었다. 바로 일 년 전에 형이 암으로 고통받다가 세상을 떠났기 때문이다. 그 병이 어떤 것인지 속속들이 온몸으로 알고 있다. 그 일 이후 암에 대해서라면 생판 남의 얘기라도 태연히 들을 수 없게 되었다. 형의 죽음 이후 두세 명 정도 말기 암환자의 이야기를 접했다. 그럴 때면 간병하는 사람까지 포함하여 그들이 겪고 있을 고통이 너무나도 잘 상상되어서 남일 같지가 않았다. 그렇기에 와나지요 씨의 이야기도 절실하게 들렸다. 게다가 이렇게 표현하면 경솔할지도 모르지만, 와나지요 씨는 생판 남인 내게 자신이 해온 일의 유서를 써달라고 부탁한 것이나 마찬가지였다. 궁지에 몰린 느낌은 거기서 비롯된 것이었다.

그렇다고 해서 반드시 내가 맡아야 한다면 어떤 의미에선 불건전한 발상이다. 이 일은 잡념을 없애고 한 사람의 작가 대 작가로서 맞서는 것이 예의일 것이다.

어쨌든 그의 작품을 한번 보기로 했다. 그 후에야 비로소 해당 작품을 통해서 와나지요 작가와 나의 관계가 태어나는 것이다.

다음 날, 와나지요 씨의 집에 전화를 걸었다. 와나지요 씨의 아내가 전화를 받았다. 와나지요 씨는 매주 한 번 항암제를 맞는데, 그로부터 며칠간은 상태가 나빠져서 사람을 만날 수가 없다고 했다. 그런 상태이면서도, 군마에 있는 작품을 보러 함께 갈 의향도 있다고 했다. 그러나 나는 여행 도중에 도쿄로 돌아온 참이라 다시 떠나야 하는 상황이었다. 그래서 작품을 보러 가는 것은 일단 후일로 미루기로 했다.

전화를 끊고 나니 상대의 밝은 목소리가 귓전에 남았다. 그것이 걱정되었다. 암환자의 간병인은 불안하고 초췌해진 마음과는 정반대로 행동이나 말이 평소보다 활발해지는 경향이 있다. 무리해서 밝게 보이려는 것이 아니라, 병마에 사로잡힌 사람과 가까이 있으면 그 방패가 되어 주려 하는 마음이 무의식적으로 자라나기 때문이다. 그것은 죽음에 맞서 싸우려는 생명의 원리와도 같은 것이다.

듣건대 와나지요 씨의 상태가 상당히 좋지 않은 모양이었다. 작품을 보여 주러 군마까지 가는 것은 무리일 듯했다. 나는 우선 작품의 카탈로그부터 보내 달라고 청했다.

며칠 후 와나지요 씨의 작품집이 배송되어 왔다.

그는 석상 조각가였다.

거대한 흑영석이나 대리석이 온갖 형태를 뽐내며 그의 세계관을 펼쳐 보였다. 조각뿐만 아니라 회화도 있었다. 추상화는 경계 대상이다. 추상적인 형태 속에 구체적인 세계관이 스며 있지 않으면 그냥 공허한 형상일 뿐이기 때문이다. 그러나 와나지요 씨의 추상화에는 확실한 형태의 세계관이 엿보였다.

와나지요 씨의 작품 몇 개를 보면서 어째서인지 다른 일이 신경이 쓰였다. 아직 만난 적도 없는 작가의 뒷모습을 문득 상상하게 되었던 것이다. 멀리서 이쪽을 향해 등을 돌린 채 서 있는, 약간 고양이 같아 보이기도 하는 과묵한 남자의 모습이었다.

왜 그런 그림이 머릿속을 스쳤던 것일까. 어쩌면 그가 병으로 고생하고 있다는 이야기를 들었기 때문에 그런 고독한 풍경이 떠올랐던 것일지도 모르겠다고 생각하면서 다시 작품집에 시선을 주었다.

아니다….

그 순간 자신의 생각을 부정했다. 그러한 이미지가 작품의 분위기에서 새어 나오고 있다는 것을 느꼈기 때문이다.

와나지요 씨의 작품에는 뭔지 모를 깊은 침묵이 떠돌고 있다.

조각품인데 수다스러움이나 과묵함이라는 게 존재할 수 있는가? 내 생각이지만, 예를 들어 미켈란젤로나 건축가 가우디의 조형은 수다스럽다. 그에 비해 자코메티나 브란쿠시의 작품들은 과묵하게 보이는 것이다. 나는 그러한 종류의 발랄함과 과묵함을 와나지요 씨의 작품에서 '들었다'.

그렇다면 수다스러움과 과묵함의 소리는 도대체 어디서 들려오는 것일까. 또 작품의 침묵에는 어떤 은유가 숨어 있는 것인가. 그를 설명하려는 순간 어느 조각이 머릿속에 떠올랐다.

바로 30대일 때 방문했던 인도 엘로라 동굴의 조각이다. 굴 깊숙한 곳에 새겨 놓은 명상하는 부처. 그것을 본 순간 오싹하리만큼 깊은 침묵을 느꼈다.

삼십 몇 년간 살면서 처음으로 들은 가장 깊은 침묵의 목소리였다.

이 침묵이 어디서 들려오는 것인지 고민한 순간, 그 목소리가 조상 그 자체가 아니라 그를 둘러싼 칠흑의 공간에서 들려오는 것 같은 느낌이 들었다.

그렇다고 조상이 침묵의 목소리를 발하고 있지 않다는 이야기가 아니다.

조상 역시 자신을 둘러싼 칠흑의 공간을 포괄하고 있다. 자기 자신으로 자립하면서도 그 이상의 무언가에 녹아들어 있다. 자기중심주의가 아니라, 오히려 자신을 텅 비움으로써 자신을 드러내는 것보다 더욱 커다란 존재가 된다.

나는 이러한 침묵을 자코메티나 브란쿠시, 혹은 명상하는 부처의 조상, 그리고 와나지요 씨의 조각을 통해 들었다.

그렇다면 와나지요 씨의 조각에 대해서 뭔가 쓸 수 있지 않을까? 그런 생각을 하면서, 또 와나지요 씨의 상태를 걱정하면서 다시 여행을 떠났다.

'남편은 이제 아무것도 먹을 수 없는 상태입니다.'

그러나 여행에서 돌아온 후, 군마의 작품을 보러 가기 위해 와나지요 씨네 집에 전화를 건 나는 와나지요 부인으로부터 절망적인 소식을 들었다. 와나지요 씨의 위장은 이미 아무것도 받아들이지 못하는 상태였다. 링거로 영양을 보급받으며 입원 중이었기에 군마까지 동행하는 것은 아무래도 무리였다.

한시바삐 이 평론을 써야 했다. 암의 진행속도는 때로 쓰나미처럼 급격히 빨라질 때가 있다. 형의 폐로 암이 전이될 때 바로 그랬다. 아침에 생긴 가슴골 사이의 작은 혹이, 저녁이면 식물의 성장을 빨리감기로 돌린 영상마냥 부풀어 오르곤 했다.

듣자 하니 고통은 없지만 이미 호스피스 병동의 빈자리를 기다리고 있다고 했다. 나는 작품을 보는 것보다 그와 만나서 어떤 사람인지 알아보는 것이 더 급하겠다는 생각이 들었다. 바로 다음 날 그가 입원 중인 츠이키의 국립 암 센터로 향했다.

해당 층까지 엘리베이터를 타고 올라갔더니 기다리던 부인이 병실로 안내했다. 병원은 많이 와봐서 익숙하다. 문득 형이 떠올랐다.

병실로 들어가니 창문에서 멀리 떨어진 침대 위에 누워 있던 남자 한 명이 천천히 몸을 일으켰다. 그 모습을 본 순간 헉하고 놀랐다. 그는 내가 작품을 보면서 뒷모습을 떠올렸던 바로 그 남자였다. 신기한 노릇이다. 그렇지만 그것은 나만의 비밀로 남겨 두었다.

그는 내 쪽을 보더니 희미한 미소를 띠웠다. 마른 얼굴에 다박수염이 무성했다.

나는 병마에 침식당하기 전의 그가 어떤 모습이었는지 알지 못한다. 그래서 많이 변했다는 식으로 생각하지는 못했지만, 은록색의 안경이 얼굴에 비해 언밸런스하게 큰 것을 보고 그가 얼마나 말랐는지 추측할 수 있었다. 그는 안경 너머로 희미한 미소를 보이면서 더듬더

듬 말하기 시작했다. 아마 무척 힘겨웠겠지만, 그런 기색은 전혀 내비치지 않았다. 그 모습에 문득 어느 승려의 인상이 겹쳐졌다. 가마쿠라 시대 화엄종의 승려였던 미요우에다. 자신의 신념을 절대 꺾지 않는 신념, 동시에 완고함이라는 위태로운 균형.

조각가의 길을 걷게 된 것은 주물가게였던 집안의 영향이라고 그는 말했다. 어릴 때부터 여러 조형에 익숙했단다. 예술학과 진학에 실패했다는 이야기는 의외였다. 예술학과는 논리를 공부하는 곳이기 때문이 아닐까. 이후 신문배달 등을 하며 고학을 하다가 조각을 배우고 이탈리아에 유학한다. 이탈리아를 선택한 첫 번째 이유는 그곳에 세계의 조각들이 모이기 때문이었단다. 배움터는 몇십 킬로미터나 되는 대리석 산맥 기슭의 석공 마을이었다.

그러나 이윽고 서양식 표현에 열정을 느끼지 못하게 되고 말았다. 그 후 아시아를 여행한 그는 지금까지 안중에도 없었던 동양의 미술에 감명받고 귀국했다.

"와나지요 씨가 결국 서양 문물에 빠져들지 못한 것은 동양인이라서 그런 것일지도 모르겠군요."

나는 영국에 유학했던 나츠메 소세키가 자기분열을 일으켰던 일화를 들려주며 말했다. 와나지요 씨는 흥미롭다는 표정으로 내 이야기를 듣고 있었다.

자아를 세상의 중심에 둔 채 계속 비대화하는 서양적 사고, 혹은 형상. 그에 대항하여 자신을 텅 비우고 우주 전체에 녹아듦으로써 진정한 자아를 얻는 동양적 사고, 그리고 형상.

이 둘은 물과 기름과도 같다.

와나지요 씨의 작품에는 그와 같은 동양적 침묵의 사고관이 흐르고 있다. 그가 기어이 서양적 작품과 결별했다는 사실이 자연의 섭리처럼 느껴진다.

그 사실을 자각한 그가 쉰 고개를 넘은 지금부터 어떤 작품을 보여줄 것인가. 어쩌면 그는 작가 인생 중에서 가장 스릴 넘치는 시기에 도착한 것일지도 모른다. 그런 시기에 덮쳐온 병마. 그가 얼마나 분하고 억울할지 상상할 수조차 없다.

그러나 이야기가 끝나갈 때쯤, 나는 금단의 열매를 깨무는 것 같은 심정으로 이렇게 물었다.

"와나지요 씨. 다음 작품은 어떤 걸 만들고 싶으신가요?"

듣기에 따라서는 잔인한 질문이다.

이미 호스피스 병동의 자리만 기다리고 있는 상황이다. 곧 죽음이 찾아올 거라 각오한 사람에게 물을 내용이 아니다. 더군다나 그가 상대하는 것은 거대한 돌이다. 이제 그에게는 단 한 번일지언정 돌과 맞설 체력은 전혀 남아 있지 않았다.

그러나 나는 같은 작가로서, 마지막 순간에 이 질문을 꼭 던지고 싶었다. 그것이 작가인 그를 존중하는 것이라고 생각했기 때문이다.

와나지요 씨의 얼굴은 이 잔인한 질문을 받고서도 전혀 흔들리지 않았다. 오히려 순간 아이 같은 표정을 지었다. 아이가 뭔가를 상상하며 꿈꾸는 듯한 얼굴.

그는 '물'이라고 말했다.

"요새는 물에 흥미를 갖고 있거든요. 물을 조각으로 표현해 보고 싶습니다."

그렇게 말한 그는 스크랩북 속에서 데생을 한 장 꺼냈다. 돌의 조각이었다. 커다란 돌의 사면에서 네 바다를 향해 물이 도도히 흘러나가고 있었다. 침대에 누워서 그린 게 틀림없는 데생의 선은 강인한 돌을 표현하기에는 약간 연약해 보였다.

그러나 나는 그 데생을 바라보면서 모종의 성숙함을 느꼈다. 그가 내면에서 오랫동안 격투해 왔을 '돌'이라는 주체가 사라져 가고 있던 것이다.

돌. 즉 강대한 자아와도 같은 존재가 '흘러가는 것', 혹은 '변화무쌍'한 우주원리 속에서 지금 소멸하려 하고 있다. 내게는 그것이 어떤 성숙처럼 느껴졌다. 어쩌면 죽음의 힘이 급격한 성숙을 가져온 것일지도 모르지만 말이다.

데생만으로 꽉 찬 내 시선 속에서 이윽고 물만이 남았다.

네 개의 바다로 흘러가는 물의 흐름은 와나지요 씨 자신인 것처럼 보였다.

병원에서 돌아오자마자 원고를 쓰기 시작했다. 탈고한 것은

2003년 3월 5일 밤이었다.

다음 날 갤러리에서 전화가 걸려왔다. 와나지요 씨의 부고였다. 탈고한 다음 날, 6일 밤에 그는 숨을 거둔 것이었다. 와나지요 씨는 나와 만난 그날 이후 상태가 급변했다고 했다.

"후지와라 씨와 만나는 것을 줄곧 기다리고 있었던 게 아닐까 싶어요."

와나지요 부인의 말을 들은 나는 둔한 자신이 원망스러웠다. 그가 그렇게까지 나라는 존재를 중요하게 생각하고 있었다니. 하루만 더 빨리 원고가 끝났더라면, 설령 읽는 것은 무리라도 원고를 만져 볼 수는 있었을지 모르는데 싶어 안타까웠다. 그러나 우리의 만남 이후 상태가 급격히 나빠졌다면, 서로를 만났다는 사실이 무엇보다도 그에게 큰 성취감을 안겨 주었던 게 아닐까 싶다. 그렇다면 작품을 보러 가는 것보다 그와 만나는 것을 선택하길 잘한 것이라고, 지금은 그렇게 생각하고 있다.

봄 고양이

어느 날, 우치보센을 타고서 도쿄로 갈 때였다. 벚꽃이 만발한 카즈사미나도 역을 지나치던 나는 무심코 "사이토!"라고 소리쳤다.

전차 창문을 스쳐가는 벚꽃 사이에 사이토가 멍하니 앉아 있는 것을 발견했던 것이다.

사이토는 인간이 아니다.

고양이다.

나는 집 근처를 돌아다니는 들고양이들에게 사람과 똑같은 이름을 붙여 준다. 딱히 생각이 있는 것은 아니다. 어느 날 근처 농가에 사는 사이토 씨가 바구니를 메고서 우리집 아래쪽을(집이 고지대에 있다) 걸어가고 있었다. 그에게 용건이 있던 차라 "사이토 씨~!"하고 불렀는데, 눈앞에 있던 생후 6개월의 타마(계란색이니까 타마(계란)다.

단순하다)가 내 쪽을 돌아보면서 귀엽게 하품을 했다. 그 이후 타마를 사이토라고 부르게 되었다.

이 사이토가 이른바 남자가 되려 한 것은 생후 일 년째 봄의 일이었다.

아직 몸이 충분히 여물지 않았고 싸움도 잘 못하는 주제에, 사이토는 타지에서 온 조폭 느낌의 검은 고양이(이 동네 애가 아니라서 이름을 붙이지 않았다)가 눈독을 들이고 있는 암코양이 코바야시에게 반하고 말았다. 당연히 이길 수 있을 리가 없었다. 일주일 정도 계속된 공방 끝에, 사이토는 오른쪽 허리에 상처를 입고 패배했다.

짝짓기 싸움에서 진 야생동물은 존재 의미를 부정당한 것이나 마찬가지다. 사이토는 패배한 날부터 인격(묘격)이 완전히 바뀌었다. 원래는 장난기가 넘치는데다 아직 어려서 귀찮을 정도였건만, 마치 죽은 것처럼 조용해졌다. 먹이를 줘도 잘 먹지 않았다. 집에 들여놓으면 매일같이 젖은 걸레처럼 힘없이 마루 위에 웅크리고 있을 뿐이었다. 사이토! 하고 불러도 반응이 없었다.

그렇게 풀죽은 모습을 보다 보다 못해서, 어느 날 사이토를 무릎으로 껴안고서 머리를 마구 비벼 주었다.

"야! 사이토! 이런 데서 포기하면 어떡해. 잘 생각해 봐. 넌 아직 어리고 몸도 완성되지 않았어. 지는 게 당연하지. 그렇지만 내년이면 너도 훌륭한 어른이라구. 그런 다음에 한 번 더 그놈이랑 붙어 봐. 한 방 제대로 먹여 주는 거야. 기운 내! 팍팍 먹고 커져서 그 녀석을 해치우라고!"

그 순간 벌어진 신비한 일을 지금껏 잊을 수가 없다.

사이토는 내 말을 들은 직후, 내 무릎에서 내려오자마자 쭈욱 기지개를 폈다. 그러더니 근처에 놓여 있던 밥그릇으로 가서 와구와구 먹이를 먹어 치우기 시작했다. 밥을 다 먹자, 마치 표범처럼 정원을 가로지르더니 산 쪽으로 사라졌다.

나는 아연실색한 채 그 뒷모습을 바라보았다. 사이토가 내 말을 알아들은 것일까?

그럴 리가 없다. 그러나 방금 벌어진 태도 변화는 대체 뭐지? 나는 잠시 산을 바라보며 생각했다.

…어쩌면 사이토는 '말'을 이해한 것이 아니라, 내 말과 목소리 속에 있는 분위기를 느낀 것일지도 모른다.

그리고 다음 해의 봄이 왔다.

또다시 같은 일이 벌어졌다.

검은 고양이가 코바야시를 쫓아다녔다.

어른이 된 사이토는 검은 고양이에게 도전했다. 한 번 승부에서 진 고양이가 똑같은 고양이에게 다시 도전하는 것은 상당히 드문 광경이다. 그때 한 말이 사이토에게 전달된 것일지도 모르겠다는 생각이 들었다.

그러나 나는 그 공방의 결말을 지켜보지 못했다. 피할 수 없는 용무가 생겨서 도쿄에 돌아가야만 했던 것이다. 일주일 정도 지난 후에야 다시 집으로 왔다.

도착한 나는 눈을 의심했다.

볼품없이 온몸을 갈기갈기 찢긴 사이토가 거기에 있었던 것이다.

온몸이 상처투성이였다. 이곳저곳에서 피가 흘러나왔다. 특히 머리를 심하게 다쳤는데, 그쪽 상처는 하도 곪아서 눈도 뜰 수 없을 만큼 부어 있었다. 처음에는 그게 사이토인 줄 몰라봤을 정도였다. 그를 집 안으로 옮긴 후 상처를 치료했다.

사이토는 풀이 죽었다기보다 어딘가 외로워 보였다. 사이토의 상처를 보던 나는 가슴이 떨리는 것을 느꼈다.

작년과 달리 하반신의 상처가 적었던 것이다.

고양이들의 싸움은 대체로 쫓는 쪽과 쫓기는 쪽으로 나뉘기 때문에, 쫓기는 쪽의 고양이는 상처가 하반신에 많이 생긴다. 작년의 사이토가 그랬다. 그러나 이번 상처들은 얼굴을 중심으로 상반신에 집중되어 있었다. 사이토가 작년과 다르게 그 검은 고양이를 향해 단호히 정면에서 맞섰다는 사실을 상처들이 보여 주고 있었다.

그러나 완패했던 것이다.

"졌구나…. 하지만 기특하다. 넌 정말 멋진 녀석이야. 겁을 내지 않고 훌륭히 맞서 싸웠어. 중요한 것은 네가 이겼건 졌건 간에 정정당당히 싸웠다는 거야. 천천히 쉬도록 해."

나는 사이토에게 말했다.

사이토는 상처투성이인 머리를 내 쪽으로 향했다. 그러나 눈이 떠지지 않아서 내 얼굴을 볼 수 없었다.

상처가 나은 뒤의 일인데,

…어느 날 사이토가 홀연히 내 앞에서 사라졌다.

야성의 본능이라고 생각하면 될까. 아니면 완패당할 만큼 두들겨 맞은 그가 검은 고양이의 영역에서 쫓겨난 것일까.

외로웠다.

그러나 나는 여전히 사이토의 용기가 자랑스럽다.

다시 봄이 왔다.

유채꽃이 흐드러지는 아름다운 햇살 사이로 엉망진창으로 찢겨져 있던 사이토의 얼굴이 문득 생각나, 목구멍에서 뜨거운 것이 치밀어 오른다.

눈길의 성배

쿠보카와에서 우와지마로 가는 요도센 전차 안은 한산했다. 더구나 도중에 승객이 내리는 바람에 여행자인 나만 홀로 남고 말았다. 창밖에는 아름다운 산천이 펼쳐졌고, 혼자 전차에 탄 나는 마치 이 세상에서 점점 밀려나는 낙오자가 된 것 같은 기분에 휩싸였다.

그때, 어느 조그만 역에서 여중생 한 명이 타더니 건너편에 앉았다. 이런 나 홀로 전차에 느닷없이 티 하나 없는 소녀가 오르다니, 이곳에 사는 신의 풍경 연출은 얄미우리만큼 우아하다고 생각했다. 그러나 다음 순간, 바로 흥이 깨졌다. 당연하다면 당연하달까, 소녀는 자리에 앉자마자 분홍색 휴대전화를 꺼내서 문자를 확인하기 시작했던 것이다. 주변의 세계를 무시한 채 혼자서 미소 짓는 소녀. 그러는 사이 착신 멜로디가 울리기 시작했다. 한산한 시골 열차에 울려 퍼지는 것은 하마자키 아유미의 1집 타이틀곡인 「A song for XX」였다.

꽤 옛날 곡이다. 도쿄라면 이런 오래된 노래를 착신음으로 정하는 아이는 없을 것이다. 그러나 이런 시골에서 듣고 있자니 어울리지 않는 만큼 기묘하게 느껴졌다.

'지금 같은 시대에는 일본 어디를 가도 똑같구나' 하고 새삼 되씹었다. 여행하면서 항상 느꼈던 일이다. 그러나 그 '똑같다'는 것이 열차 안 풍속에 그치지 않고, 풍속이 보여 주는 젊은이들의 정신양식까지 똑같음을 의미한다면 이것은 좀 더 심각한 광경일지도 모르겠다. 나는 물끄러미 휴대전화에 대고 수다를 떠는 아이의 얼굴을 바라보았다.

문득 소녀가 빚어내는 분위기와 착신 멜로디가 텔레비전에 나오는 비슷한 또래의 소녀와 똑같다는 생각이 들었다.

어느 날인가 텔레비전을 켰더니 중학교 1학년 소녀의 얼굴이 클로즈업되어 나오고 있었다. 그녀는 속눈썹을 두 개나 겹쳐서 붙이고 있는 중이었다.

사이타마현 카스카베에 사는 소녀는 도쿄 시부야에 갈 예정이라고 말했다. 맨얼굴이 파묻힐 만큼 화장을 진하게 한 그녀는 판타지 만화에서 빠져나온 인물처럼 기묘한 복장을 하고 있었다. 벌써 2년이나 시부야 참배(?)를 계속하고 있다고 했다. 즉 초등학교 고학년 때부터 시작했다는 얘기다.

그 모습을 보고 그녀의 목적이 무엇인지 알 수 있었다. 예전에 하라주쿠 근처의 소녀들을 거리에서 찍어 기사화하는 스트리트 잡지『프

루츠』를 취재한 덕이다.

거리를 돌아다니면서 그런 류의 스트리트 잡지 카메라맨이 말을 걸어오기를 기다리는 것이다. 특히 시부야에는 그런 소녀들이 많다. 잡지에 실린 소녀들은 비싼 명품 대신에 자신이 모은 재료로 '눈에 띄는' 복장을 만들어 하라주쿠나 시부야의 거리를 활보한다. 조금 미술에 조예가 있는 내 눈으로 보기에, 잘라 말하건대 그녀들의 패션이나 화장은 엄청나게 이상하다. 때로는 우습기까지 하다. 단, 이런 촌스러움이 그녀들의 핵심이다.

세상에는 패션 디자이너가 잔뜩 있다. 이들은 다른 브랜드와 차별화하기 위해 기묘한 복장을 만들기는 하지만, 절대로 '엄청나게'가 붙을 만큼 촌스러운 것은 만들지 않는다. 기성 상업주의에서 탄생한 의상 중 엄청나게 촌스러운 것은 존재하지 않거니와, 한 번 보고서 바로 실소가 나올 만큼 눈에 띄는 옷은 애초에 제작하지 않는다. 텔레비전에서 방영되는 패션쇼 중 관객이 배를 잡고 웃는 장면 같은 것은 한 번도 목격한 적이 없다. 인간이 가진 정신양식의 상위 레벨 중 '웃음'이 포함된다고 생각하는데, 그런 의미에서 동서고금을 막론하고 패션이라는 것은 아직 그 영역에 발을 디디지 않았다고도 할 수 있다.

그런데 카스카베의 시골에 거주하는 평범한 여자아이가, 어떤 의미로는 어느 패션 디자이너도 도전하지 않은 영역에 이토록 간단히 발을 들여놓은 것이다. 이 불가사의한 일본문화에 눈독을 들인 이탈리아의 패션숍 브랜드 '베네통'이 자사 광고 전략에 그녀들을 이용한 것은 유명한 이야기다.

그녀들을 둘러싼 이야깃거리들 중 매우 흥미롭지만 화제거리조차 되지 못한 작은 사건이 있다.

여느 때처럼 차려입은 두 소녀가 디즈니랜드에 갔는데, 어째서인지 디즈니랜드의 입구에서 입장을 거부당했던 것이다.

신기한 노릇이다. 그녀들은 이 화창한 날에 언제나 그랬던 것처럼 한껏 멋을 부리고 디즈니랜드에 놀러갔을 뿐이다. 그러나 입장할 수가 없었다. 디즈니랜드에 갈 때 특색 있는 복장을 입어선 안 된다는 규칙이라도 있단 말인가? 그녀들은 여우에 홀린 것 같은 기분으로 물음표를 머리에 하나씩 띄우고서 풀이 죽은 채 집으로 돌아갔다.

그러나 이 수수께끼를 푸는 것은 그다지 어렵지 않다.

디즈니랜드란 땀내음 나는 사바세계의 일상에 살고 있는 사람들이 한 순간의 꿈과 공상을 즐기기 위하여 찾아가는 거대한 현실 도피장치다. 즉 일상에 살고 있는 우리들에게 그 장치는 비일상인 동시에 버츄얼적이어야만 한다. 그렇기에 백설공주와 일곱 난장이며 거대한 쥐가 거기 있는 것이다. 그러나 하라주쿠의 소녀들은 미국인들이 온 힘을 다해 만들어 낸 비일상적 공간이 일상적인 것처럼 느껴질 정도로 비정상적인 옷을 입고 있었다. 즉 그녀들은 디즈니랜드의 입장에서 보면 굉장히 걸리적거리는 존재다. 디즈니랜드마저 일상화시켜

버릴 정도로 비일상적인 코스튬이, 일본의 한구석에서는 일상적으로
존재한다는 이 기묘한 도착증.

　그럼 그녀들은 어째서 그런 옷을, 디즈니랜드마저 두 손 들 만한 불
가사의한 복장을 몸에 걸치는 것인가.
　이 수수께끼를 풀 힌트는 텔레비전에 등장한 소녀가 부적마냥 항상
몸에 지니고 있었던 CD 한 장에 있다. 카스카베의 소녀는 요도센 열
차에 탄 소녀처럼 하마자키 아유미의 「A song for XX」를 아직도 듣고
있었다. '아직도'라고 부연한 까닭은, 그 음반이 발매된 것이 벌써 5년
전의 일이기 때문이다. 즉 그 소녀는 해당 음반을 초등학교 3학년 때
에 들었다는 얘기다. 그러나 하마자키 아유미의 이름이 나왔다고 해
서 그 가수의 복장을 소녀가 따라한 것이라고 생각하는 것은 오산이
다. 하마자키 아유미는 데뷔할 때만 해도 평범한 옷을 입고 있었다.
하마자키와 소녀의 접점은 그 노래의 가사에 있다.

　왜 울고 있니?
　왜 헤매고 있니?
　왜 멈춰서는 거니?
　응? 가르쳐 줘.
　(중략)
　갈 곳이 없었어

찾을 수도 없었어

이 가사는 해당 노래 중에서도 귀에 가장 달라붙는 핵심 문구다. 가사를 읽어 보면 알겠지만, 이것은 '미아의 노래'다. 즉 하마자키 아유미라는 메가 히트 스타는 자신이 작사한 '미아의 노래'와 함께 이 시대의 무대에 등장했다는 얘기다.

비정규직 이백만, 은둔형 외톨이가 팔십만, 등교거부 아동이 이십만, 총 삼백만. 나는 한때 '제2의 패전'이라는 말로 이 현상을 표현한 적이 있다. 전쟁 이후 경제전투의 끝에 아프가니스탄 난민의 수에도 필적할 만한 '패전난민' 아이들은 현 시대가 낳은 미아인 셈이다. 이 미아들의 노래를 끌어내며 등장한 하마자키 아유미 역시 아버지의 부재라는 시대의 양식을 짊어진 스타다. 그녀는 어릴 적 아버지로부터 버림받았던 자신의 상처를 치유하려는 것처럼 자아를 찾는 노래를 불렀다. 시장을 조사하여 가사를 쓰는 것도 아니고, 그저 자기 얘기를 노래할 뿐이건만 상처를 품은 이 시대의 아이들이 그 가사에 공명하고 있는 것이다.

주말에 한껏 치장하고 시부야로 향하는 소녀들 또한 시대의 미아로 남겨진 젊은이들 중 한 부류라고 생각한다.

언젠가 브라운관 속에서 두 번째 미아를 찾아냈다. 그녀는 카스카베의 소녀보다 훨씬 중증으로, 거식증 때문에 바싹 마른 채 병원의 침

대 위에서 누워 있었다. 어머니가 병실에 들어오면 그 메마른 몸으로
야수처럼 날뛰며 나가라고 금속성의 고함을 질렀다.

아아, 이 아이도 '눈길의 성배'를 받지 못한 아이로구나 하는 생각
이 들었다.

성배와도 같은 눈길. 즉 돈으로 잴 수 없는 무상의 사랑은 본디 어머
니가 아이에게 선사하는 것이었다. 아이는 어머니로부터 받는 눈길
의 성배를 통하여 자아를 확립하고 성장한다. 그 성배를 받음으로써
가정 바깥으로 나갔을 때 몰아치는 폭풍우에도 견딜 수 있게 된다.

그러나 불행하게도 현대사회의 어머니 대부분은 '성배와도 같은
눈길'을 잃어버리고 말았다. 전후의 두뇌 편중 교육 및 자연을 배제시
킨 환경 속에서, 아이와 커뮤니케이션을 나누는 토대인 어머니의 신
체성이 사라진 것이 큰 원인이다. 신체로 이루어지는 커뮤니케이션
의 가장 중요한 수단인 '시선'을 잃어버린 어머니는, 오히려 세간의
가치를 강요하는 눈길로 아이를 밀어붙이는 때가 많다. 이러한 시선
은 아이들을 몰아넣고 마음 둘 곳을 빼앗게 된다. 무상의 사랑을 퍼붓
는 눈길 대신에 관리의 시선으로 아이를 바라보는 어머니. 많은 어머
니들이 이러한 관리의 시선이야말로 애정이라고 착각하고 있다.

그러나 애정의 실체를 깨달은 소녀들은 성장과정의 어느 순간, 갑
자기 어머니를 밀어내 버린다. 그리고 받지 못한 눈길을 찾아 세상을
헤맨다.

거식증 소녀처럼 어머니가 만들어 주는 식사를 가짜 애정, 공포의

대상으로 느끼고 거부하기도 한다. 거식증 소녀는 자신을 유지하기 위한 최후의 수단으로서 노트에 짧은 일기를 쓰고 있었다. 지우면 사라져 버릴 듯한 연필로 쓰인 소녀의 혼잣말이다. 어느 날 그녀는 작고 연약한 필체로 이렇게 썼다.

제발
나를 찾아내 줘.

후지산을 본 사람

얼마 전에 교토에 갔다가 돌아오는 길에 신칸센의 창문에서 바라본 후지산은 실로 선명하고도 아름다웠다.

덕분에 통로 건너편에 나란히 앉아 있던 중년 회사원 두 명에게서 흥미로운 광경을 보았다.

두 사람은 서로 거래 중인 회사 관계자인 모양이었다. 나고야에서 신칸센을 타자마자 주변은 전혀 신경 쓰지 않고 저희들끼리 큰 목소리로 업무를 상의하기 시작했다. 회사 일에 대해서는 문외한인 나로선 업계 용어가 너무 많아서 알아들을 수 없었다. 그러나 어쨌든 비즈니스 이야기인 이상 돈에 대한 이야기를 하고 있었던 셈이다.

그들의 이야기는 그치지 않고 계속되었다.

그때, 그들이 앉아 있는 차장 건너로 불현듯 후지산이 나타났다. 먼저 그를 깨달은 것은 통로석에 앉은 남자였다. 후지산을 발견한 그는 이야기를 멈추고 '우와….'라고 말하며 하늘을 바라보았다. 창가에 앉아 있던 남자는 그에 이끌려 창밖으로 시선을 돌렸다. 남자들은 그대로 할 말을 잃어버렸다.

그들의 대화가 끊기자 열차 안은 조용해졌고, 정적 속의 후지산은 한층 더 신비로워 보였다. 창가의 남자는 창밖에서 천천히 움직이는 후지산을 바라보다가, 이윽고 눈을 차안으로 돌리며 기나긴 한숨을 쉬었다.

그러더니 잠시 후에 말했다.

"…뭐, 그런 거죠."

그 한마디를 끝으로, 어째서인지 그들의 대화는 끊겼다. 슬쩍 보니 두 사람은 지친 듯한 얼굴로 눈을 감은 채 각자 생각에 빠진 듯했다.

…후지산은 역시 신비한 산이구나.

그 광경을 보자 문득 후지산에 얽힌 이야기가 생각났다.

후지산 기슭의 평야에는 광대한 나무숲이 펼쳐져 있다. 자살의 명소로도 유명한 곳이다. 후지산의 드넓은 숲이 사람을 죽음으로 유혹한다는 이야기가 널리 퍼져 있지만, 언젠가 그것과는 백팔십도 다른 이야기를 들은 일이 있다.

예전에 후지산을 찍은 사진을 모아서 『속계후지』라는 사진집을 낸 적이 있다. 그 사진집을 위해 두 번째로 후지산 촬영여행을 갔을 때, 매년 가을 무렵이면 버섯을 따러 숲으로 들어오는 초로의 남자 K를

모토스 호수 근처에서 만났다. 그가 후지산 자살과 관련된 재밌는 이
야기를 들려주었다.

"자살에 실패했으니 운이 좋은 거라든지, 자살하는 데 성공했으니
까 운이 나빴다고 말하기엔 인간사는 너무 복잡하지요. 그렇게 단순
히 판단 내릴 수 있는 게 아니니까요. 하지만 살아가려고 매일 노력하
는 저 같은 사람이 보기엔, 역시 자살 미수로 끝난 쪽이 운이 좋아 보
이더군요."

K는 버섯을 따려고 숲에 들어오기 시작한 20년 전부터 지금까지
몇십 명이나 되는 부처들(그의 표현이다)을 만났다. 그러나 그는 말
한다.
"자살하려고 작정한 후 정말로 죽는 사람은 절반 정도인 것 같습
니다."
꽤 많은 사람들이 숲에서 도깨비나 귀신이 활보하는 것 같은 기운
을 느끼고 도망간다고 했다.
"하지만 그건 구원받은 게 아니죠. 아마 다른 방식으로 자살하려 들
걸요. 그래도 여기서 자살을 포기하고 다시 살아가려고 결심하는 사
람도 있을 겁니다."
K는 몇 번인가 그렇게 소생하는 사람들을 본 적이 있다.
"이런 일이 있었습니다. 언젠가 버섯 따기를 마치고 산을 내려가고

있는데, 해질 시간이 다 됐는데 나무 그루터기에 삼십대 중반 정도의 여자가 짐도 없이 정신을 놓은 것처럼 멍하니 앉아 있는 거예요. 나이 들어 그런지 감이 딱 오더라구요. 그래서 길을 잃으셨다면 마을까지 안내해 드릴까요, 했죠. 그랬더니 갑자기 흐느끼기 시작하는 거예요. 그러더니 안 할게요, 이젠 안 할게요 그러더라구요. 물어보니 이제 자살하지 않겠다는 의미였던 모양입디다. 그래서 근처 마을까지 데리고 왔죠. 뭔가 따뜻한 게 필요하겠다 싶어서 커피를 줬는데, 그 여자가 커피를 마시면서 조그만 목소리로 후지산이 하느님이었군요, 하더라구요."

K의 이야기를 요약하자면 이렇다.

여자가 자살하려고 숲에 갔던 것은 그날 오후 2시 전후였다. 하늘에는 구름이 끼어 있었다. 그녀는 망설이듯이 그 자리에서 두 시간 정도를 보냈다. 뜻을 정하고서 걷기 시작했더니 어느샌가 햇살이 비치고 있었다. 자신의 그림자가 지면에 길게 늘어졌다. 문득 고개를 들어 보았더니 거대한 산이 눈앞에 있었다.

불현듯 새하얀 그 산의 모습이 자신을 포옹하는 커다란 거인의 마음인 것처럼 느꼈단다. 여자는 울면서 무너졌다. 눈물이 마른 후 다시 하늘을 바라보니, 후지산은 저녁놀로 붉게 물들어 있었다.

"그걸 보고 갑자기 웃어 버렸대요. 산이 자기한테 미소 짓는 것 같았다나요. 이런 식의 이야기가 한 둘이 아닙니다. 이것도 운일까요? 눈앞을 가렸던 안개나 구름이 불시에 걷히면서 산이 보일 때, 그 감동이 특별한 거지요. 그런 풍경과 마주치는가 안 마주치는가가 사람의 명을 좌우하는 경우도 있더라구요. 후지산이니까 그런 일이 생기는 거죠. 저 산이 몇천 년 동안 도대체 얼마나 많은 사람의 목숨을 구했을까요. 그런 생각을 하면 머리가 아찔해집니다."

신칸센이 도쿄역의 플랫폼에 도착하자 두 명의 회사원이 내 앞을 지나쳐 갔다. 그 너머로 거대한 도쿄 시가지가 보였다. 그들은 아까 마주쳤던 한순간의 유예를 남겨 둔 채 다시 전장 속으로 발을 들이려 하고 있었다.

눈부실 정도로 선명했던, 신성했던 오늘의 후지산을 우연히 보게 된 것이 이후 그들의 인생 속에서 뭔가 영향을 줄 수 있을 것인가. 그렇지 않을 것인가. 그런 생각을 하며 계단을 내려갔다.

어머니의 젖

몇 년 전에 발견된, 나이가 수백 년이나 된다는 거대한 은행나무를 보러 갔다.

발견되었다곤 하지만 나무가 무슨 깊디깊은 숲속에 있었던 것도 아니다. 마을 한복판에 있었다. 옛날부터 신목으로서 지방 사람들이 우러르고 있었는데, 일본에서 제일 큰 나무일 거라고는 아무도 생각지 못했던 모양이었다. 정보화 시대인 지금도 이런 일이 일어나다니 흥미로운 노릇이다. 나무는 아오모리현의 니시카이칸에 인접한 후카우라라는 곳에 있다.

신목을 보러 가는데 하늘길로 갔다간 벌을 받을 것 같아서 육로로 가기로 했다. 도쿄에서 아키타까지 신칸센으로 4시간, 아키타에서 히가시노시로까지 버스, 히가시노시로에서 고노센을 타고서 1시간 45분, 총 8시간가량 걸리는 장거리 여행이다.

아오모리현의 니시카이칸은 바람이 강하기로 유명하다. 고노센의 경우 바람이 강한 날에는 고스란히 물보라를 맞고 정지하기 때문에 무능선이라는 별명이 붙어 있다. 오랜 여행 끝에 열차가 천천히 후카우라 역으로 가까워질 때였다. 창밖에서 앞치마를 두른 중년 주부 한 명이 전차와 경쟁하는 것처럼 논두렁의 작은 길을 빠른 걸음으로 달려가는 것이 보였다. 어린애 같은 어른이라고 생각하면서 역에 내렸더니 그 주부가 숨을 들이키며 표를 받는 것이 아닌가. 그녀가 바로 역무원이었던 것이다. 후카우라는 이런 벽촌이다.

후카우라의 주민 중 첫 번째로 접촉하게 된 그녀에게 신목이 어디 있는지 물어보았다.

"실례합니다. 이 마을에 일본 제일의 은행나무가 있다던데…."

그녀는 내 말이 끝나기도 전에 "아~"하더니 "저쪽."하며 서쪽을 가리켰다. 길 안내가 참 대충대충이다. 여기 사람들은 츠가루벤(아오모리 현의 방언 ― 옮긴이)의 영향인지 숫기가 없다고들 한다.

그리하여 나는 '저쪽'으로 터벅터벅 걸어갔다. 그러나 과연 일본 최고의 은행나무다웠다. 몇 분 정도 서쪽으로 걸어갔더니만 멀리서 작은 산처럼 울창한 녹음이 보였다. 걸어가니 점점 커져서, 마지막에는 숲마냥 거대해졌다. 둘레 20미터, 높이 40미터(즉 14~15층 빌딩의 크기다). 중심 줄기에서 나온 줄기 몇 개가 사방팔방으로 뻗어 있었고, 기둥에서 자라난 잔뿌리들이 수없이 늘어져 있었다. 잔뿌리는 흙에 기운을 돌려주고 또 다른 땅에서 초목을 키운다. 그런 일을 천 년 이상 반복해 왔으니 나무가 거의 숲처럼 되어 있었다. 사진을 찍으려 해도 그 모든 것을 한 컷에 담기가 어려웠다. 여러 은행나무를 봤지만 이렇게 커다란 은행나무는 처음이라 정말로 깜짝 놀랐다. 겨우 진정한 후에 생각했다.

어떻게 이런 곳에 이토록 커다란 은행나무가 자라고 있는 것일까.

근방에 은행나무가 많은 것도 아니다. 이 한 그루만이 하늘을 찌를 듯이 솟아 있다. 신기한 노릇이다. 수수께끼를 풀기 위해 나무를 뒤로 한 채 200미터 정도 떨어진 언덕에 올라가 나무를 바라보았다. 거목의 주변 지형을 살펴보기 위해서다.

거기서 비밀을 하나 알아냈다. 나무가 자라는 장소 뒤에 울창한 초록빛 산이 있었다. 즉 풍부한 미네랄을 품은 지하수가 상시 흐르고 있다는 뜻이다. 이만큼 거대한 나무를 키우려면 일반적인 수량으로는 무리라고 생각했는데 수수께끼가 하나 풀렸다. 식물 생성의 중요한 또 다른 조건은 광합성을 위한 햇빛이다. 나무가 있는 곳은 골짜기이면서도 하루 종일 햇빛을 받을 수 있는 중앙의 토지에 자리 잡고 있었다. 물과 햇빛은 충분하다는 얘기다. 또한 큰 나무의 주적은 바람이다. 천 년을 살아남으려면 몇백 번이나 태풍을 이겨 내야만 한다. 얼핏 보니 후카우라의 서쪽에 밀려 나온 작고 높은 반도들이 바다에서 오는 강풍을 막고 있었다.

들어 보니 바람이 강한 날조차도 낚시가 가능한 지역이라 한다. 게

다가 차가운 서풍이 불지 않아서 근처 지역보다 기온도 따뜻하단다. 은행나무는 원래 중국의 남방에서 온 식물이다. 후카우라는 그보다 훨씬 북쪽이지만, 이곳만은 기온조차 생육하기에 좋은 조건인 모양이었다.

그러나 마지막 남은 의문이 있다. 중국 남방에조차 이 나무를 능가할 만큼 큰 거목은 없다고 한다. 그렇다면 아마도 추워졌다 더워졌다 하는 북일본의 악조건이 오히려 나무의 생명력을 북돋아 준 것이 아닐까. 그런 성급한 추측이 뇌리를 스쳤다.

일설에 따르면 7세기 중반 경 고대 무장 아베노 히라부가 아이누족을 정벌하러 왔던 언덕에 사원을 세우고 나무를 심었다고 한다. 이 나무의 특징은 무엇보다도 곳곳에 종유석처럼 솟아 있는 탈바꿈뿌리들이다. 이 나무가 '타라치네垂乳根 나무'라고 불리는 이유도 거기 있다. 타라치네란 젖을 주는 여자, 혹은 젖이 충만한 여자를 일컫는 말이다. 이 땅의 주민들은 나무의 뿌리를 어머니의 유방에 견주고 있는 것이다. 젖먹이가 딸렸는데도 젖이 잘 나오지 않는 어머니는 예로부터 이 나무에 와서 소원을 빌었다고 한다. 과연 신목이다. 방문자는 봉투에 넣어 온 소량의 쌀을 뿌리 두 개에 묶고서 기도를 올린다. 그 쌀을 일주일 동안 방치한 후 회수하여 죽을 쑤어서 한 번에 먹는다. 그런 의식을 세 번 행해도 젖이 나오지 않는다면 포기할 수밖에 없다. 현지의 노파에게 그에 대해 물어보자 절반 정도의 여자들이 젖을 얻었다고 했다.

"부처님의 은혜가 아니었을까요?"

신기한 이야기지만, 만일 스트레스 때문에 젖이 나오지 않는 것이라면 이 거대한 나무 아래에서 기도하고, 나무의 생명력을 받은 쌀을 먹음으로써 기분이 안정되는 심리적 효과가 있었을지도 모른다.

옛날에는 멀리 다른 현에서도 찾아왔다지만, 요새는 그렇게 기도하러 오는 사람은 거의 없단다. 1950년대부터 분유가 일반화된 탓이다. 50~70년대는 스팍 박사의 육아서(1946년 출간된 미국 소아과 의사인 벤자민 스팍의 육아서 옮긴이)를 후생성이 적극 추천하던 육아 수난의 시대다. 갓난아기에게 분유병을 물려 주는 엄마가 똑똑해 보이던 시절이었다.

분유의 발명이라는 사건 하나 때문에 천 년이나 계속 이어져 온 인간과 나무의 교류가 끊기고 말았다. 씁쓸한 노릇이다.

그러나 그것과는 별개로 이상한 기분이 들었다. 조사해 보니 이 은행나무는 수컷이었다. 수컷이 유방을 갖고 있다니 부자연스럽다. 마침 와 있던 수목 전문의에게 뿌리 수액 성분에 대해 물었더니 '호르몬인데요.'라는 대답이 돌아왔다. 깜짝 놀란 나는 순간 머릿속에 떠오르는 놀라운 추리를 그 자리에서 발표해 버리고 말았다. 이 뿌리는 유방이 아니라 '고환'이었던 것이다!

수목 전문의는 내 의견에 폭소를 터뜨리면서도 감명 깊다는 반응을 보였다. 그러나 나는 이 발견으로 인해 또 하나의 수수께끼가 풀린 것 같은 생각이 들었다. '고독'에 대한 것이다. 이 거목은 천 년 넘게 독신이었다. 마르케스의 소설이 떠오르는 얘기지만, 이 나무는 '천 년의 고독'을 어떻게 버텨 온 것일까? 나는 그것이 줄곧 신경 쓰였다. 그러나 뿌리가 유방이라 불리는 바람에, 고대서부터 이 나무 밑에 몇십 만이나 되는 젊은 여성들이 몰려 왔었다. 나무가 그리되도록 꾸민 것인지 자연의 섭리인지는 모를 노릇이지만, 결과적으로 나무는 고독한 마음을 어느 정도 치유받았던 게 아닐까. 파렴치한 얘기지만, 남자의 심벌에 여자들이 계속 모여들다니 이 이상 바랄 것이 어디 있겠는가.

이 가설을 마을 사람들 앞에서 발표하고 싶어졌다. 그리하여 이곳에 사는 사람들이 이 거목을 재발견하는 계기를 만들고 싶었다.

현지 사람들에게 말을 꺼냈더니 과연 좁은 세계답게 입소문이 확 퍼졌다. 다음 날 오십 명 정도 되는 주부와 할머니들이 모여서 내 이야기를 들어 주었다. 그 자리에서 은행나무에 관련된 관찰 결과를 발표한 나는, 마지막에 뿌리가 유방이 아니라 고환이라는 가설을 덧붙였다.

어디서 굴러먹다 온 개뼈다귀인지도 모를 작자가 고대서부터 떠받들어 온 신목에 대한 이미지를 전부 뒤집는 이야기를 꺼내 놓은 것이다. 비난이 나오는 게 아닐까 생각했는데 아주머니들은 폭소를 터뜨리면서 묘하게 그 화제로 불타올랐다. 역시 동북부의 아줌마들은 강하다고 감탄했다.

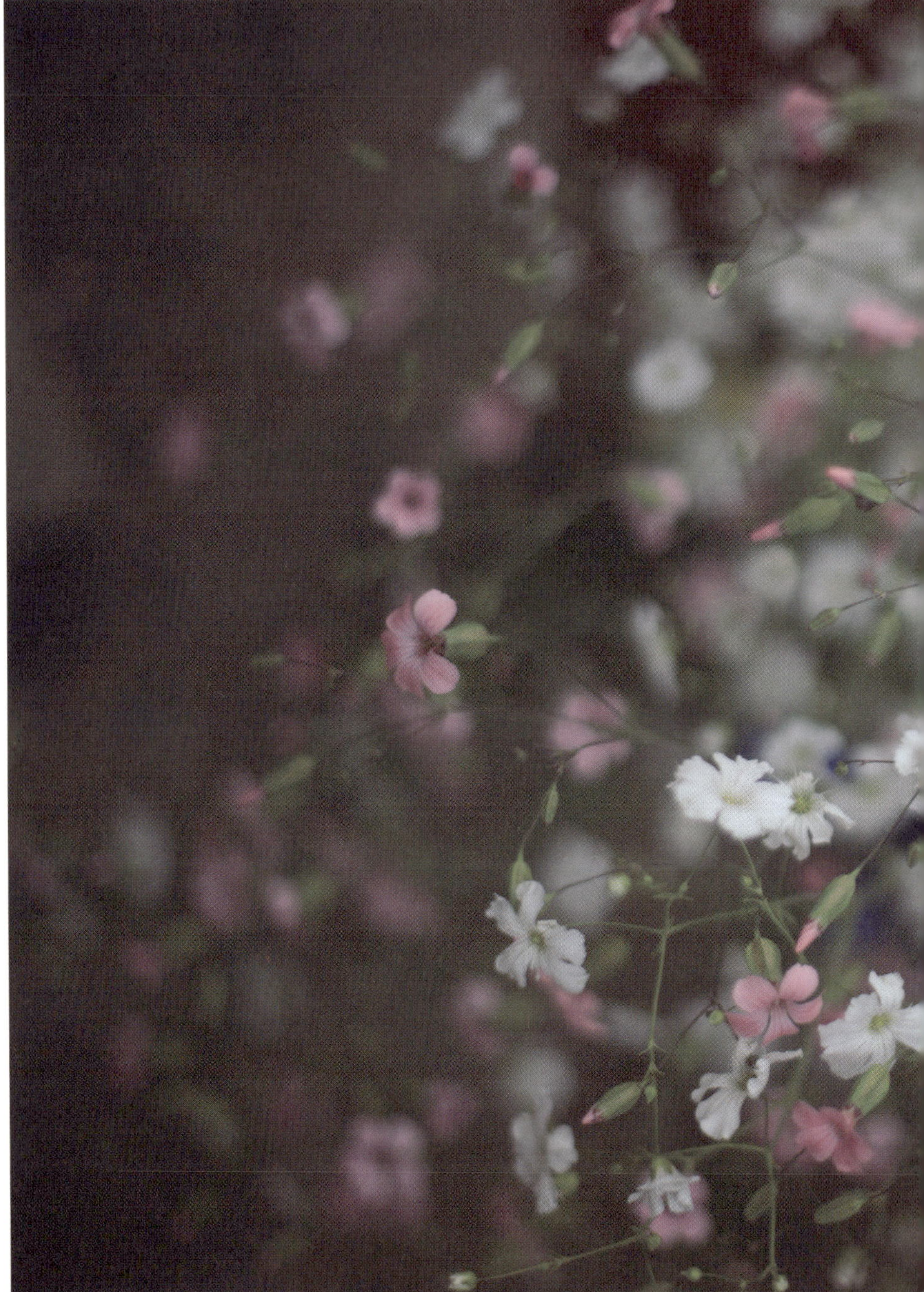

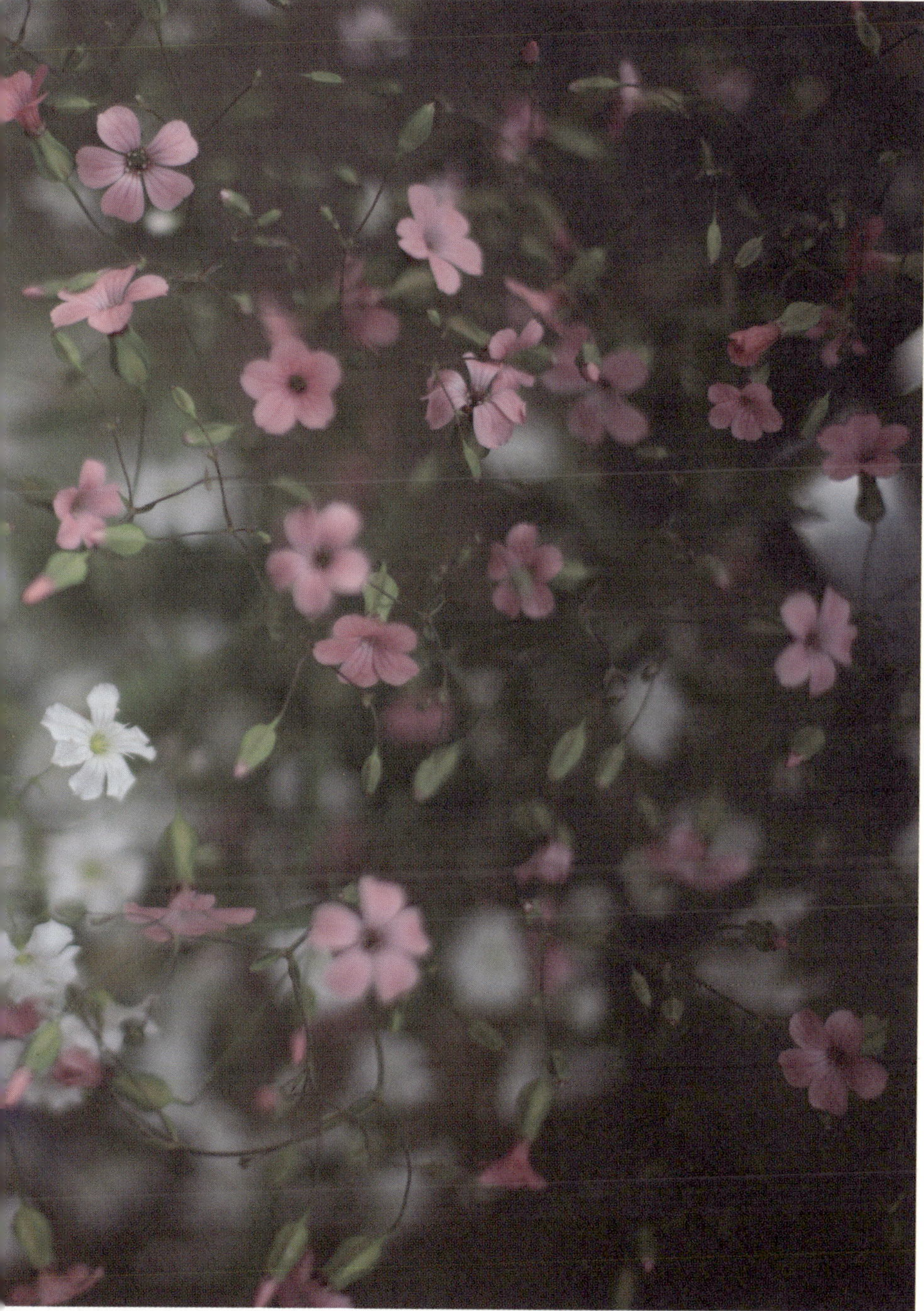

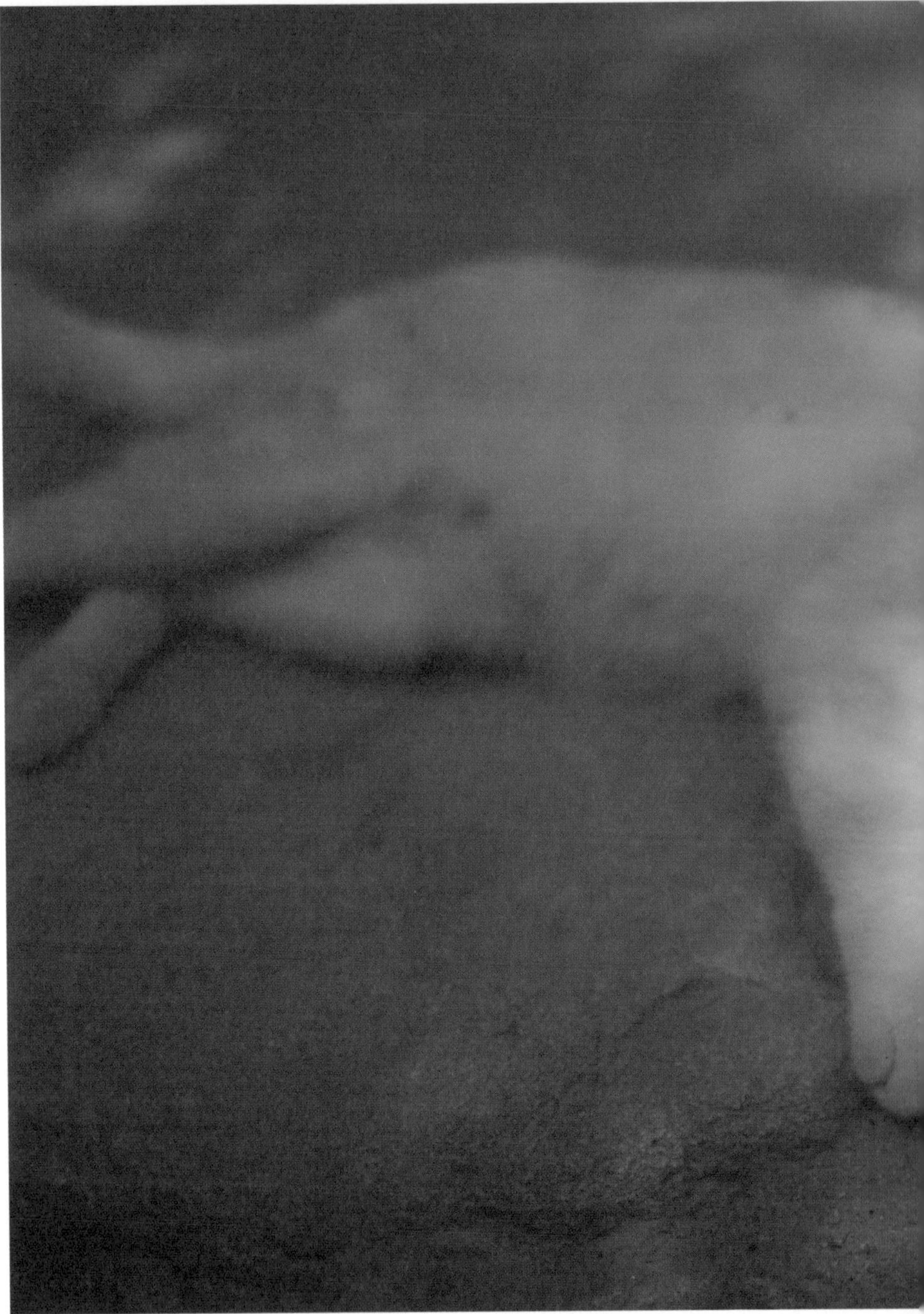

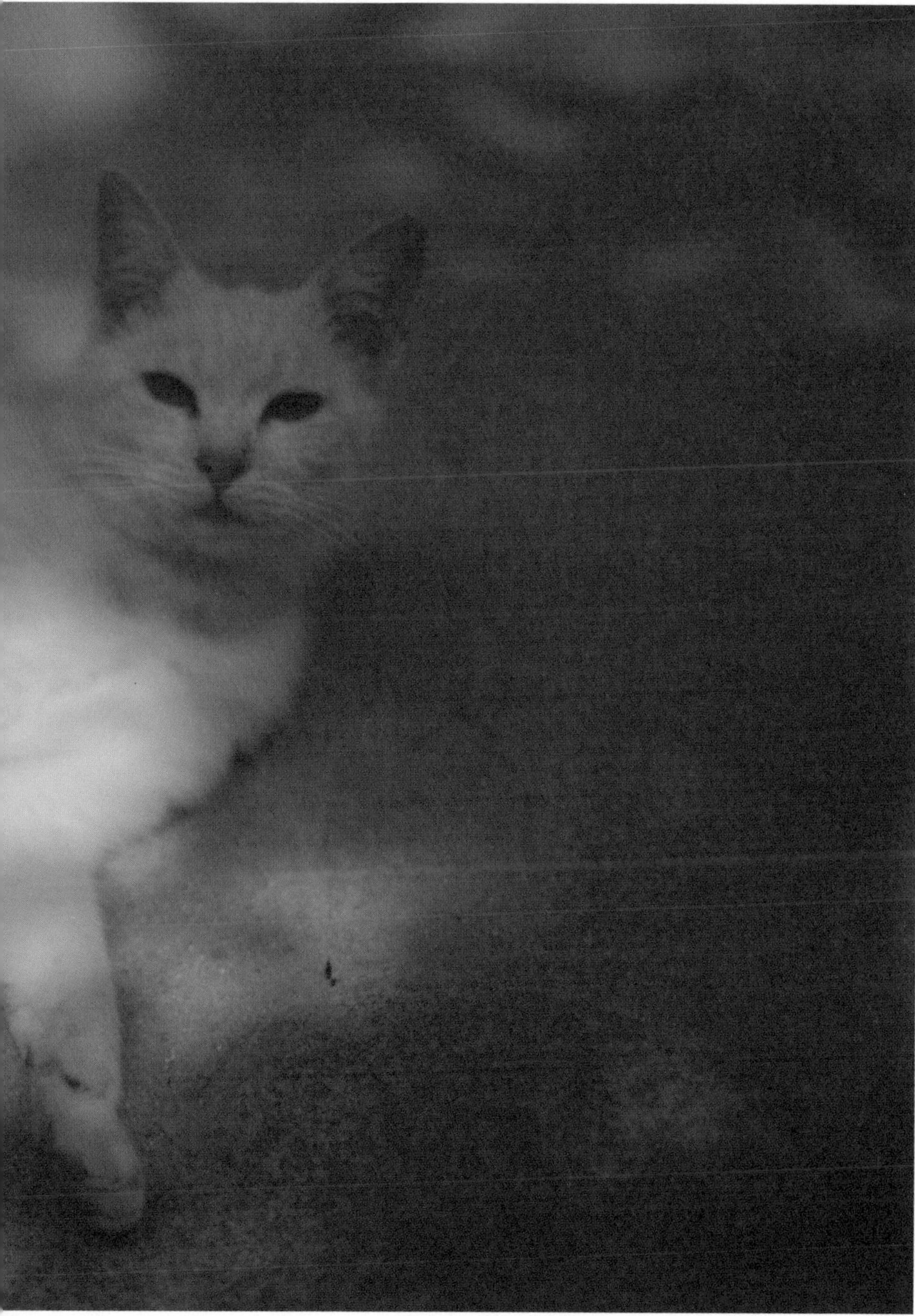

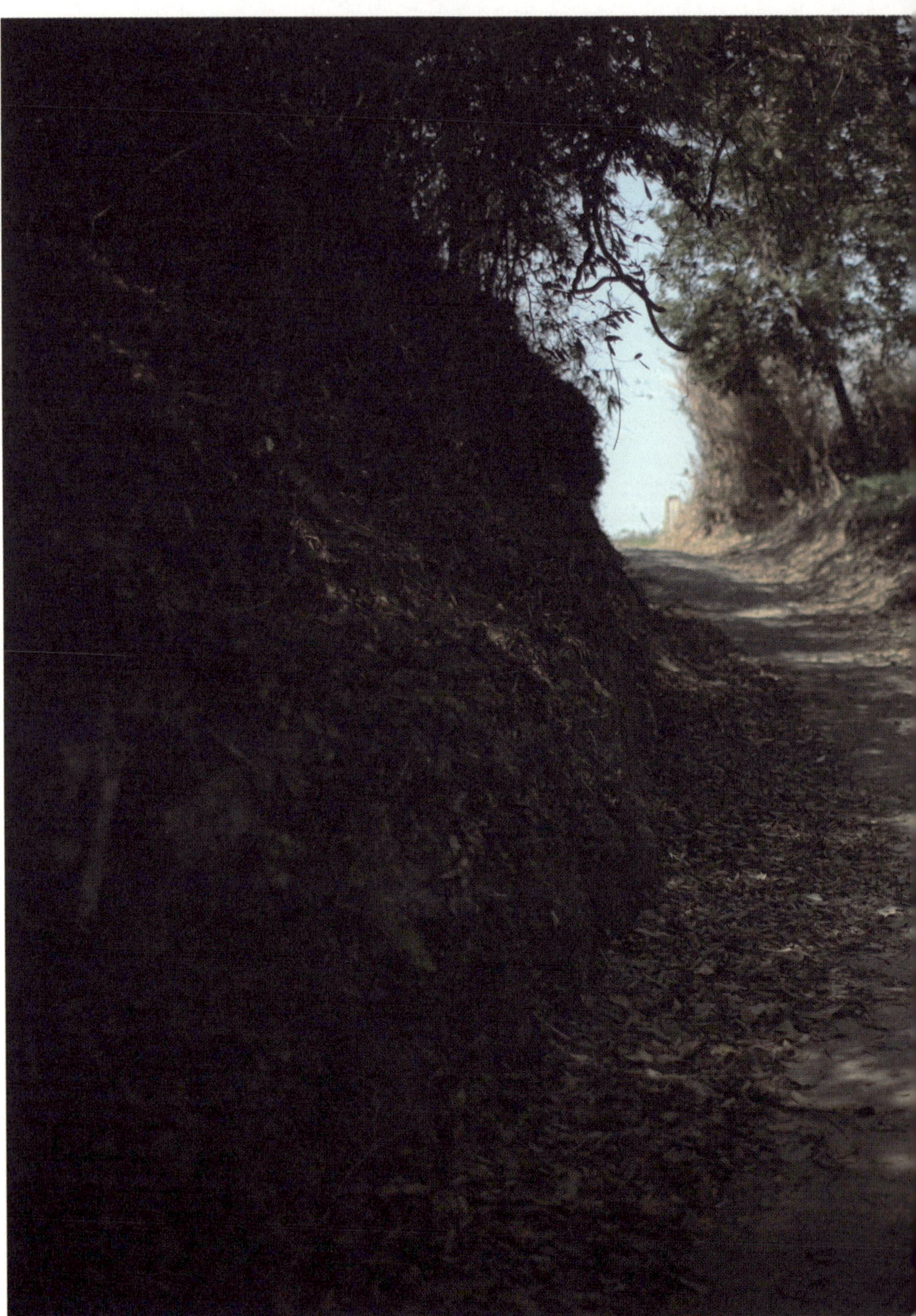

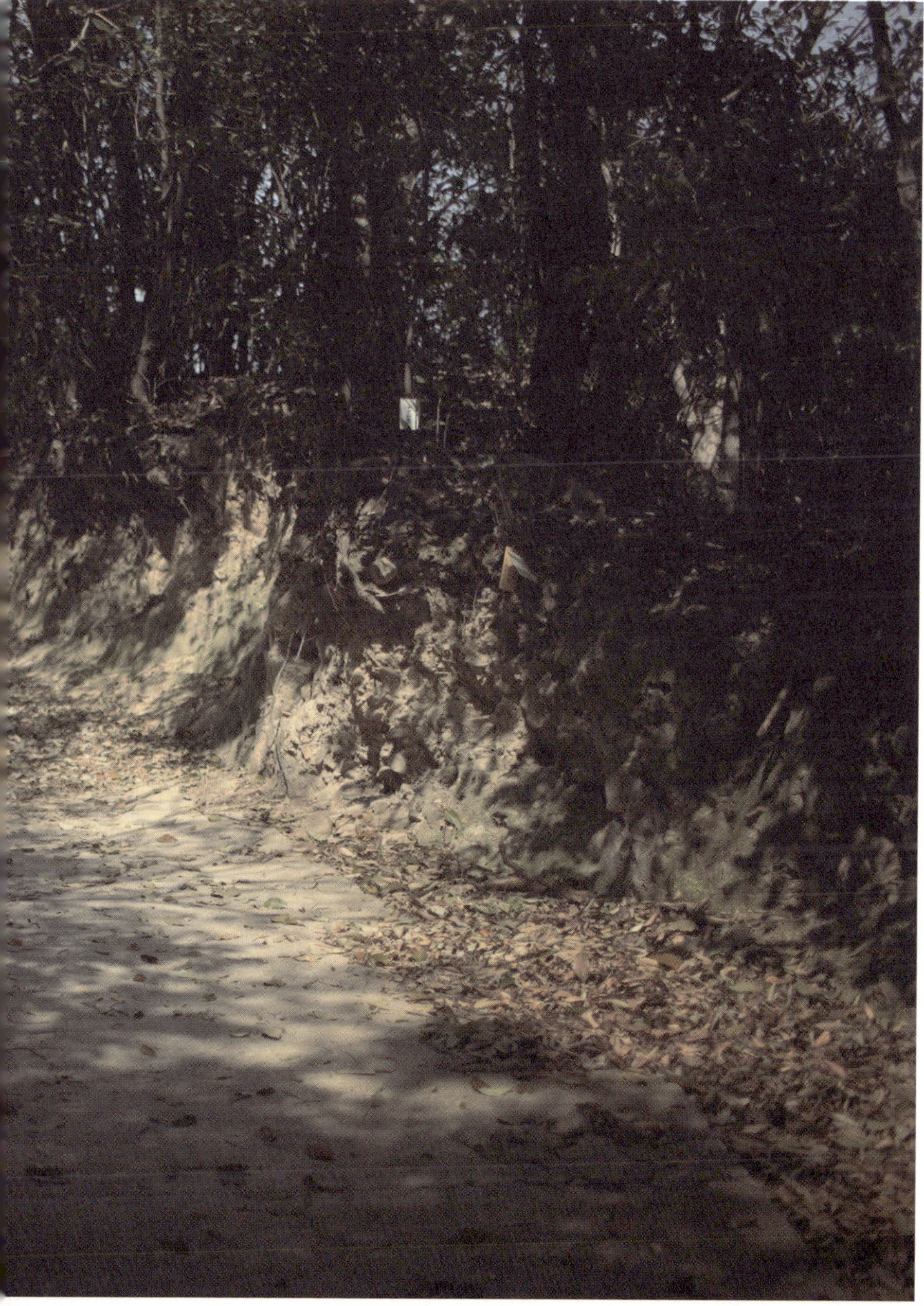

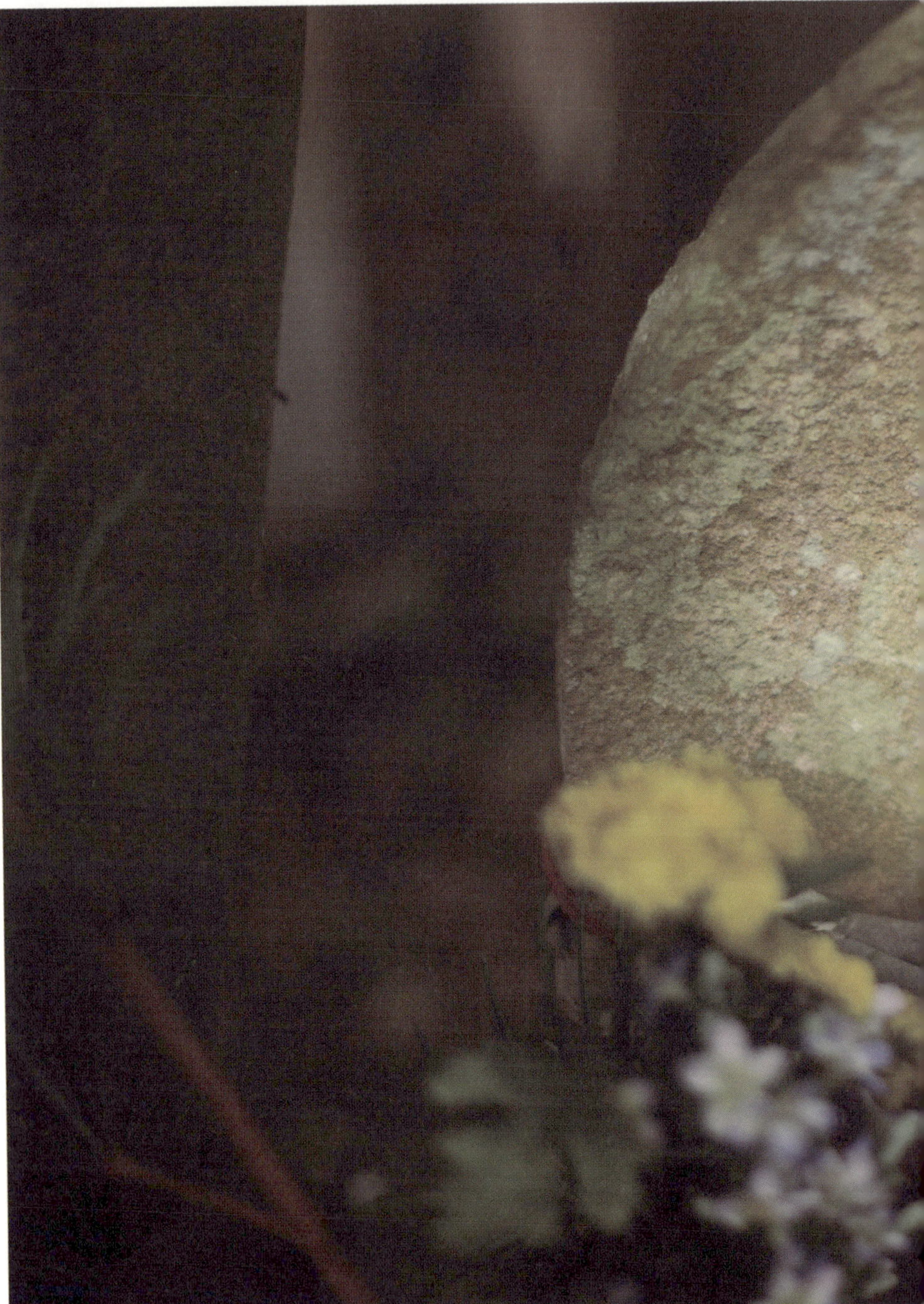

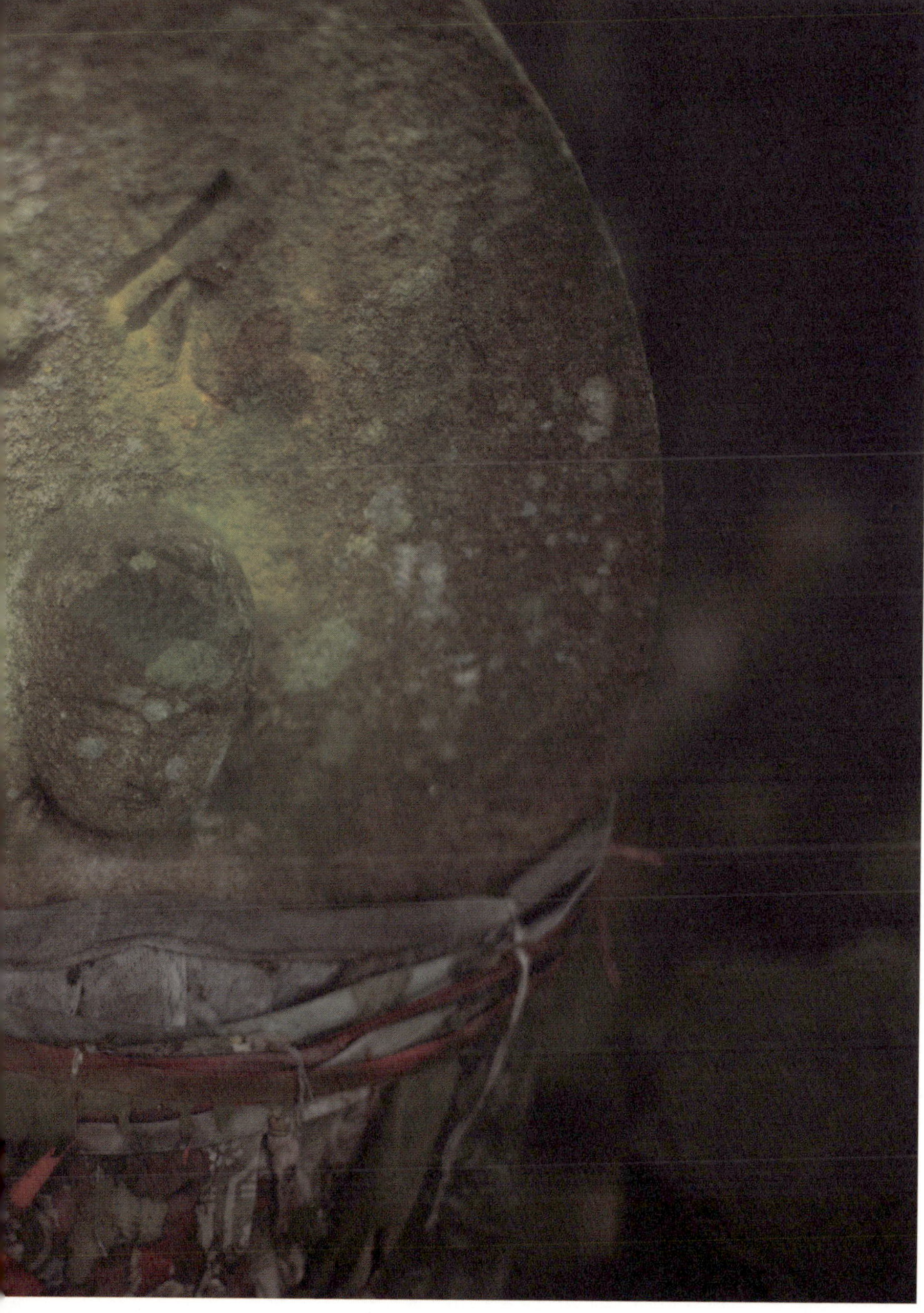

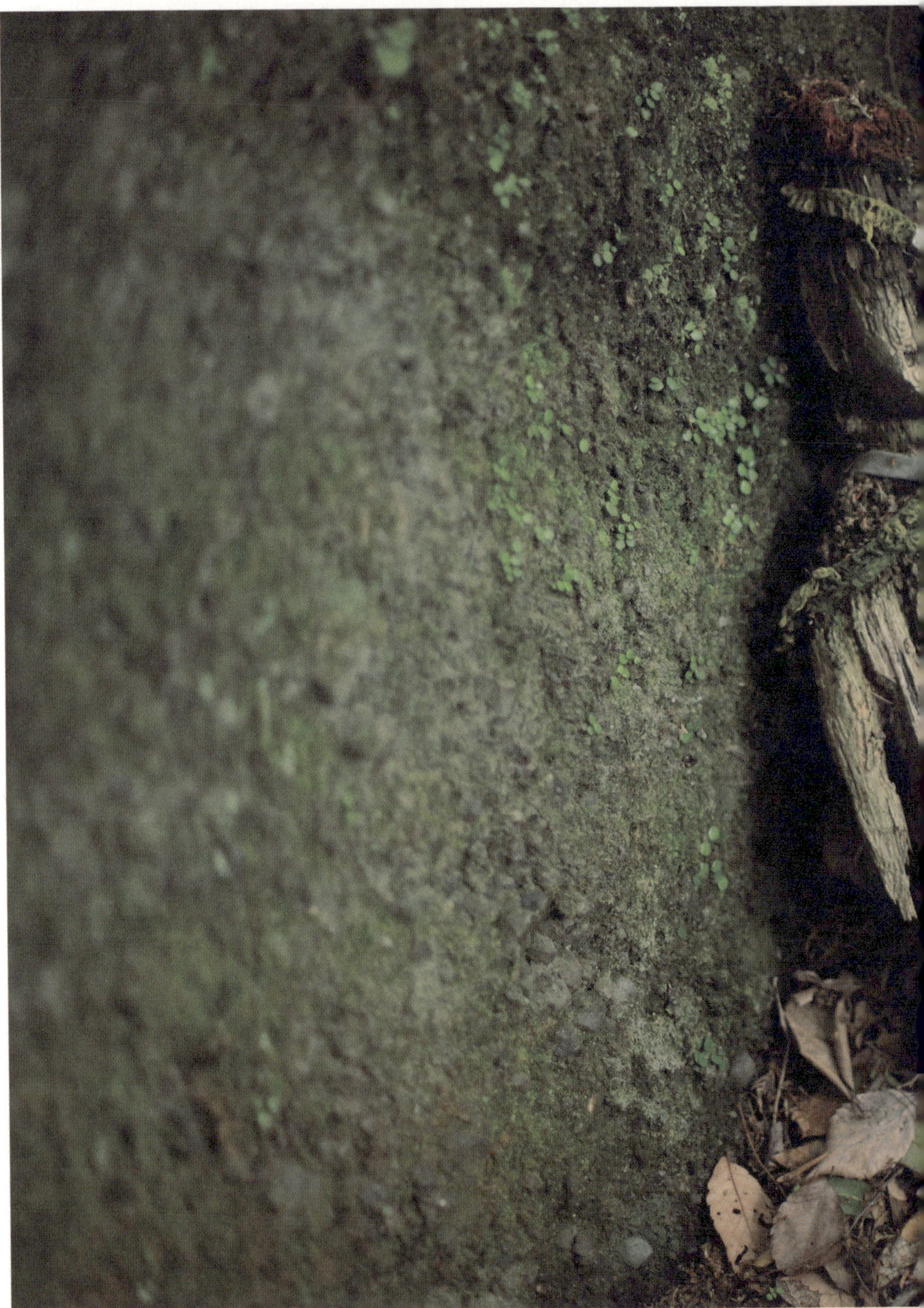

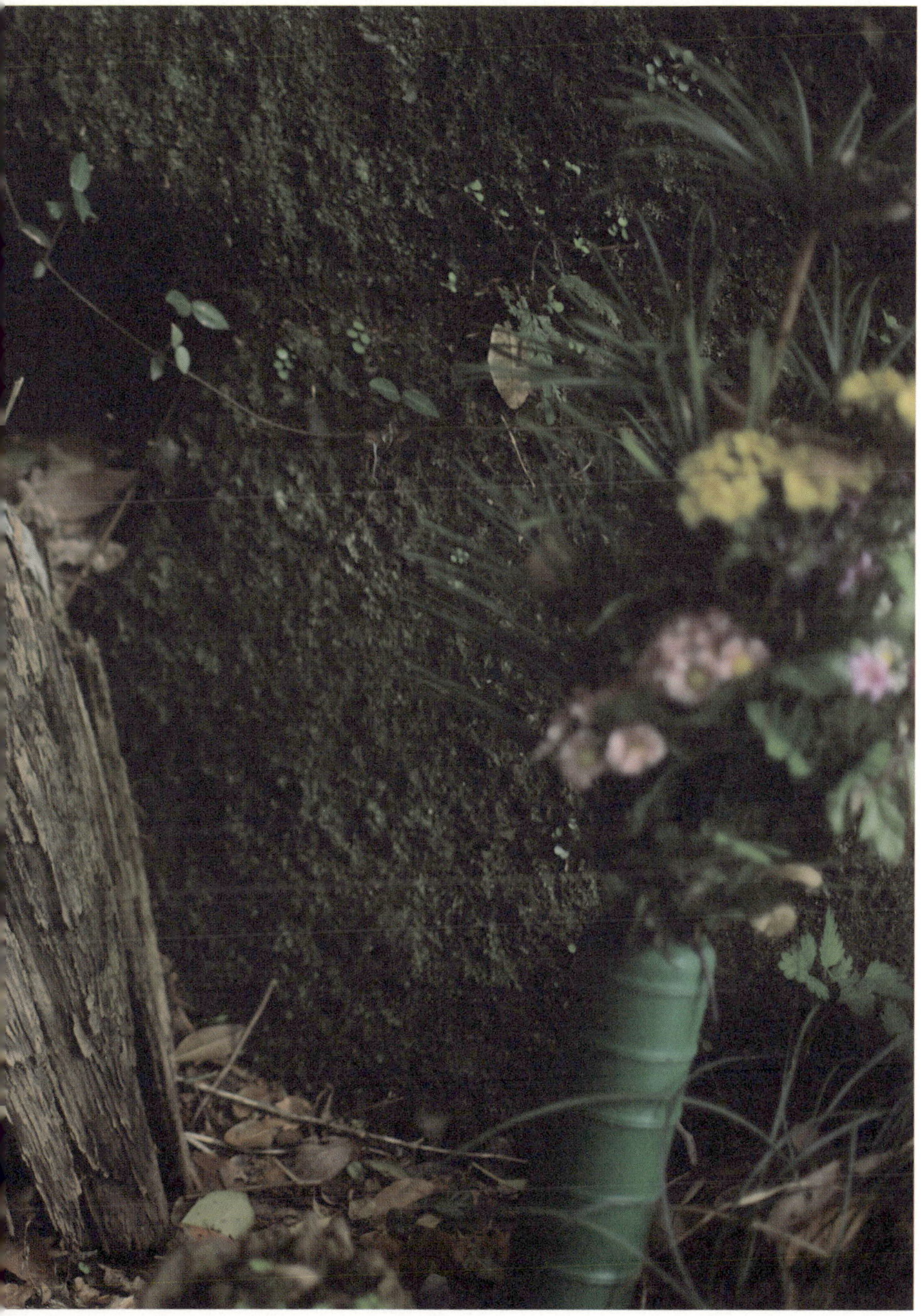

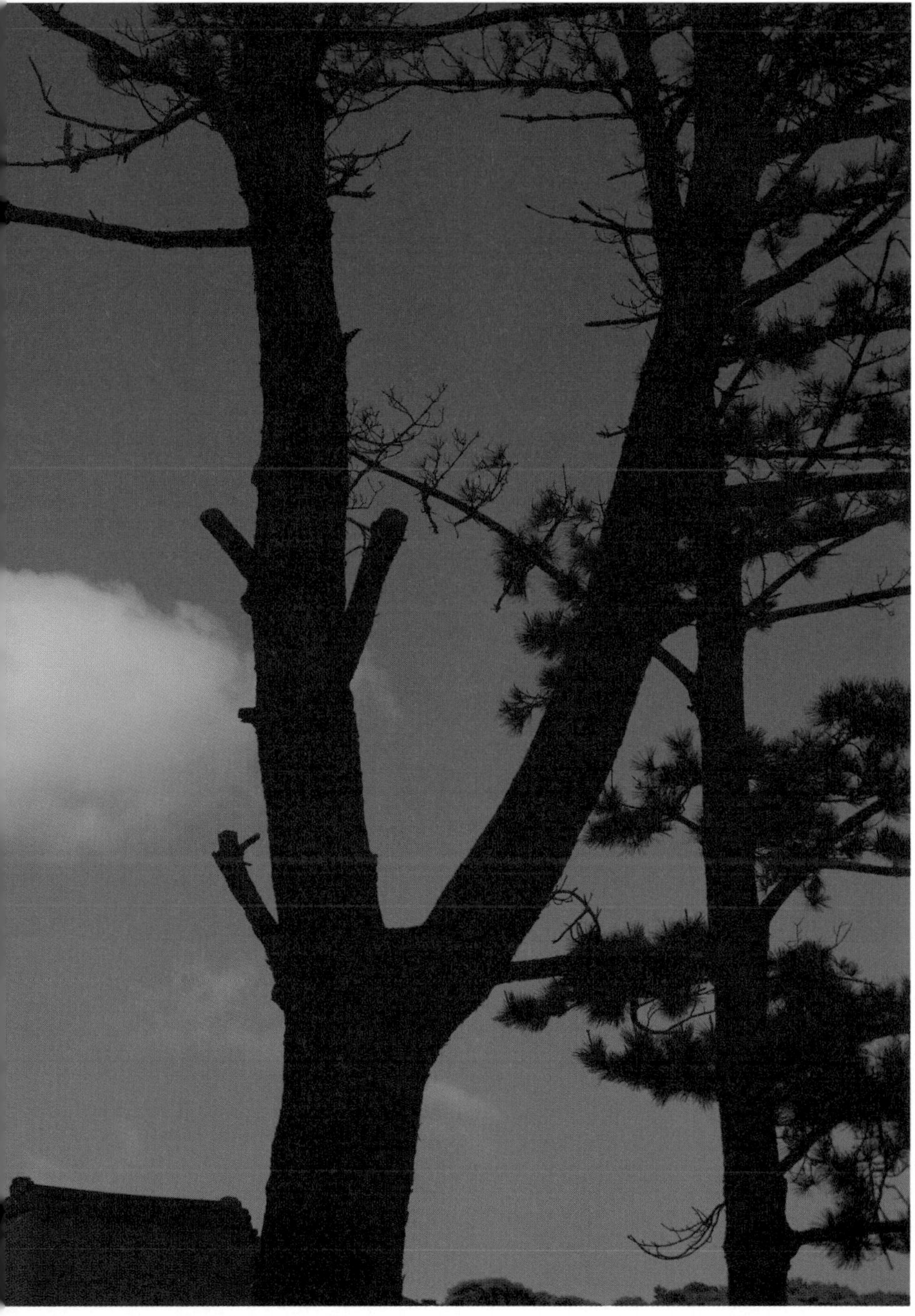

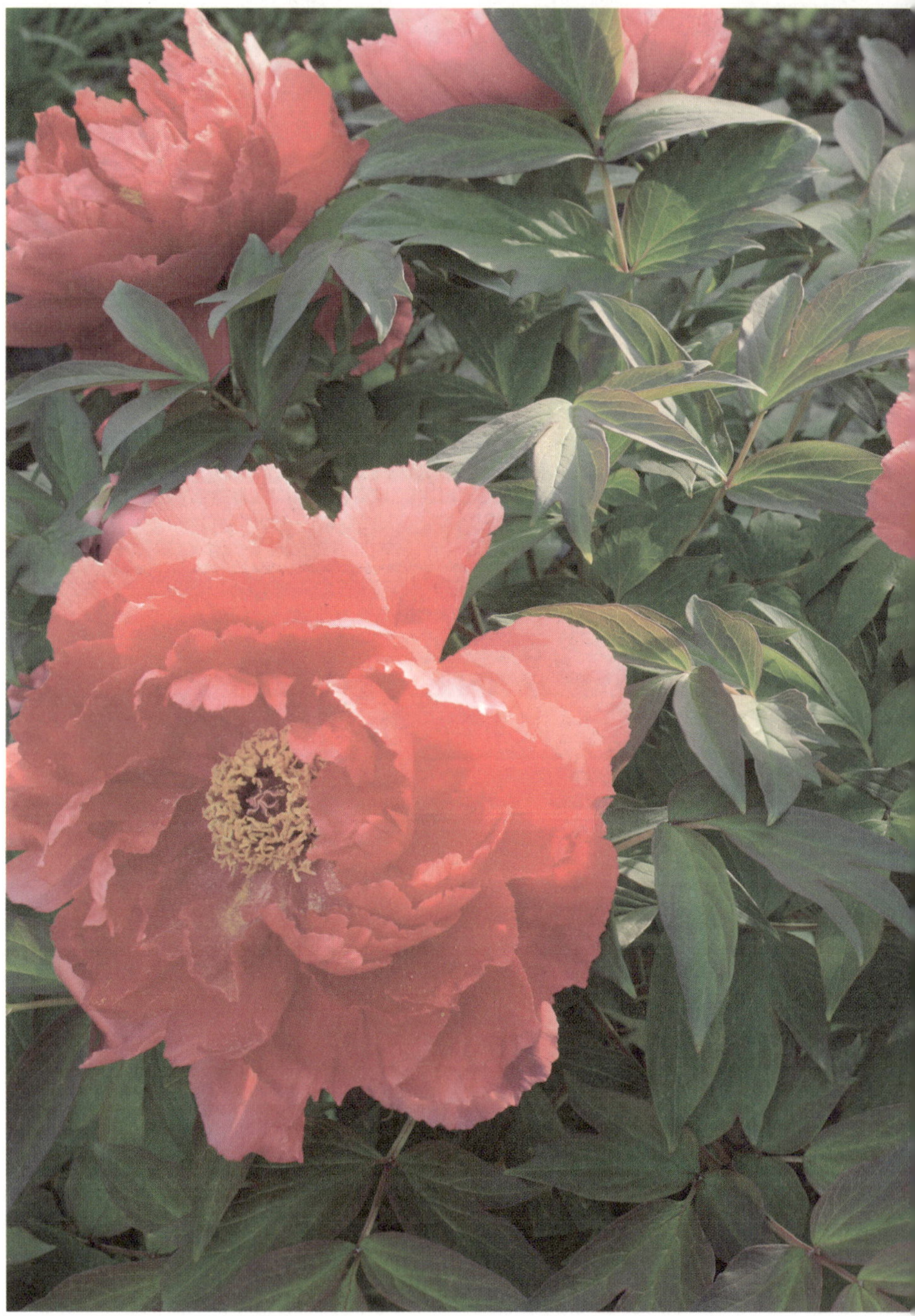

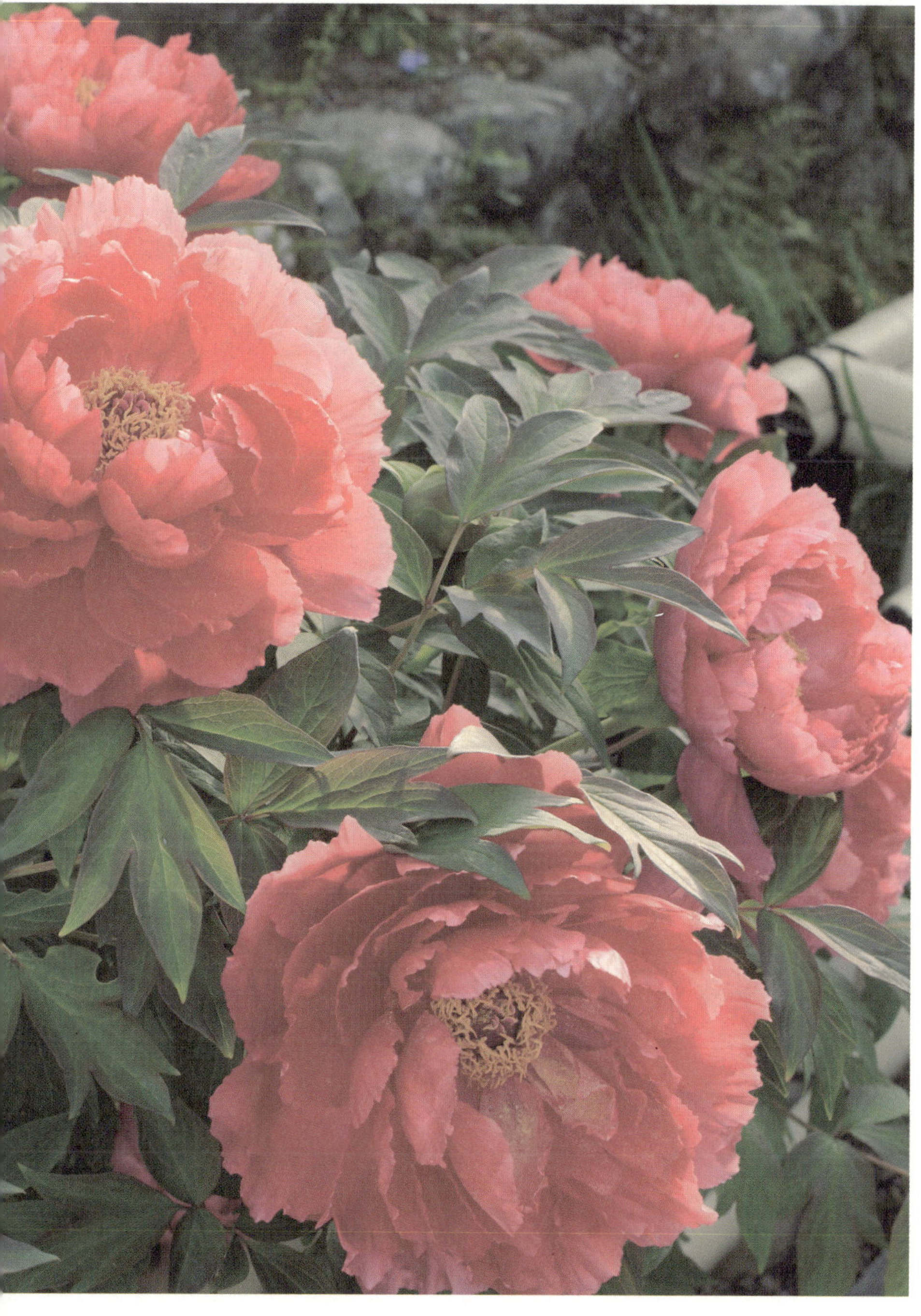

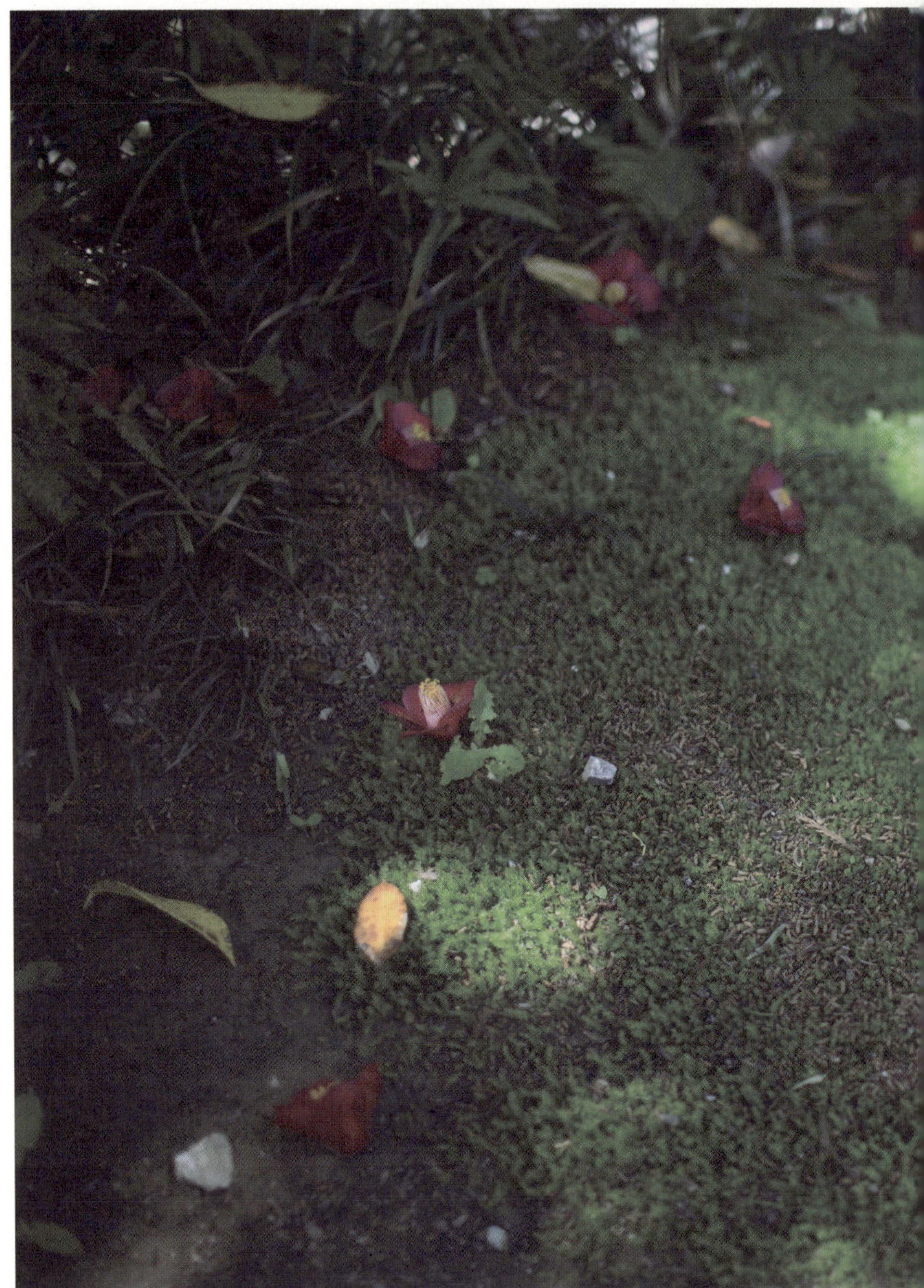

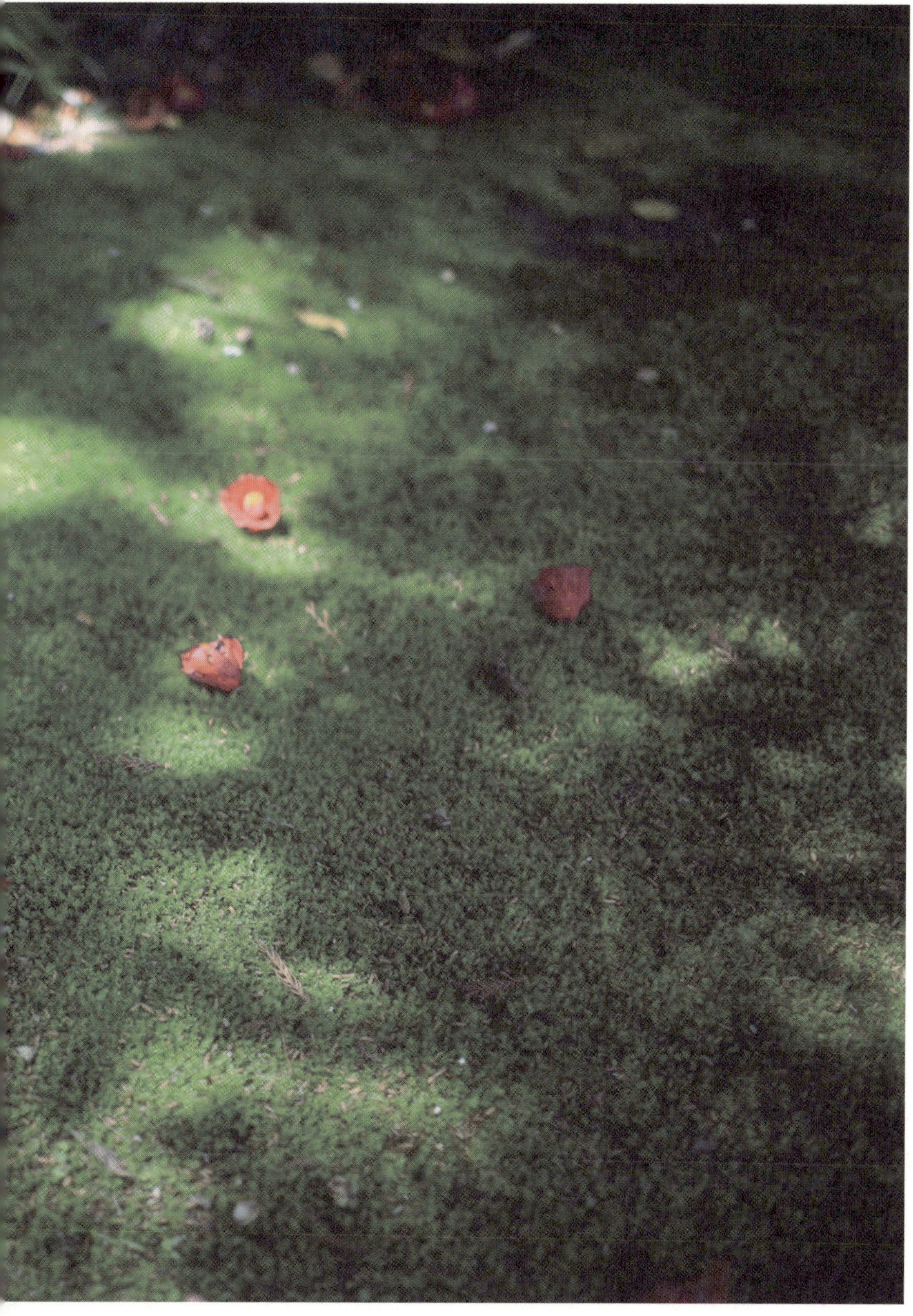

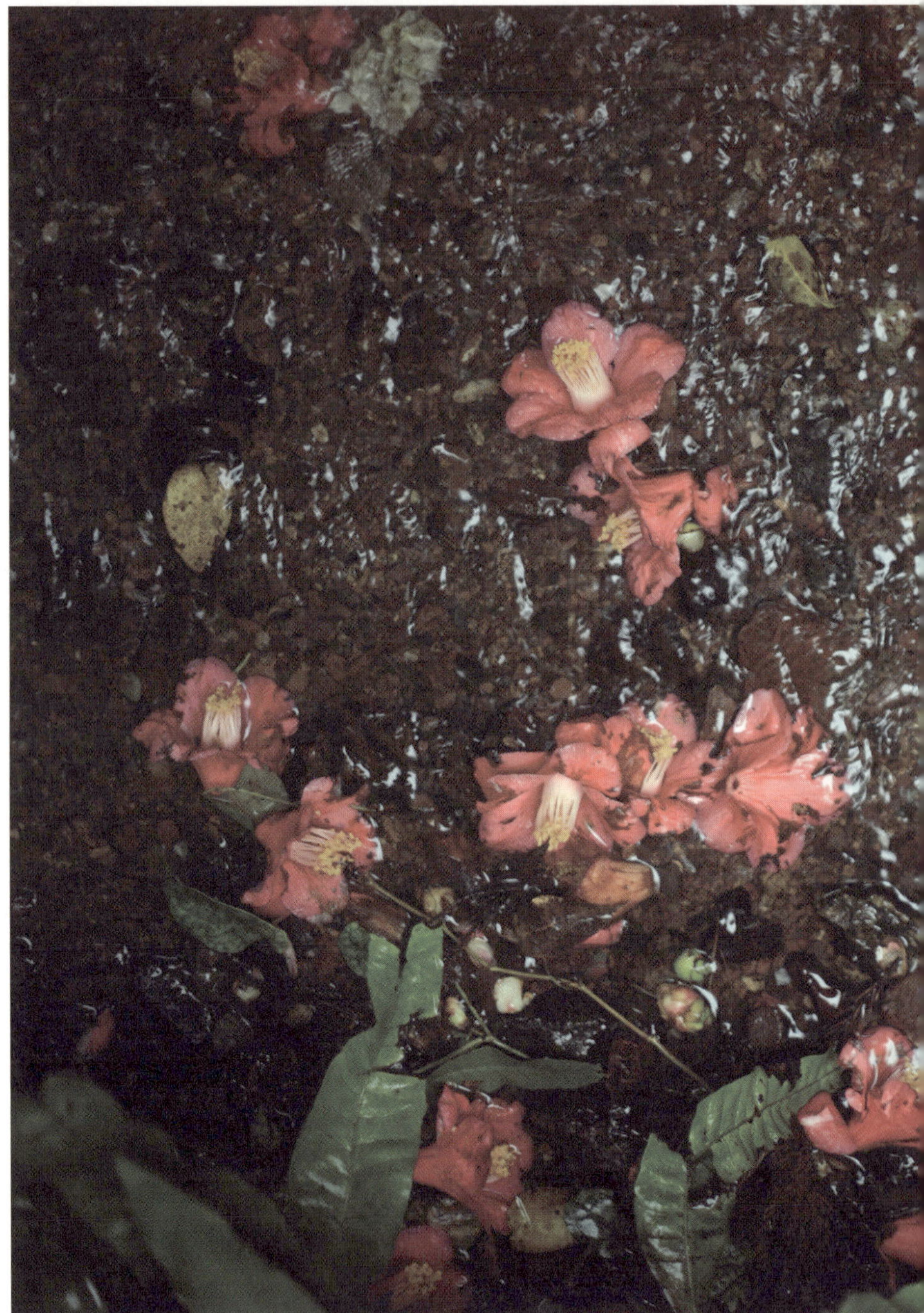

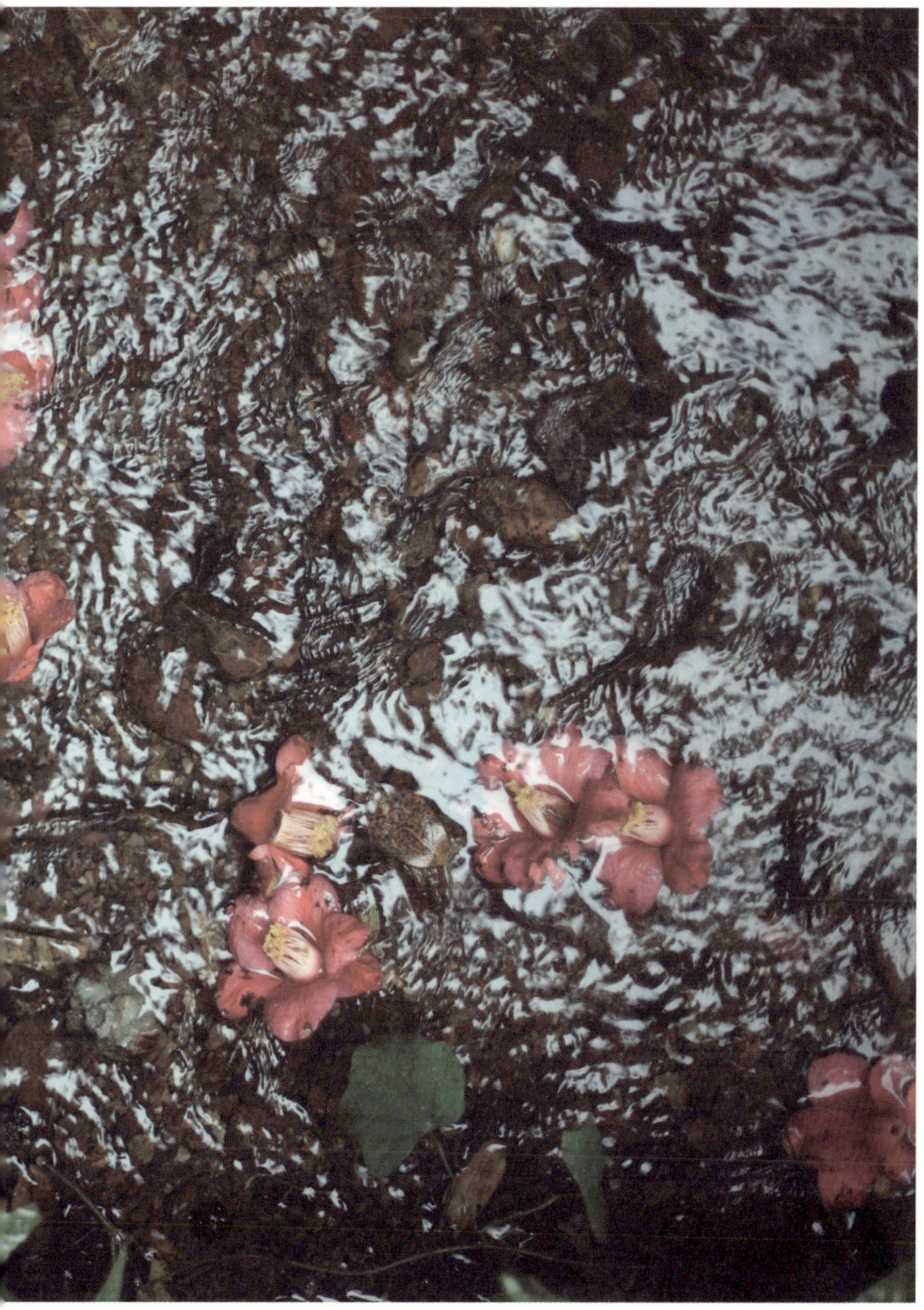

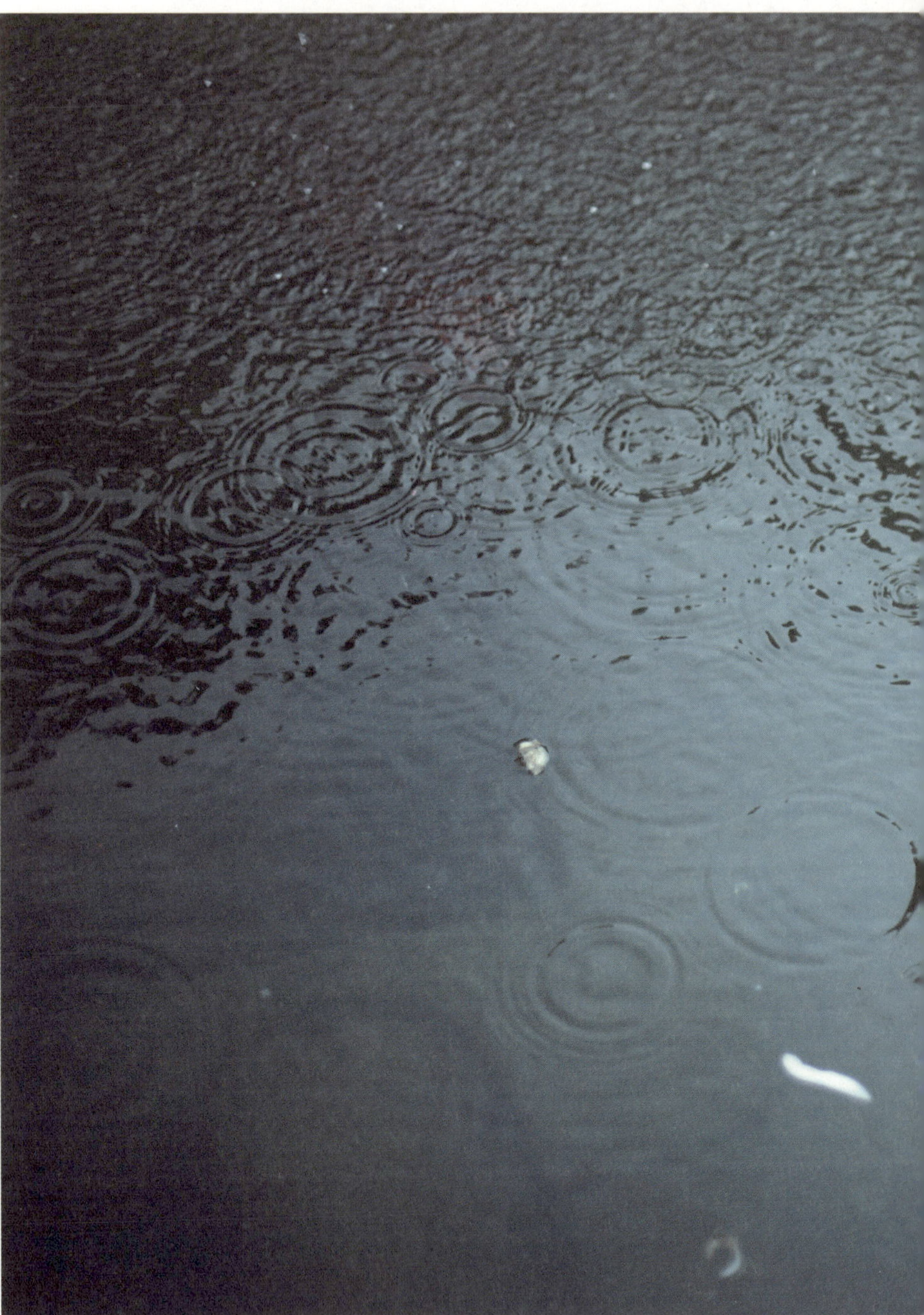

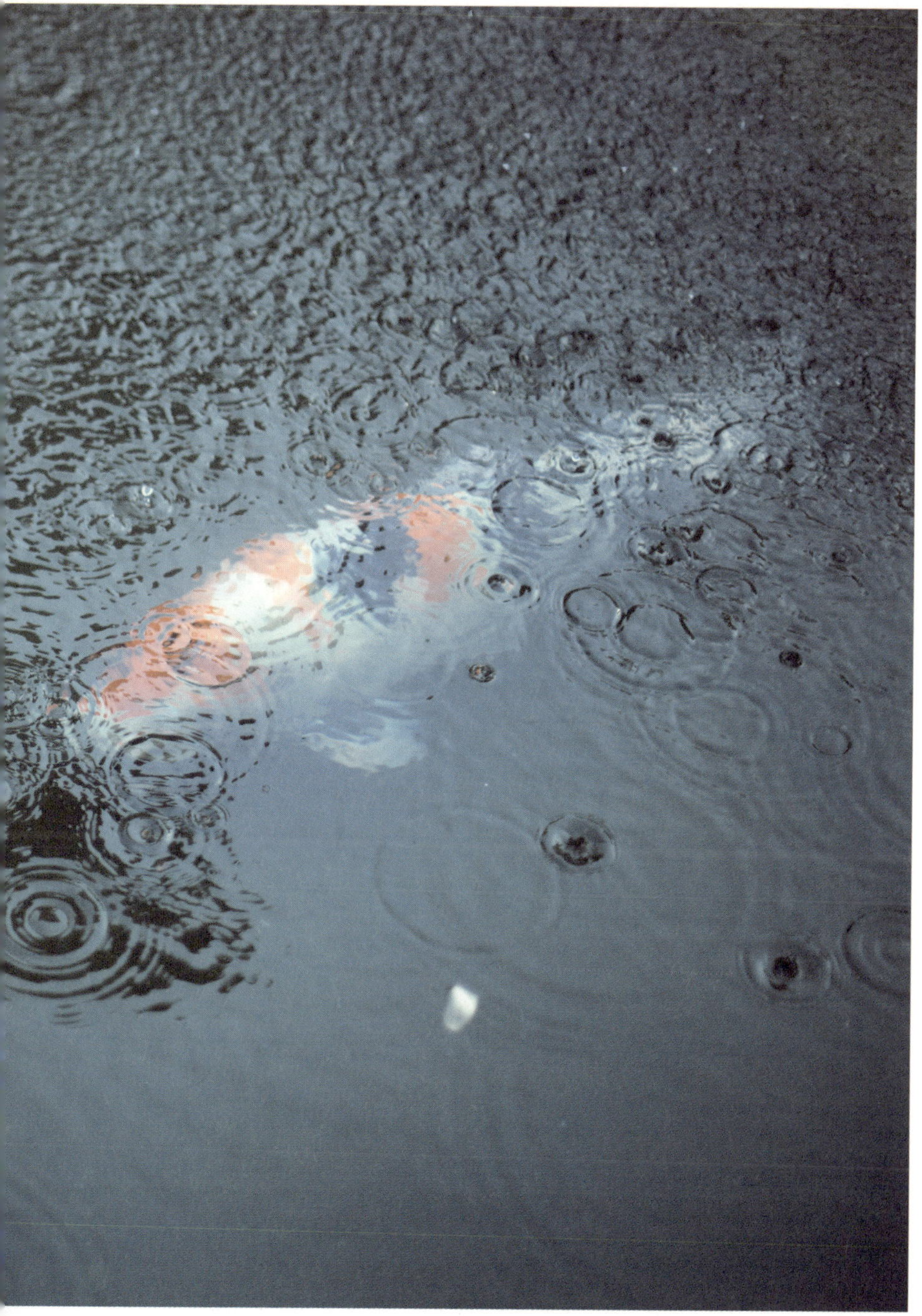

도쿄 이야기

배우 류 치슈가 죽기 2년쯤 전에 타데시나에 있는 그의 집에 찾아
간 적이 있다. 어느 잡지에서 류 치슈와 대담을 진행해 달라는 요청을
받았던 것이다. 나는 류 치슈의 팬이다. 그의 대표작인 「도쿄 이야기」
는 제일 좋아하는 영화 중 하나이며, 비디오도 갖고 있고 가끔 꺼내서
다시 보기도 한다. 영화감독인 오즈 야스지로의 대표작이기도 한 이
영화는 매년 새로운 유행을 따라갈 뿐인 요새 영화와는 달리 평범한
사람들의 밋밋한 일상을 그리고 있다.

히로시마의 오노미치에 살고 있는 노부부가 도쿄에서 결혼생활 중
인 아이들을 방문하지만, 딸과 아들은 각자 자기 가정의 문제에 바빠
서 묘하게 마음이 엇갈린다. 그런 심리적 갈등을 안은 채 다시 오노미
치로 돌아간다는, 전혀 드라마틱하지도 불타오르지도 않는 내용이다.

그러나 어디에나 있을 것 같은 이러한 일상적 장면 장면 하나가 가슴에 스미는 영화다. 흔해 빠진 일상의 순간을 쌓아올리는 사이, 어느새 관객의 가슴이 꽉 메어 온다. 특히 아내(히가시야마 치에코)를 잃은 주인공 류 치슈가 오노미치의 절벽 위에 있는 절의 경내에서 바다를 바라보는 마지막 장면이 기억 속에 달라붙어서 사라지질 않는다.

그런 사정도 있고 하여, 언젠가 오노미치에 가서 그 절의 경내에 서고 싶었다. 그러나 사람이란 그 정도 동기로 당장 움직이는 생물이 아니다. 결국 그해 가을 초입에 세토 내해로 여행가는 길에 겨우 그곳도 들러 볼 수 있게 되었다.

원래는 이 여행에서도 오노미치를 갈 예정이 없었다. 그러나 목적지인 세토 내해의 마나베 섬으로 찾아갔더니 가을비가 계속 내리기에 예정을 바꿔서 오노미치를 들르게 된 것이다.

세토 내해의 섬들은 온화한 날씨에는 좋지만 비와는 잘 어울리지 않는다. 그러나 영화에서 나온 오노미치의 마을과 가을비는 잘 어울릴 것이라는 확신이 있었다.

마나베 섬에서 이틀을 지낸 후, 바로 정기연락선을 타고 혼슈의 카사오카로 돌아왔다. 오노미치는 카사오카에서 그리 멀지 않다. 기대와 달리 오노미치까지 가는 산요혼센의 풍경은 리뉴얼한지 얼마 되지 않은 터라 그다지 정취가 있지는 않았다. 그러나 열차가 오노미치에 가까워지자 시간이 과거로 역행하기 시작했다.

같은 시대라 해도 '장소'는 자신만의 고유한 시간으로 호흡하기 마련이다. 1970년대 경에 일본의 시골을 찾아가면, 전쟁 전의 모습을 그대로 간직하고 있거나 심지어 메이지·다이쇼 시대의 시간이 그대로 잠들어 있어서 마치 우리들이 한 세기 가까이 시간을 뛰어넘은 것 같은 위화감을 느꼈다. 그러나 요 십년은 오히려 시골이 신자재 등을 이용해 집을 짓는 등 무뚝뚝한 현대의 모습으로 변해 가는 경우가 많다. 고속성장에서 누락된 채 일본 여기저기에 흩어져 있는 소도시가 오히려 과거의 시간을 잘 간직하고 있는 것처럼 보인다.

오노미치 역에서 내려서 마을을 돌아보기 시작했다. 이 마을 역시 시간의 흐름이 느린 곳임을 알 수 있었다. 오래된 마을의 구석구석에 새로운 건물도 있지만 거리 전체에서 풍기는 냄새는 내가 십대일 때 맡았던, 즉 1950년대의 그것으로 느껴졌다. 「도쿄 이야기」가 완성된 것이 1953년이고, 영화는 전쟁이 끝난 8년 후의 일본을 그리고 있으니 딱 그 무렵의 시대가 남겨진 채 떠돌고 있는 셈이다.

이 땅의 기운이 옛 향취를 마을에 남기는 데 큰 역할을 담당하고 있는 것이 아닐까. 마을 북쪽에는 산이 있고 남쪽에는 오노미치 수로가 흐르고 있으며 바다와 산 사이엔 동서로 이어지는 길고 좁은 길이 있다. 이 마을의 가장 큰 특징은, 오노미치 수로를 따라서 동서로 1.6킬로미터에 달하는 기나긴 상점가가 늘어서 있다는 점이다. 이 '오노미치 상점가'는 쿠보본쵸, 긴자마치, 츄오마치, 센터마치, 츠치도우츄마치, 이치방마치 등 여섯 개의 상점가로 분리되어 있다. 슬슬 걸으면서 가게를 들여다보니 상점가의 끝에서 끝까지 가는데 한 시간 정도 걸 렸다.

상점가의 또 다른 특징은 오노미치 수로와 나란히 있기 때문에 수 로 방면으로 가는 좁은 골목길들을 엿볼 때마다 간간히 바다가 보인 다는 점이다. 게다가 이 좁은 골목길에도 오래된 두부가게나 골동품 가게가 숨어 있다. 그러나 일본 어디를 가도 마찬가지긴 하지만 이 상 점가의 전성기는 이미 지나간 지 오래다. 사백 개 정도 되는 점포 중 육십 퍼센트가 비어 있어서 걸으면서도 쓸쓸한 분위기를 느낄 수 있 었다. 이곳 사람들로서는 절대 기뻐할 수 없는 일이겠지만, 그냥 지나 가는 여행자인 나로서는 코가 멜로디(쇼와 시대의 유명 작곡가 코가 마사오의 음악들 ─ 옮긴이)가 들려올 것 같은 이 낡은 분위기가 맘에 들었다.

「도쿄 이야기」 마지막 장면의 촬영지인 죠토지淨土寺는 상점가를 지 나 한참 걸어 올라가야 하는 산 중턱에 있었다. 절의 계단을 하나하나 밟으며 올라가는데, 불현듯 류 치수와 나누었던 대화가 머릿속에 떠 올랐다. 대담이 마무리를 향해 갈 적에 그에게 건방진 질문을 하나 던 졌던 것이다.

류 치수는 「도쿄 이야기」속에서 아내의 죽음을 알게 되었을 때 뭔 가 체념한 것처럼 자비에 넘치는 미소를 띠운다. 내게는 그것이 부처의 표정처럼 보였다. 그것을 연기한 배우 류 치수는 나와 대담하기 몇 년 전에 자신의 아내인 하나미와 사별했다. 나는 영화 속 아내의 죽음을 받아들이는 그 부처 같은 태도가 그의 연기였는지 아니면 본연의 모습인지가 궁금했다. 그래서 실제로 아내를 잃었을 때 어떤 심경으로 어떤 태도를 보였는지 기억하느냐고 물었던 것이다.

그러나 이 질문의 대답은 같이 앉아 있었던 아들이 했다. 소리 내어 울었다고 한다. 무엇이든 정직하게 대답하는 메이지 시대 사람인 류 치수가 그런 대답을 하면 배우의 이미지에 흠이 간다고 생각했던 것인지, 아니면 그저 내 질문이 맘에 안 들었던 것인지 이제 와서는 알 수 없다.

그런 추억이 머릿속에 스며들었다가 사라져 갈 즈음, 나는 죠토지 경내에 서 있었다.

그러나 사찰에 들어선 순간, 내가 길을 잘못 찾아온 게 아닌가 하는 의심이 일었다. 영화에서 보이던 오노미치 마을과 수로, 그 너머의 섬이 보이지 않았기 때문이다. 절의 사무실에 가서 물어보았다. 젊은 승려는 이곳이 영화에 나온 죠토지가 맞다고 확인해 주었다. 다시 주변을 둘러보았지만 그곳은 내 기억 속에 있는 죠토지의 경내와는 완전히 다른 곳이었다. 사찰 주변에 담을 세운 덕에 경관이 가려져서 그저 넓은 광장이 되어 버리고 말았다. 사무실에서는 건물을 이동한 탓에 옛날과는 딴판이 되었다고 말했다. 예전의 모습은 파편조차 남아 있지 않은 모습에 무척 실망했다. 동시에 영화가 만들어진 1953년 이후, 일본이 겪은 고속성장의 세월을 돌아보지 않을 수 없었다. 그동안 일본은 시간과 공간의 효율을 우선하며 낭비를 줄이려 했고, 덕분에 풍경 따위는 뒷전으로 돌려졌다. 그런 변화라면 질리도록 보아왔는데 죠토지도 예외가 아니었다.

오즈 야스지로는 「도쿄 이야기」 마지막 장면에서 오노미치의 절을 통해 일본의 풍경을 굉장히 완성도 높게 잡아냈다.

종루와 소나무를 배경 삼고 바닥에는 포석을 간 경내.

높은 언덕에서 바라보는 떠들썩한 시내.

살아가는, 살려 하는 자의 삶과 죽음의 시간을 은유하는 산 그림자, 그를 통과하는 증기기관차.

마을 너머로 오노미치 수로가 보이고, 천천히 물을 가르는 낚싯배와 화물선에서 인간을 향한 애정을 엿볼 수 있다.

물가 건너에는 피안의 세계를 연상케 하는 섬들.

그 모든 것을 바라보는 외톨이 노인의 뒷모습.

그곳에 오랜 인생길에서 지나쳐 왔을 '과거'가 비춰지고 있는 것 같았다.

나는 '환상'이 되어 버린 과거의 경치를 지금의 풍경에 겹쳐 보며 마을로 돌아가기 위해 절의 돌계단에 발을 디뎠다.

칼

숙박비를 낸 후 현관에 놓인 긴 의자에 앉아서 신문을 읽었다. 마침 눈앞의 텔레비전에서 아침 뉴스가 방송되고 있었다. 신문에서 눈을 들어 텔레비전을 보니, 리포터가 침방울을 튀겨 가며 새로운 사건에 대해 보도하고 있었다.

효고현에 있는 고등학교의 검도 6단 교장이 아침 조회 시간에 일본도를 꺼내며 훈화를 했는데, 이것이 신문에 보도되면서 논란으로 번졌다고 했다. 옆에 있던 해설자는 이런 교육자 때문에 세상이 나빠지는 거라고 말했다. 그건 좀 위험한 발상이 아닌가 생각하면서 손등을 내려다보니, 마침 내가 든 신문이 사건을 보도한 그 신문이었다.

기사는 3면의 중간쯤에 상당히 눈에 띄는 형태로 실려 있었다. 읽어 보니 텔레비전만큼 비판적이지는 않았다. 교장은 검을 빼들고서 검과 관련된 숙어 및 속담 등의 의미를 설명해 주고, 칼의 날붙이 부분을 휘두르며 '이런 게 눈앞에 겨누어졌다고 상상해 보세요. 무섭겠죠?'라고 말했다고 한다.

그게 이토록 비난받을 일일까? 왜 이 정도 일화가 이토록 큰 소동이 되어 버렸는지 목을 빼고 구경하는 중인데, 아무래도 학생이 버스를 납치한 사건이 발생한 직후에 이런 훈화를 한 것이 비난의 원인이 되는 모양이다. 비난의 화살을 맞은 교장은 '다음 아침 조회에서 학생들에게 사과하겠다'라고 말했다.

신문 평론은 그다지 비판조가 아니었지만, 그 주변의 기사들은 최근 일어난 소년범죄 데이터를 모조리 동원하고 있었다. 얼마 전 발생했던, 시부야역에서 금속 배트를 든 소년이 사람을 폭행한 사건의 판결 결과도 나와 있었다. 기사의 전반적인 방향을 볼 때 '일본도 교장 사건'과 십대 살상 사건 사이의 관계를 만들려 애쓰고 있다는 인상을 지울 수가 없다. 텔레비전의 뉴스도 그런 방향을 더욱 강화시키고 있는 걸로 보인다.

사려 깊음이라곤 전혀 찾아볼 수 없는 보도매체들의 단순한 사고방식이 사회 전반에 끼칠 영향을 생각하면 걱정만 깊어 간다. 지금의 소년 및 아이들의 범죄에서 보이는 비상식적 면모는 일본 고유의 신체 감각을 빼앗은 모성적 환경이 가장 중요한 원인이라 보기 때문이다. 어른들이 책임을 회피하기 위해, 다칠 위험이 있는 곳에서는 비이성적이리만큼 아이들을 배제한다. 심지어 평등을 위해서라며 운동회에서 성적의 순위를 매기지 않는 등 인간의 신체가 살아 있다는 현실 자체를 느끼지 못하게 만드는 편집증적인 방식이 아이들의 괴이한 범죄를 낳고 있는 것이다.

가령 '사람을 죽여 보고 싶었다'라는 이유로 사람을 죽인 소년의 예를 들어 보자. 그 행위는 일반적인 상식으로 볼 때 이해할 수 없다. 그러나 어른들의 사정 때문에 건전한 신체 감각을 형성하지 못한 소년이 현실감과 신체 감각을 회복하기 위해 타자와 신체적 충돌을 도모한 것이라면? 그러한 내재적 욕구가 우연히 살인이라는 형태로 치솟고 만 것이라면, 그의 범죄에도 나름의 이유가 있는 셈이다.

아이들에게 진검을 보여 주는 행위가 아동범죄의 원동력이 된다는 논리를 세우는 이러한 사회 환경 자체가 오히려 아이들의 신체성 혼란(이상 범죄)을 가져오는 것이다. 그런 의미에서 보면 이 '진검사건'을 둘러싼 이야기는 현 시대의 상징과도 같다.

미디어는 이런 사고방식을 배제하고, 교장이 아이들 앞에서 무슨 이야기를 했는지 취재하여 각자 판단할 수 있도록 보여 주어야 한다. 어쩌면 문제의 교장은 현 교육과정에서 가장 소외된 '진검'이 어떤 것인지를 알려 주려고 했던 것일 수도 있고, 그 행동에 아이들도 신체적으로 감명받았을지도 모르는 일이다.

만일 그렇다면 교장이 아이들에게 사과하는 것이 오히려 현대 사회의 코미디가 되고 말 것이다.

무음

방울벌레가 운다.

보름달 밑에서 벌레 소리에 귀를 기울이며, 문득 나가사키에 원폭이 떨어진 직후 맨 처음 현지에 들어간 카메라맨의 이야기를 떠올린다.

'소리가 완전히 사라진 세계였습니다. 귓전을 스치는 바람 소리 외에는.'

그 수많은 생명을 빼앗은 살육 장치를 이 이상 정확히 표현한 문장을 달리 알지 못한다.

이십대 시절에 라디오에서 들은 그 한마디는 트라우마처럼 내 기억을 침식하더니 때때로 표면에 떠오른다. 어젯밤도 그랬다. 말의 힘이란 무섭다.

미국의 모하비 사막에 갔을 때도 이 말이 생각났다.

바람 소리를 제외하고 모든 소리가 끊긴 광대한 침묵의 사막 한가운데에서, 이런 상태를 가리켰던 것일까 하고 생각했었다.

그러나 캠핑카의 침대에서 일어나 밤의 사막을 산책할 때는 무수한 생물들이 술렁이는 소리를 들었다.

출입금지 구역이라는 티벳의 사원에 들어간 밤에도 그 말이 떠올랐다.

이런 밤이었던 것일까.

그러나 그때도 밤을 가르는 산새의 울음소리가 들려와 내 공상을 부수었다.

세상 어디를 가보아도 그 카메라맨의 말을 재현할 만한 장소는 이 지구상에 존재하지 않았다.

인간과 고양이, 개와 말과 소, 그리고 곤충과 미생물에 이르기까지 모든 생물이 죽어 버린 세계.

그것이 폭심지다.

링링하고 울리는 방울벌레의 소리를 들으며, 소리가 사라졌던 그 가을밤을 상상한다.

꿈꾸는 기술

신비한 꿈을 꾸었다.

나는 꿈속에서 어느 마을을 걷고 있었다.

길 양쪽에 금색의 불탑이 늘어서 있었다. 미얀마에 와서 파고다를 보고 돌아가는 길인 모양이었다. 그다지 넓지 않은 길은 완만한 커브를 그리며 꺾여 있었다. 그 위로 빛이 쏟아지며 무수한 나뭇잎의 그림자가 흔들렸다.

위를 올려다보았다가 숨을 들이켰다.

머리 위에는 천개(불보살의 위덕威德을 나타내는 장엄구 — 옮긴이)와도 같은 포도넝쿨 선반이 길 끝까지 이어져 있었다. 그 광경은 미얀마의 것이 아니었다.

포도넝쿨에는 옅은 핑크빛과 황금빛의 포도가 주렁주렁 열려 있었다. 등 뒤의 햇살을 받은 열매들은 보석처럼 빛났다. 포도 선반을 뚫고 들어오는 햇살은 강했지만, 아무래도 고지대에 와 있는지 공기가 건조하고 시원해서 상쾌했다.

주변을 둘러보면 색색의 복장을 차려입은 리스족과 티벳족 같은 사람들이 맨발로 걸어가고 있었다. 사람들은 어째서인지 손에 손에 작은 향로와 마니통을 들고 있었다. 마니통은 방울로 이루어진 원통인데, 티벳 사람들은 밖에 나갈 때 이걸 가지고 다닌다. 통 안에는 '옴 마니밧메훔'이라는 진언을 적은 종이가 들어 있다. 이것을 돌림으로써 진언을 읊는 것과 같은 효과가 나고, 천국에 더 가까워진다고 한다. 다른 사람들이 들고 있는 향로는 한 가닥 푸른 연기를 나부끼며 향냄새를 풍겼다. 빛이 내리는 포도정원, 그리고 향내가 어우러져 나는 반쯤 황홀경에 빠졌다.

길 양옆에 늘어선 상점들은 각자 한두 개의 창구밖에 없는 작은 구멍가게였다. 낡고 오래된 가게 특유의 분위기가 떠돌았다. 잡화점, 꽃집, 과자가게, 옷가게, 찻집, 작은 식당 등 인간계의 온갖 일상을 연상시키는 가게들이 그곳에 있었다. 각 가게 안쪽에 미소를 띤 주인들과 아이들이 보였다.

시끌벅적하게 걸어가는 사람들 사이에 녹아들어 걷다 보니 길이 완만한 경사를 그리며 아래쪽으로 향하고 있었다. 가게들이 점차 뜸해지더니 어느새 완전히 자취를 감췄다. 길모퉁이를 돌았을 때 나는 다시 숨을 들이켰다. 땅바닥을 파낸 것처럼 광대한 분지가 왼편에 나타났던 것이다. 커다란 보리수나무 위에서 한 쌍의 공작새가 분지를 내려다보고 있었다. 완만한 경사면에는 노란색과 오렌지색인 꽃이 흐드러지게 피었고, 수많은 나비들이 날아올랐다. 대체로 메마른 흙빛을 띤 땅이었지만 중간에 푸른색 강물이 흘렀고, 그 주변에 초록빛 전원지대가 펼쳐졌다. 전원지대 너머로는 수로로 보이는 커다란 돌밭이 이어졌다. 멀리 산맥이 보였다. 감청색을 배경에 둘러친 산맥의 봉우리들은 하얀 눈에 덮인 채 눈부시게 빛나고 있었다.

계속 길을 걸어 내려갔다.

이윽고 호수가 나타났다. 호수 주변에는 매끄러운 자갈들이 가득했다. 완만한 굴곡을 그리며 호수 아래쪽으로 향하는 자갈 벌판. 그 위의 호수는 무서우리만큼 투명했다. 물밑의 돌멩이들은 햇빛 파도를 반사하며 흔들거렸다.

꿈은 느닷없이 거기서 끝났다.

나는 천천히 눈을 떴다.

꿈에서 깨어난 뒤에도 그 신비한 풍경 속을 걷고 있었을 적의 황홀감이 몸속에 남아 있었다.

…뭐지, 그 풍경은?

본 적도 없는 곳이다.

다시 한 번 기억 속에 남아 있는 꿈속의 장소를 더듬어 보았다.

그러다 불현듯 눈치챘다.

꿈속에서 본 사람들의 모습. 불상. 늘어선 가게들. 포도넝쿨이 있는 길. 한 쌍의 공작새. 꽃이 흐드러지는 경사면. 광대한 분지. 멀리 보이는 하얀 산맥. 감청색의 하늘. 자갈밭 위의 호수….

모든 풍경들을 하나씩 잘라서 생각해 보면, 그것들은 한때 내가 여행 중에 목격했던 광경들이었다.

다른 시대에 다른 땅에서 보았던, 내 기억 속에 가장 강하게 남아 있는 아름다운 장면들이 꿈속에서 모두 이어져서 하나의 세계를 만들어 냈던 것이다.

다시 생각해 봐도 이게 맞는 것 같았다.

이제까지 꾸었던 꿈 중 가장 신비롭고 달콤한 꿈이었다.

나는 그것을 정토몽淨土夢이라고 이름 붙였다.

이후 정토몽을 꾼 일이 없다. 그러나 몇 년 후, 나는 현실 속에서 정토몽을 꾸는 법을 익혔다. 이 시끄럽고 조용할 일 없는 현실 속에서 순간 모든 것을 잊고 눈을 가볍게 감는다. 마음은 절반 정도 명상 상태에 둔 채 뇌리에 남아 있는 정토몽의 영상을 불러내는 것이다.

꿈이 내게 오지 않는다면 내가 꿈에게로 가면 된다. '꿈꾸는 기술'이라고나 할까.

이 꿈꾸는 기술을 반복하다 보니 이제는 물이 올랐다.

지금은 시끄러운 마을 한복판에서도, 전차 안에서도 정토몽을 기억 속에서 끄집어 내어 마치 영화를 보는 것처럼 꿀 수가 있다. 그렇게 계속 꿈을 꾸는 동안 정토몽 속 풍경의 완성도도 점점 높아져서, 이제는 의식적으로 다른 광경을 이어붙이기 시작했다.

언젠가 정토몽을 거대한 캔버스에 그려 내고 싶다.

거리의 꽃

여행하다 불현듯 꽃을 향해 카메라 셔터를 누른다.

그런 적이 꽤 많다. 찍힌 사진을 보면 별 거 아니다. 흔해 빠진 꽃인 경우가 대부분이다. 그것도 여기 보라는 듯이 피어 있는 꽃이 아니라 밭이나 길 한켠에 피어 있는, 조금 방심하면 눈에 들어오지도 않을 것 같은 수수한 꽃. 음악으로 비유하자면 오케스트라 같은 요란한 장르가 아니라, 거리 한구석을 걸어가는 사람이 흥얼거리는 허밍 같은 것이라 할 수 있겠다. 아무래도 나는 그런 꽃이 취향인 모양이다.

세상 전반이 교화되고 중류 계급화된 현재, 개나 고양이 같은 애완동물에게도 내력이나 혈통이 붙는 탓에 잡종들은 그림자 속에 가려지고 있다. 여행을 해보면 꽃의 세계도 똑같다. 어디에나 피어 있는 들꽃을 아끼고 기르는 풍경이 점점 일본에서 사라지고 있는 것이다.

꽃이나 동물을 사랑으로 키우는 것은 주로 여성이다. 그러므로 좀 과장해서 표현하면 시대와 함께 여성이 변했다고 할 수 있다. 즉 명품 지향으로 바뀌었다고 말할 수 있을 것이다.

이것은 어머니가 자식을 기르는 방법이 변질된 것과도 일맥상통한다. 내가 어렸을 때, 어머니(여성)는 자식(꽃)을 '키운다'라는 자의식을 오늘날처럼 강하게 갖고 있지 않았다. '키운다'라기보다는 '자라는' 과정을 보고 있는 것에 가까웠다.

그러나 고속성장의 과도기에서 많은 사람들이 중산류층 의식을 갖게 됨과 동시에 어머니와 자식의 위치도 크게 변했다. 다른 사람들에게 자식을 자신의 작품으로서 '보이고', 남 앞에 내세웠을 때 부끄럽지 않도록 키우는 것이 중요해진 것이다. 자식의 생활, 신체, 복장 등 머리끝에서 발끝까지 완전히 관리하는 교육방식이 늘어난 것은 경쟁사회의 영향이리라.

꽃을 키우는 행위에 그렇게까지 집념이 들어가는 것은 아니다. 그러나 내가 어릴 적 본 풍경과 비교하면 분명히 꽃들이 관리되고 있으며, 또한 명품지향으로 변했다. 아마 '가드닝(정원 관리)'이라는 서양의 단어가 일본에 유통되기 시작한 시기와 맥락을 같이 하리라 본다.

자연을 인간이 관리해야 한다고 생각하는 것이 서양의 자연관이다. 한 치의 틈도 없을 만큼 완벽하게 깎인 서양의 정원이 그를 증명하고 있다.

그에 대응되는 방식은 아마도 에도 시대서부터 계속된 서민 동네의

뜰, 현관, 골목 등의 '틈새 가꾸기'일 것이다. 마을 곳곳의 빈자리에 꽃을 가꾸는 이 작은 정원은 마치 옛 어머니들이 자식을 기르던 모양새처럼 반쯤 방치되었다. 완벽을 추구하지도 않았다. 때로는 버려진 깡통이나 냄비, 약병을 화분으로 사용하기도 했다. 그 모습이 불가사의한 관용과 풍요로움의 분위기를 끌어내고 있었다. 식물 줄기가 생각지도 못한 방향으로 뻗어 가서 문에 걸려 여닫는 데 방해가 되어도 신경 쓰지 않았다.

아니, 이러한 자연의 반란이 오히려 오묘한 조화를 낳는다는 사실을 일본인들은 알고 있었다.

즉 본디 일본인의 자연관은 식물을 관리하는 것이 아니라 함께 공생하는 것이었다. 카가의 치요조가 쓴 '나팔꽃에 두레박 뺏기고 이웃에 물 얻으러 가네'라는 시구는 그러한 일본인의 자연관을 잘 보여 주고 있다.

개와 고양이가 인간의 모습을 거울처럼 비춰 내듯, 꽃들도 인간의 변화를 비춰 내는 것이다.

봄꽃 생각

보소 반도의 봄은 빠르다.

이 원고를 쓰는 지금, 2월 중순인데도 산의 양지에 노오란 유채꽃이 봉오리를 맺기 시작했다.

이 근방에서는 유채꽃을 나바나라고 부르는데, 나바나가 피는 시기가 되면 무수한 노란 꽃이 겹쳐지는 것처럼 내 머릿속에도 한 노인의 그림자가 떠오른다.

내가 이 땅에 온 것은 지금으로부터 18년 전 봄의 일이다. 그 시절에는 근처에 수많은 농가와 별장 세 채가 있었다. 별장이라곤 하지만 일반적으로 상상하는 멋진 별장이 아니라, 바다와 산에서 노는 것을 좋아하는 도쿄 및 요코하마의 자영업자가 가끔 놀러오기 위해 일반적인 집을 지어 놓은 것에 불과하다.

오랜 시간이 지나면 각 집에 거주민의 개성이나 향기가 나기 마련이다. 그러나 다른 집들과 별장의 다른 점은, 주인이 세상을 떠남과 동시에 집의 생명도 끊기고 싸늘하게 텅 빈 폐가가 되어 버렸다는 사실이었다.

더군다나 별장들은 비슷한 연배의 사람들이 비슷한 시기에 지은 집이었던지라 모두가 비슷한 길을 걷게 되었다.

무슨 우연인지, 내가 이곳에 들락거리기 시작한 5년 사이에 세 집 모두 주인이 세상을 떠났다. 하지만 원래 이곳에 사는 사람들이 아니기에, 어느 날 부고가 들려온 후에도 큰 변화는 없다. 가끔 부인이 홀로 와서 정기적으로 청소를 하고 올라가곤 한다.

별장을 지었을 무렵 혈기가 넘쳤을 부부의 정열은 어디론가 사라지고, 흰머리를 한 채 조용히 혼자 내려온 아내가 정원에 떨어진 낙엽을 줍고 있는 모습을 보면 인생사의 무상함이 뼈저리게 느껴진다.

별장이라는 것은 남편과 함께 공유한 장소와 시간의 추억이 있는 곳이다. 그녀들이 그곳을 버려두지 않고 돌보는 까닭은, 아마 남편과 나눈 추억을 버리는 것 같은 기분이 들기 때문일 것이다.

그렇게 주인을 잃은 별장 세 채는, 부인이 나이를 먹는 것에 따라 점차 마지막 남은 손님조차 잃게 되었다. 이윽고 집과 정원에 남은 마지막 인간의 자취마저 사라지려 했다. 그러나 딱 한 채만이 예외였다.

S씨는 남편이 세상을 떠난 뒤, 오히려 이 별장에 내려와 혼자서 살기 시작했다. 나는 그 각오를 의심했다. 근처에 다른 집도 없는 불편한 땅에서 예순이 다 된 여성이 혼자서 살아갈 수 있을 리가 없었다.

그녀의 친족이 없는 것도 아니었다. 이미 장년이 된 자식들이 요코하마에 있었다. 자식들은 노인 혼자 그 별장에 사는 것을 반대했다고 한다. 아마 그들은 모친을 자기 집으로 모셔갈 생각이었던 것 같다. 그러나 S씨는 그를 거절하고 여기로 왔다. 자세한 사정은 모르지만, S씨의 성격을 고려하건대 그녀 자신의 의지로 선택했음이 분명하다.

메이지 시대에 태어난 S씨는 정말 대단한 여성이었다. 자존심이 강해서 다른 사람의 도움을 받기 싫어했다. 남한테 폐 끼치지 않고 혼자 살아가려는 확고한 의지를 갖고 있었으나 농담하는 마음의 여유도 갖췄다. 메이지 시대 당시에도 선진교육을 받았는지 수영도 할 줄 알았다. 그 연배의 노인치고는 등도 곧았고 발걸음도 가벼웠다. 한 달에 한 번은 염색하러 시골 미용실에도 갔다. 혼자 살면서도 몸가짐이 깔끔했다. 가끔 내가 낚아 올린 물고기를 가져가면, 그녀는 옷매무시를 정돈하며 마치 소녀처럼 부끄러워했다. 남자도 못 따라갈 기상과 심지를 갖고 있으면서도 여심을 잃지 않는 불가사의. 아마도 메이지 시대 여성의 기풍이 아닐까.

그 여심을 표현하듯, 그녀는 자신의 집 앞의 정원과 길을 언제나 꽃으로 가득 채웠다. 봄에는 하얀 국화와 튤립, 여름에는 수국과 채송화, 가을에는 사루비아와 국화, 겨울에는 꽃양배추와 수선화 등등 꽃이 끊이는 일이 없었다.

그러나 오십 평 정도 되는 꽃밭은 어느 해를 경계로 차례차례 생명력을 잃어버렸다.

S씨는 식욕도 있고 머리 회전도 빨랐다. 그러나 언제부턴가 무릎이 아파 오기 시작했다. 온갖 약을 시험해 봤지만 노환 탓이라 낫지 않았다. 다리가 사람에게 있어서 그토록 치명적인 부위라는 사실을 그때 처음 알았다. 그렇게나 넘쳐흐르던 S씨의 기력은 다리가 움직이지 않는다는 이유 하나만으로 시들어 갔다. 그녀는 아들의 권고를 받아들여 이 땅을 떠나 아들네 집으로 가기로 했다.

아들이 S씨를 마중하러 온 것은 4년 전, 유채꽃이 피던 따뜻한 초봄의 어느 날이었다.

S씨는 아무 말도 없이, 미소마저 띠면서 담담하게 순서대로 행동했다.

드디어 오랫동안 정든 집을 떠날 순간이 오자, 그녀는 부축을 뿌리치고 지팡이를 짚으면서 언제나 지나다니던 그 길을 자신의 발로 음미하듯이 걸어 나갔다.

나는 그녀의 짐을 든 채 천천히 뒤를 따랐다.

잠시 걷던 S씨가 불현듯 멈춰 서서 발밑을 보았다. 그녀가 바라보는 작은 길 곁에 선명한 노란색 유채꽃이 한가득 피어 있었다. 그러고 보니 내가 이 땅에 온 것도 유채꽃이 필 무렵이었지. 문득 그런 생각이 머리를 스쳤다.

　이윽고 유채꽃에서 시선을 돌린 그녀는 잠시 하늘을 올려다보더니 다시 걷기 시작했다. 그녀가 올려다본 초봄의 하늘을 바라보니, 하이얀 안개구름이 마치 덧없는 꿈처럼, 사람과 인생의 마침표를 찍는 것처럼 서쪽에서 동쪽을 향해 천천히 흘러가고 있었다.

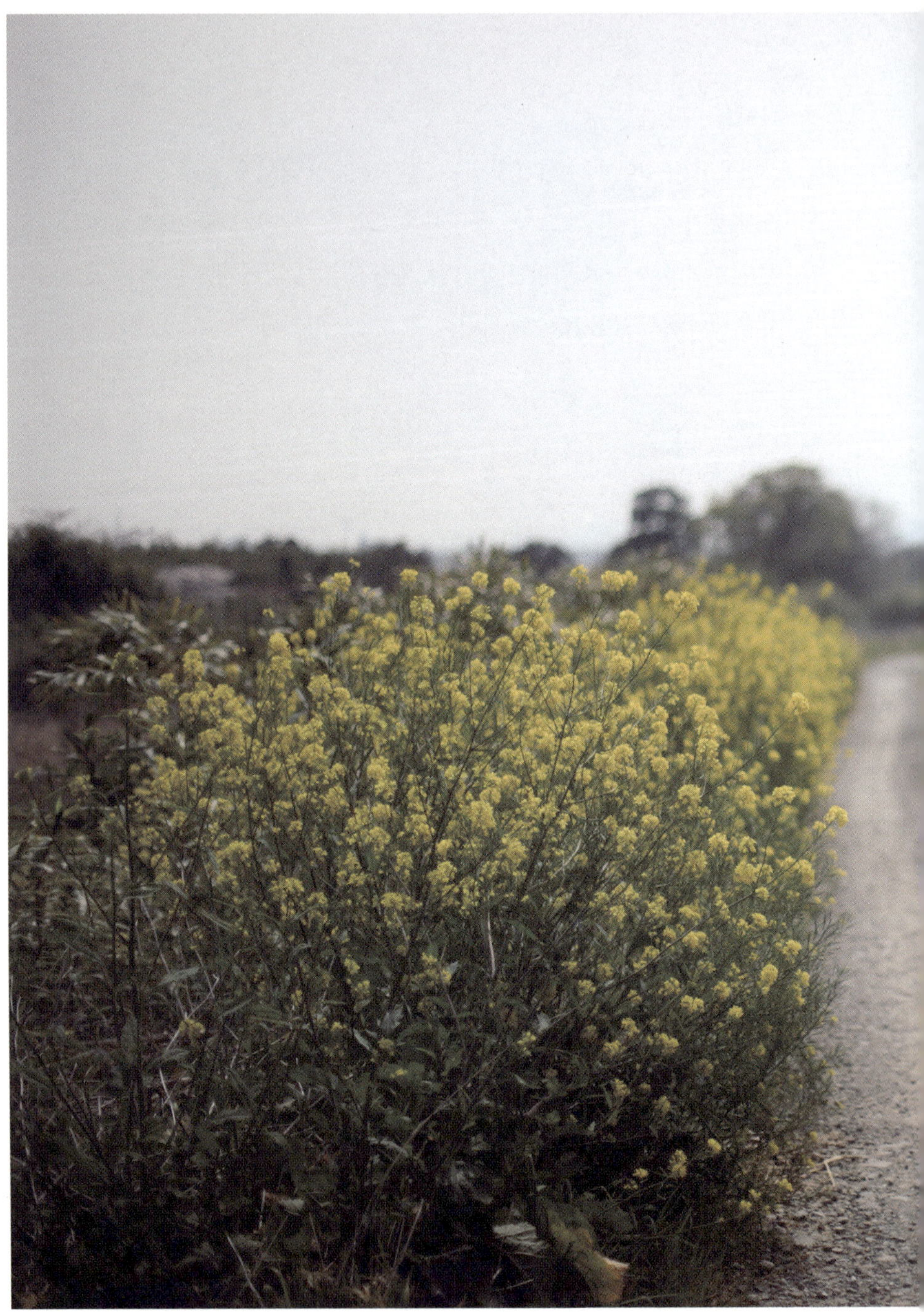

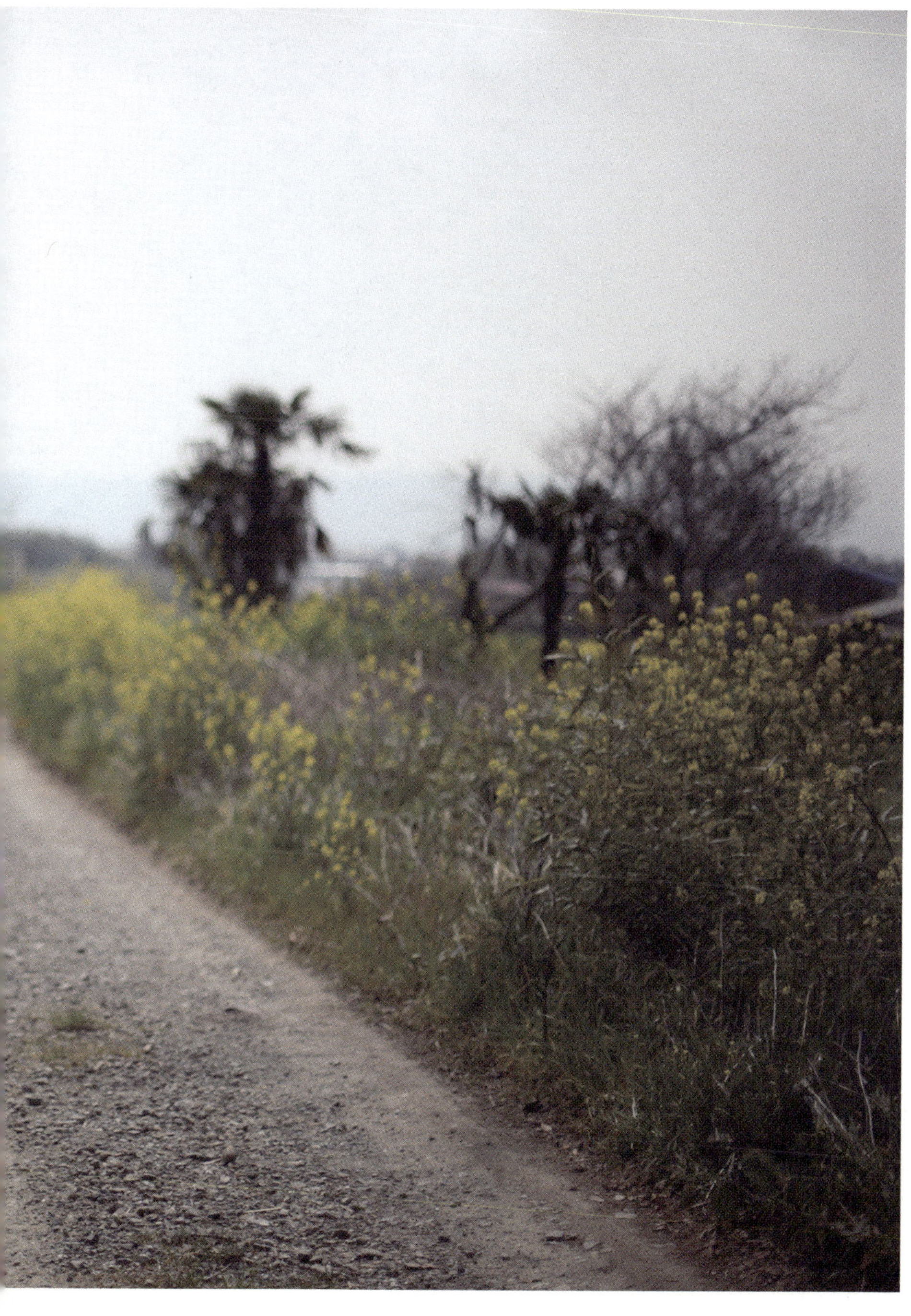

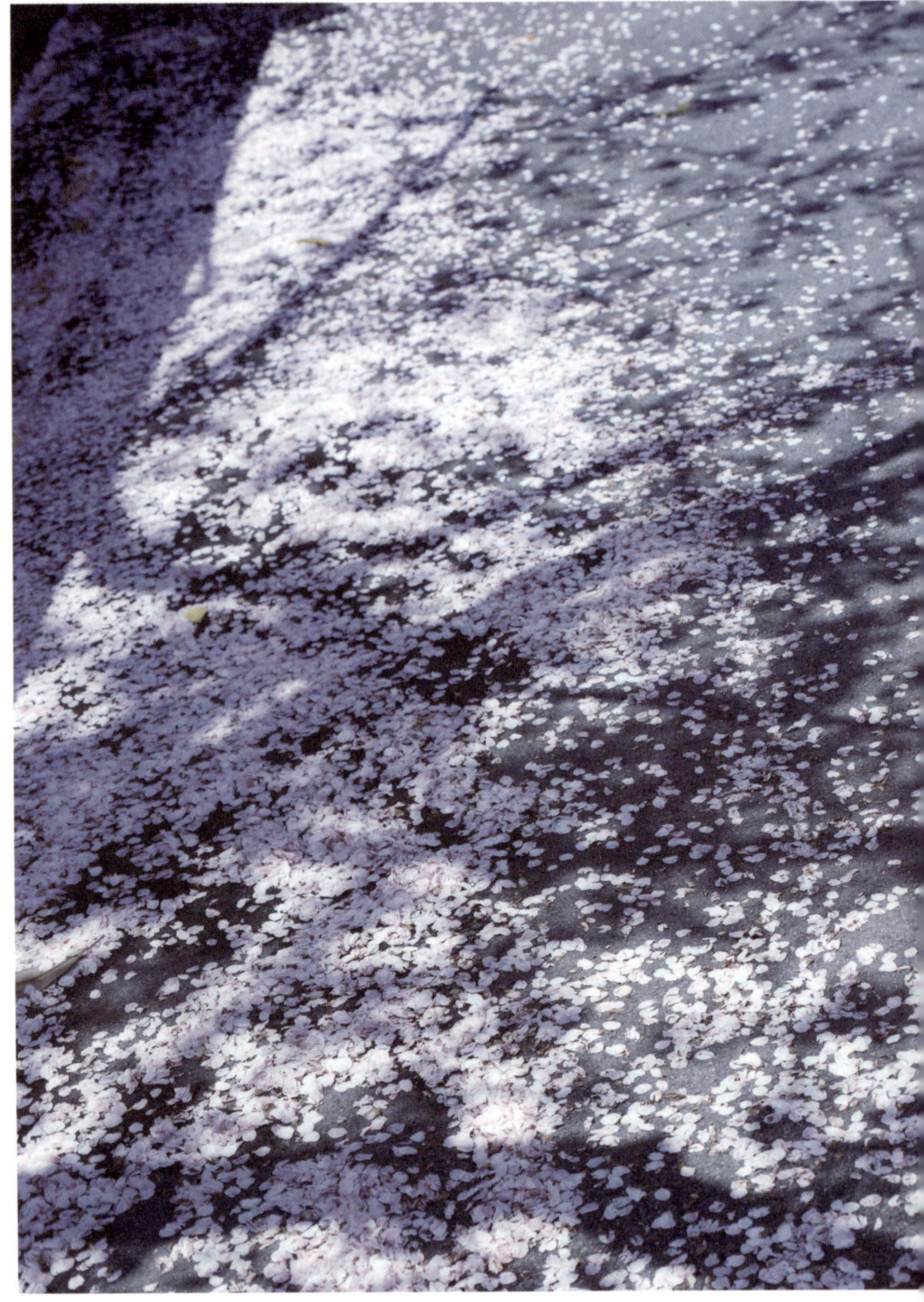

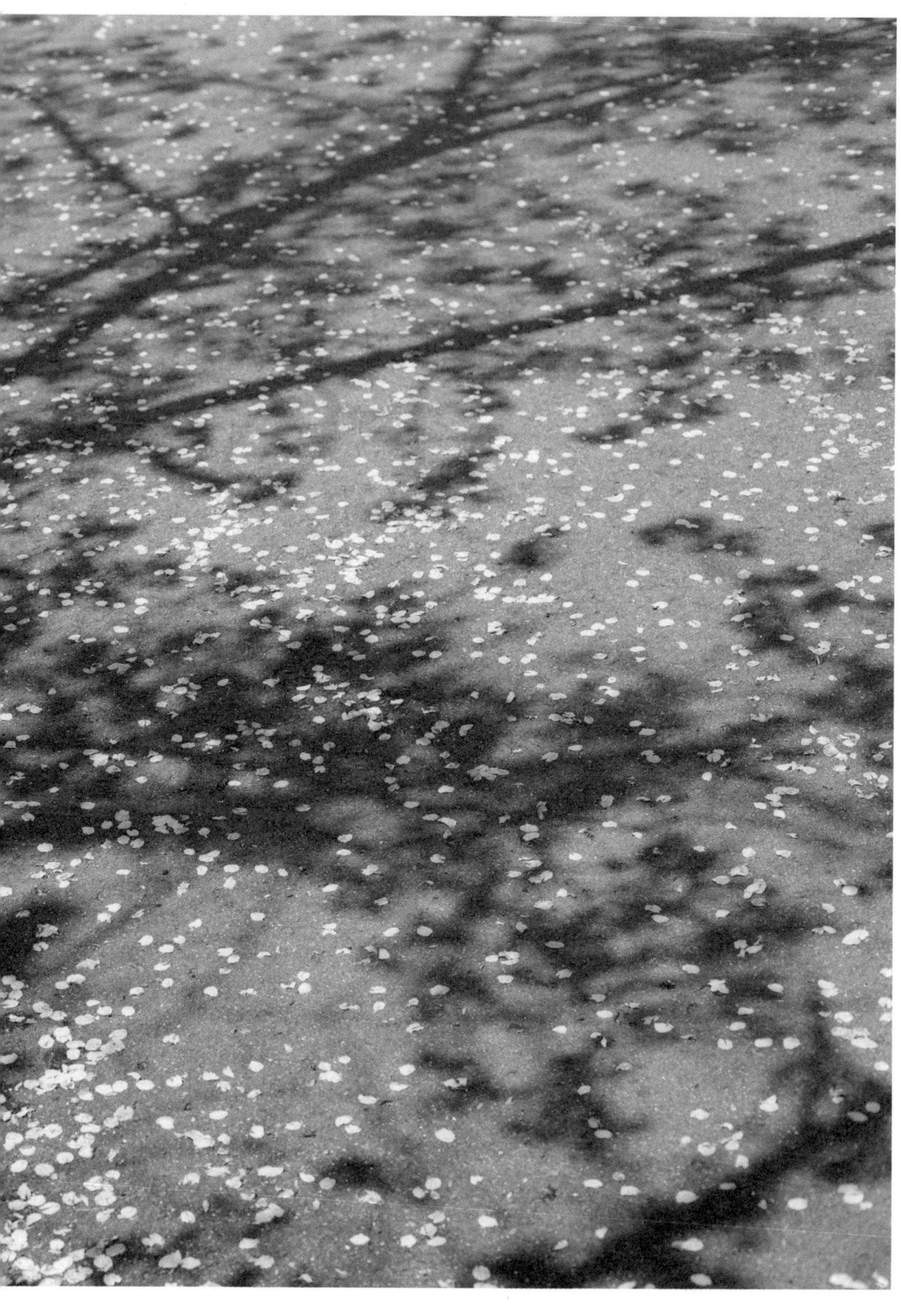

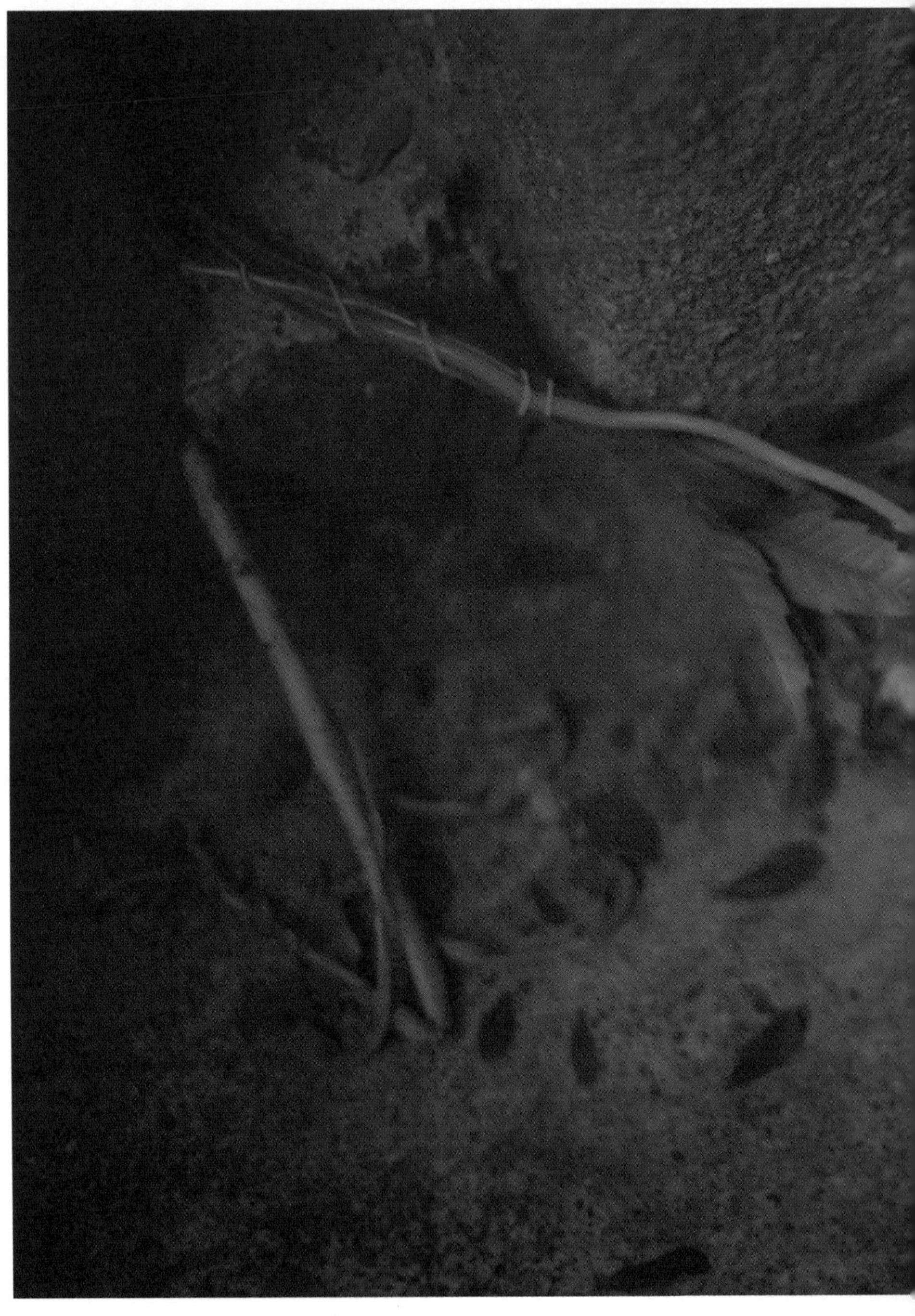

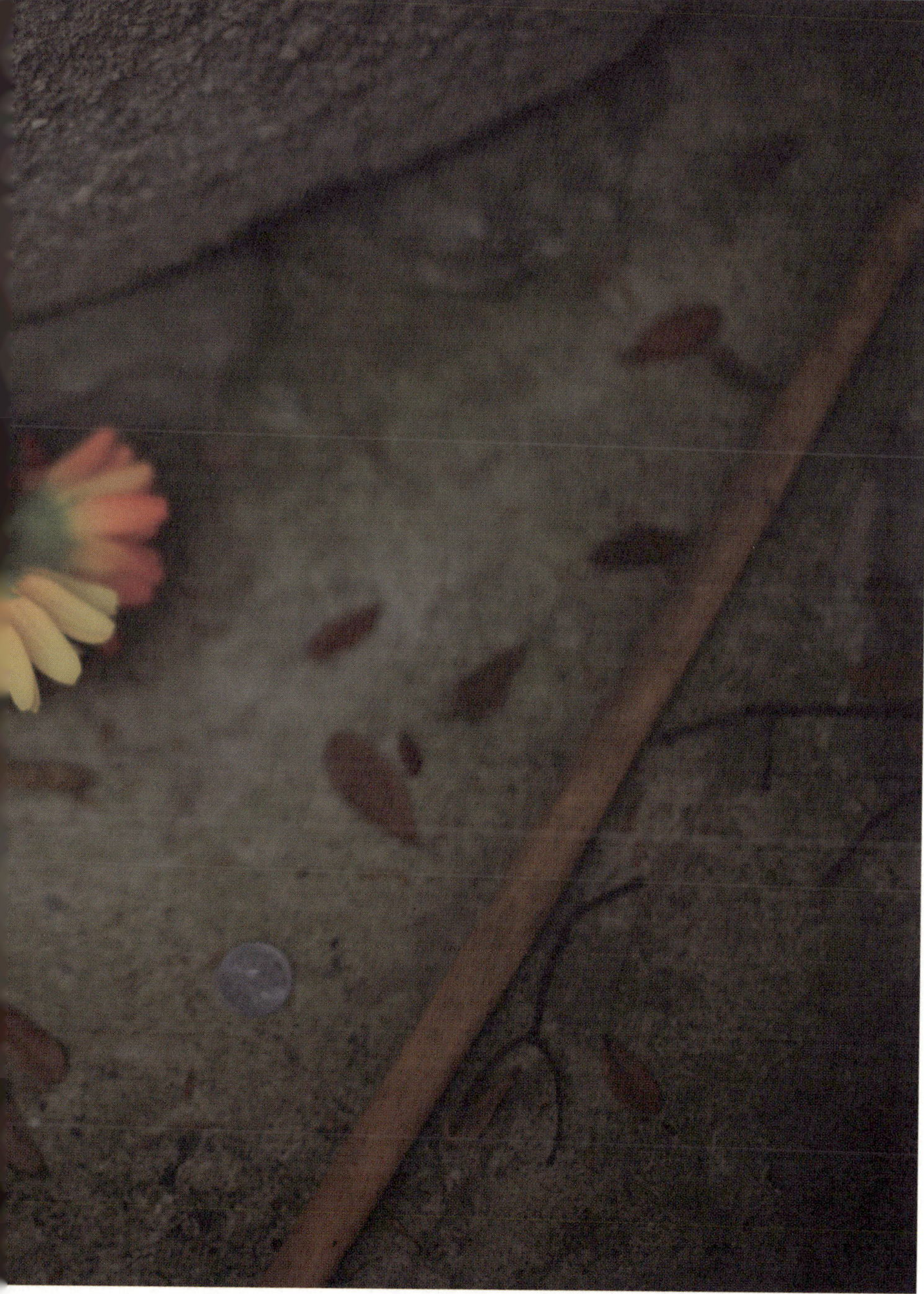

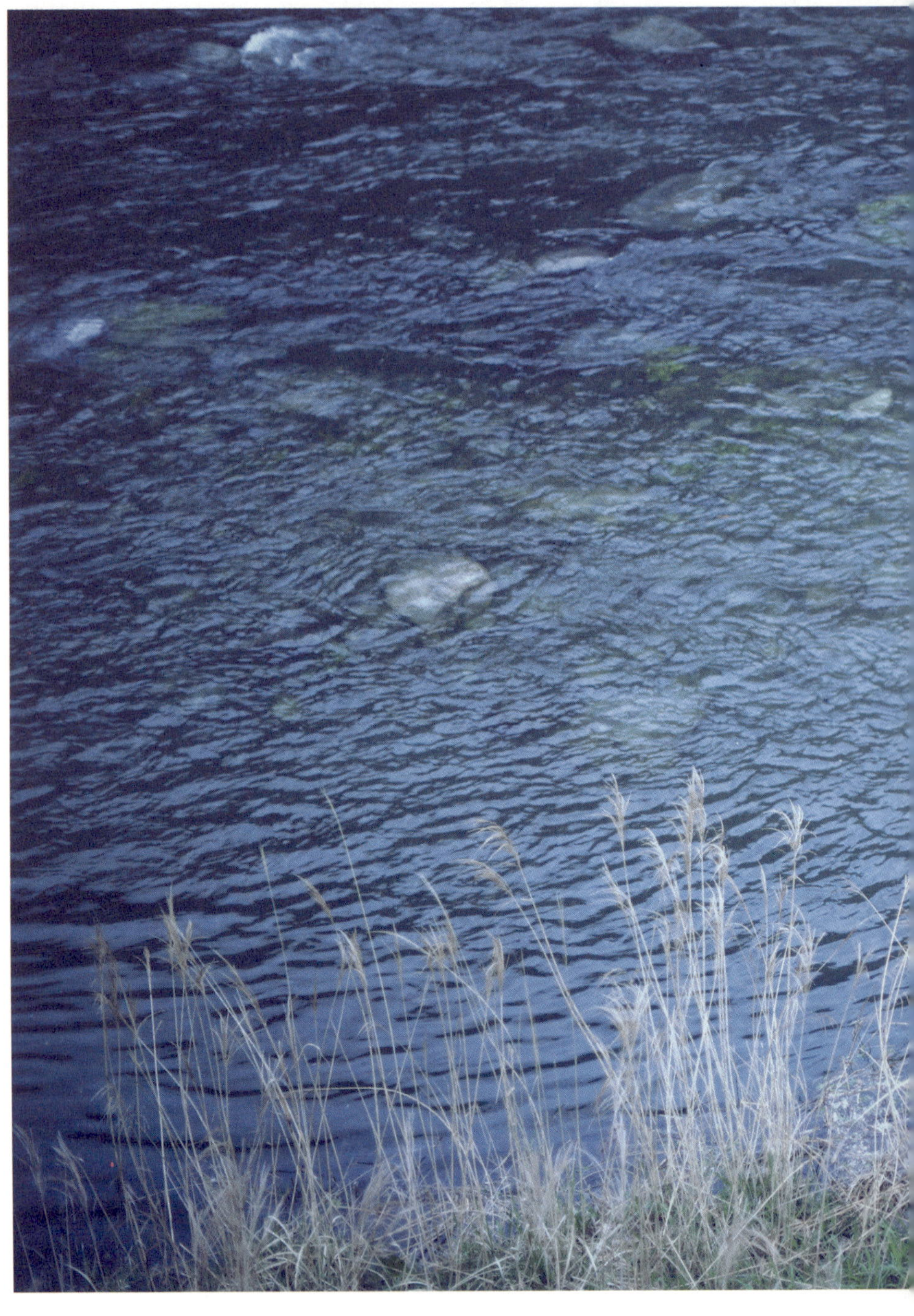

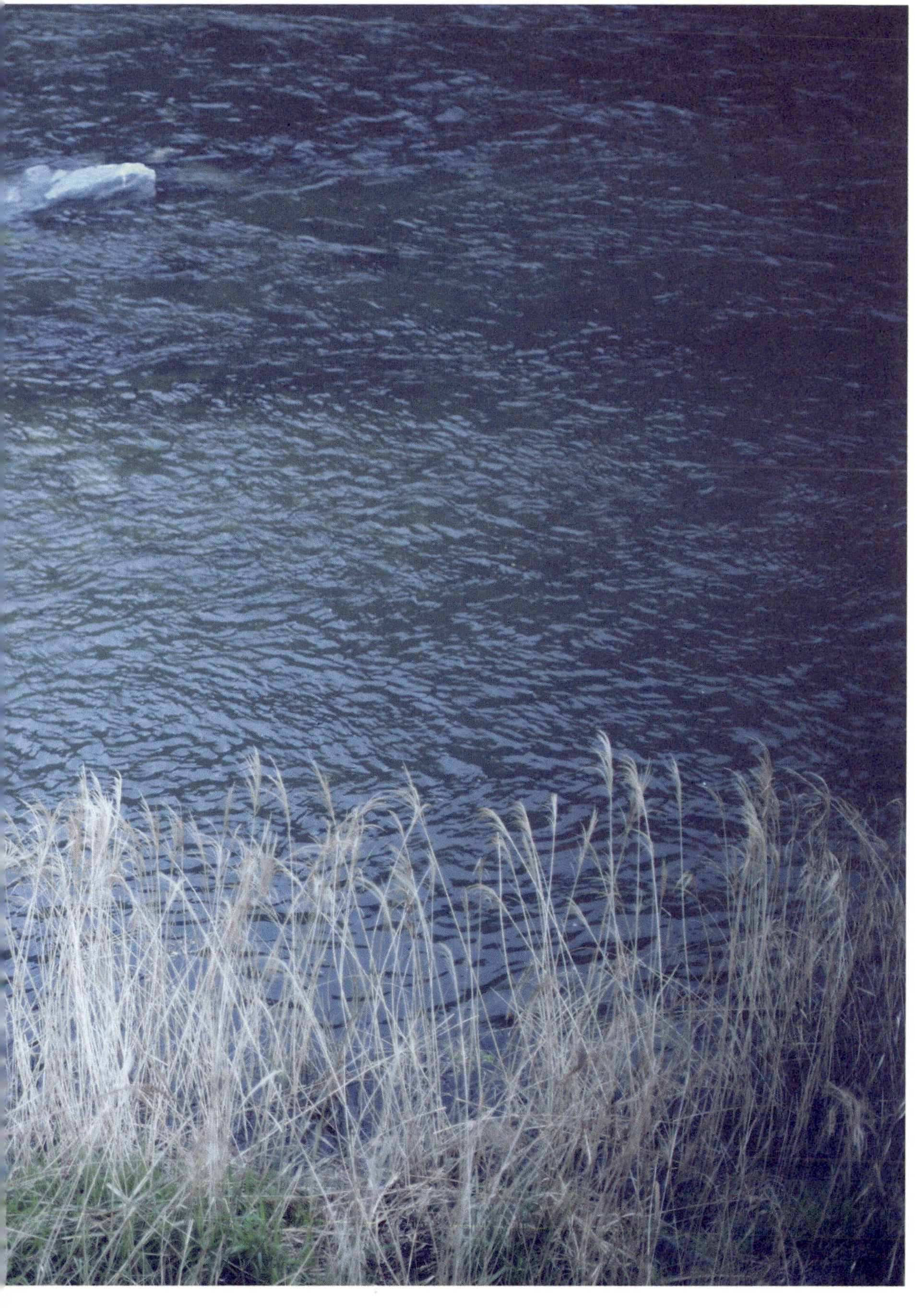

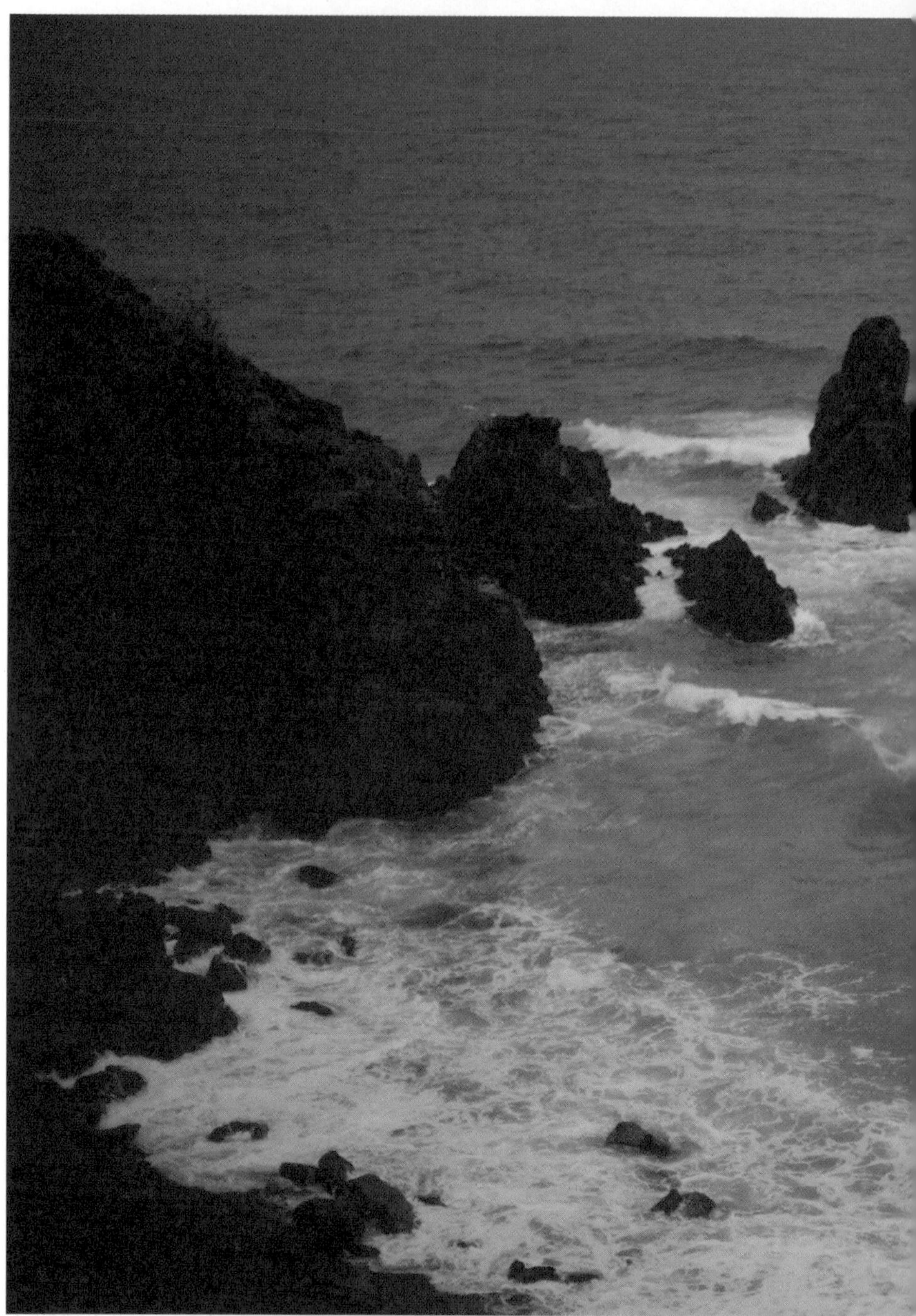

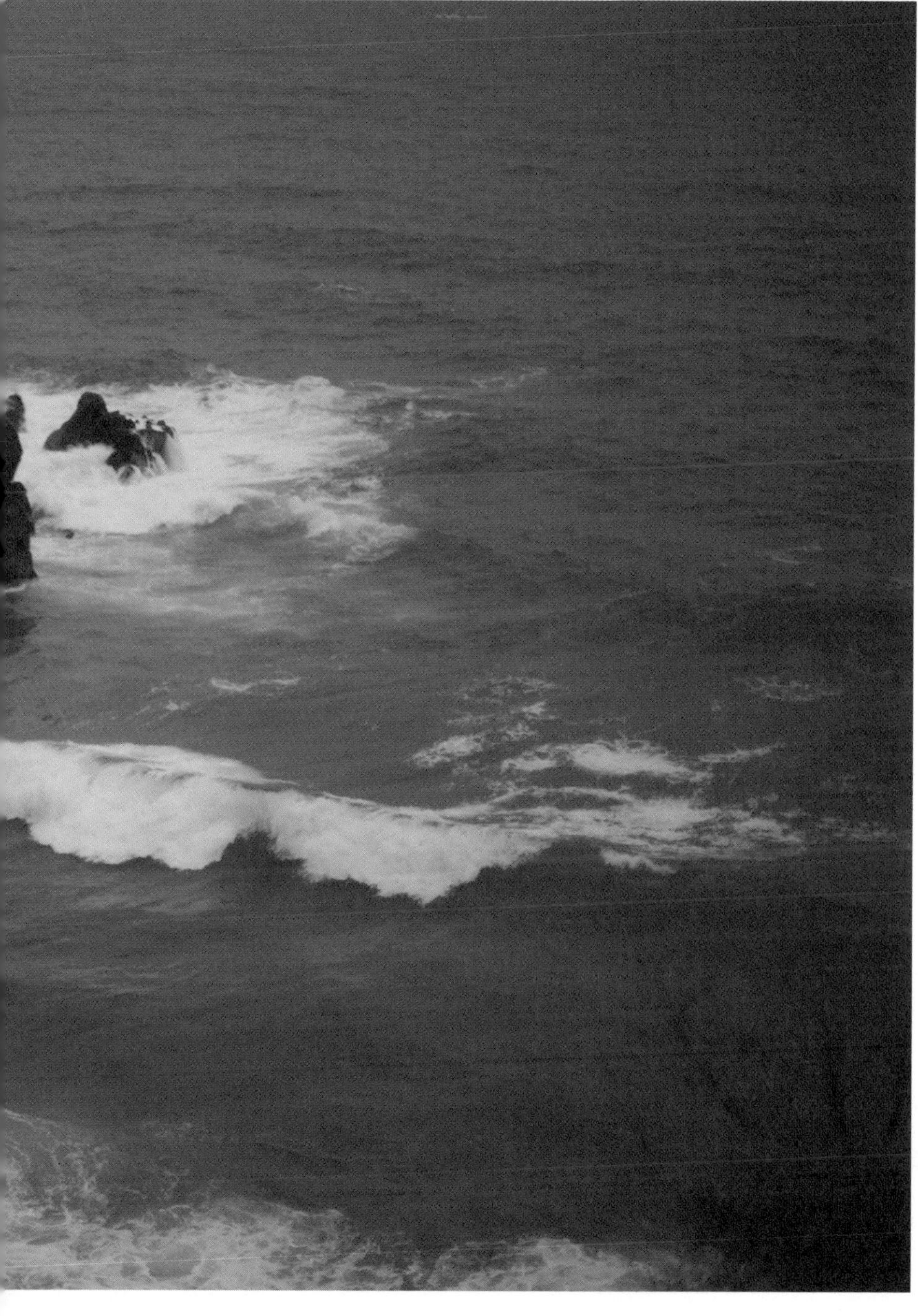

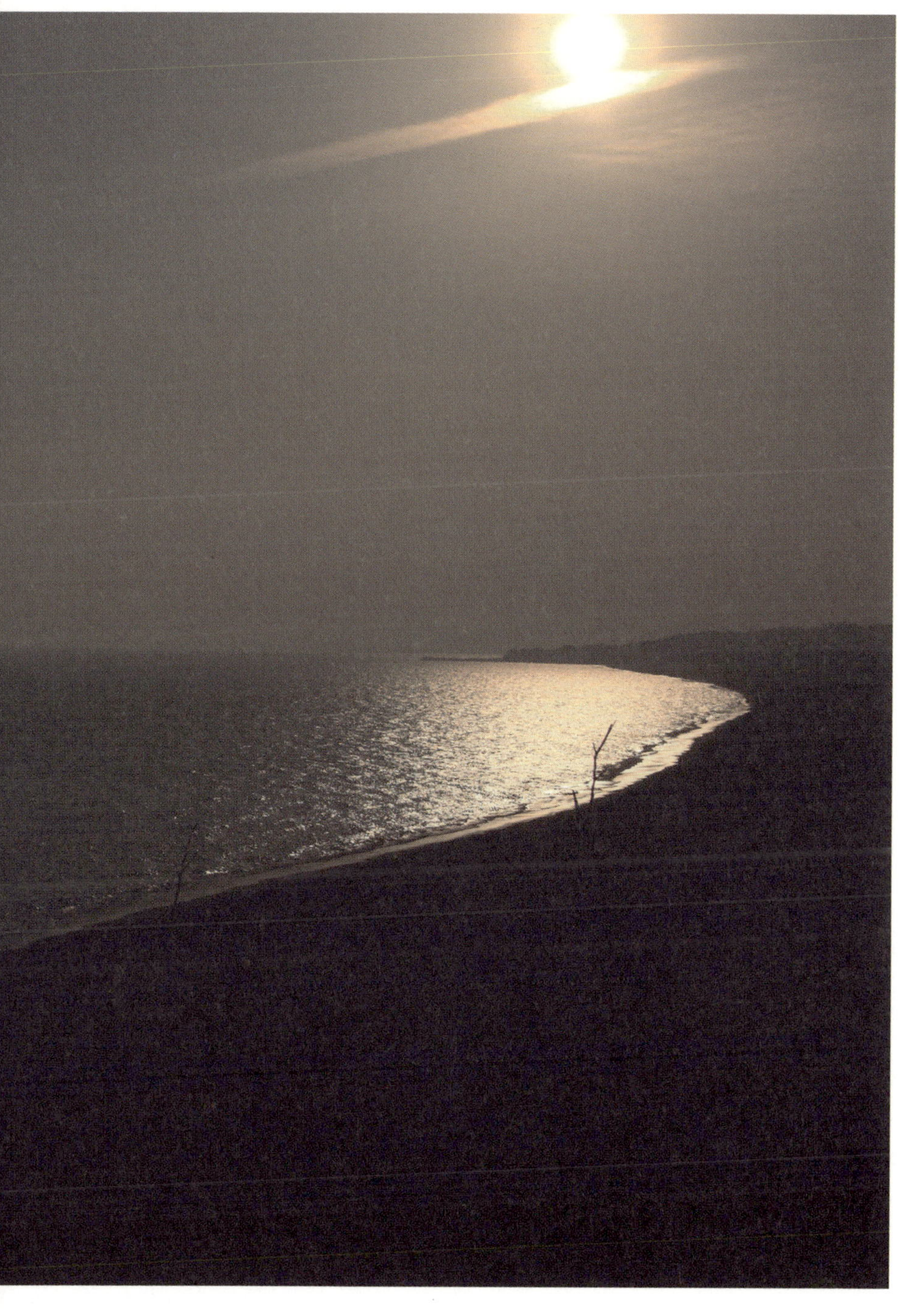

후기

사람과 사람은 어떻게 만나고, 배반하고, 화해하고, 사랑하는가.

우리들의 기나긴 인생의 태반은 그에 사용되고 있다고 말해도 과언이 아니다. 본 적도 없는 타인이건, 친구건, 육친이건, 자신과 타자와의 사이를 발견하는 것은 쉬운 일이 아니다.

그러나 언젠가 사람은 그보다 한층 어려운 인간관계에 도전해야만 하는 국면에 마주치게 된다.

바로 죽은 이와의 관계다.

살아 있는 사람을 받아들이고 화해하는 것도 쉬운 일은 아니지만, 사람의 죽음을 받아들이고, 납득하고, 화해하는 작업은 자신의 마음을 똑바로 들여다봐야 하는 어려운 과제이다. 특히나 사랑하는 사람의 죽음을 소화하고 받아들이고 화해해야 할 때, 그 마음가짐을 갖추기란 정말 어렵다.

이 책에 수록된 단문의 대부분은 사람의 죽음과 이별을 그린 것이다. 거기에는 타자의 죽음에 관련된 나의 체험과 그에 맞선 기억이 실려 있다. 『아무것도 바라지 않는 기도』라는 책의 제목이 암시하듯, 죽은 이와 마주했을 때 어떻게 해야 하는지에 대한 내 나름의 깨달음이라고 말할 수 있을 것이다. 이 책이 타자의 삶과 죽음을 어떻게 받아들일지에 대한 작은 힌트가 되었으면 한다.

수록된 사진의 대부분은 형의 죽음을 계기로 시코쿠를 순례할 때 찍은 것들이다. 사진에 어떤 해설도 붙이지 않은 까닭은, 누군가의 죽음을 통해 시코쿠를 바라보던 그 시절의 내 시선을 그대로 느껴 주기 바랐기 때문이다.

문고본 후기

사람은 살아가는 동안 수많은 타자의 죽음을 경험한다. 인생이 사람의 수만큼 다양한 모습을 보이는 것처럼, 죽음 또한 갖가지 형태로 표현된다.

이 책에 적힌 내 형의 죽음처럼 50대에 암 투병생활을 몇 년이나 한 끝에 지독한 고통 속에서 숨을 거두는 경우가 있는가 하면, 아버지의 경우처럼 77세에 천수를 다하고 자는 것처럼 평온하게 떠나는 경우도 있다.

어느 나라를 가봐도 인간은 죽음에서 신의 존재를 실감하는 경향이 있다. 그렇다면 이 죽음의 형태, 혹은 차별은 도대체 어디서 오는 것인가. 이 불합리한 현실에 의문을 품지 않을 수 없다. 그러나 나는 이제까지 살아오면서, 또 여행 중에 수많은 '죽음'을 만날 때마다 거기서 어떤 신의 존재도 느낄 수가 없었다. 그저 불가피한 우연이 굴러다닐 뿐이다.

동시에 논리라곤 없는 이 죽음들을 어떻게 납득할 것이냐는 문제에 직면한다. 또한 죽음과 마찬가지로 우연의 산물인 '인생'의 의식과 목적을 재검토해야만 하는 곤경에 처한다.

그래서 사람은 여행을 떠난다.

삶에 관한 근원적인 질문들을 사방 1미터밖에 안 되는 방 안에 앉아 고민해 봤자 대답이 나올 리가 없다.

'움직이는' 행위에 의해 어느샌가 '생각'으로부터 멀어지고 급기야 자신조차 잊었을 때, 타인의 죽음에 대한 고민이 사실은 자기애(자아)에서 비롯되었다는 사실을 깨달을 것이다.

그에 따라 자신의 마음이 가벼워진 순간, 타인의 죽음도 가벼워지고 세계의 한 페이지가 넘어간다.

시고쿠 순례는 여행이다.

이세 순례도 여행이고 메카 순례도 여행이고 인도의 힌두교나 유럽의 카톨릭 성지 순례도 모두 여행이다.

이렇듯 여행이 종교화되어 있다는 것은, 그 어느 나라에서도 인간의 근원적인 문제를 해결하지 못하고 있다는 사실을 의미한다. 그러나 여행이라는 신체활동에 의해 자아를 버려도 세계는 답을 주지 않는다. 대신 한층 가벼워진다.

이 책에서 다룬 형에 얽힌 상념과 여행에 따른 마음의 변화가 그를 잘 보여 주고 있다.

질릴 정도로 여행을 했으니 여행이 주는 의미도 잘 안다고 생각했었는데, 막상 자신의 일이 되니 이 절실함이란. 부끄러움도 체면도 잊고 여행(삶)의 초보자로 돌아간 것 같은 기분이다.

혹은 그것이 인생이 갖는 본연의 모습일 것이다.

후지와라 신야

옮긴이 장은선

중앙대학교 일어일문학과를 졸업하고 일본으로 건너가 가수 JAM Project의 스태프로 일하던 중, 2011년에 동일본대지진을 경험한 것을 계기로 일을 그만두고 세계여행을 다녀왔다. 현재 일본어 통역 및 번역 활동을 하고 있다. 지은 책으로 『노빈손의 올레올레 스페인 탐험기』, 번역한 책으로 쿠로노 신이치의 『어쩌다 중학생 같은 걸 하고 있을까』, 사사 료코의 『현수성이 간다』, 후지와라 신야의 『인생의 낮잠』이 있다.

아무것도 바라지 않는 기도

지은이 후지와라 신야   **옮긴이** 장은선

디자인 김무열

발행일 2012년 11월 30일 초판 1쇄

발행처 다반   **발행인** 노승현   **주소** 서울시 금천구 가산동 470-5 에이스테크노타워 10차 1003호

전화번호 02-868-4979   **팩스** 02-868-4978   **이메일** davanbook@naver.com

출판등록 제2011-08호 (2011년 1월 20일)

© 다반, 2012

ISBN 978-89-966109-7-7 03830

다반 – 일상의 책

일상다반사(日常茶飯事)에서 착안한 「다반」은 사람에게 중요한 밥과 차에 책의 의미를 더하여, 사람의 삶에서 늘 필요한 책을 만들자는 취지로 2011년 1월 20일 설립되었습니다. 「다반」에서는 여러분의 참신한 기획과 소중한 옥고를 항상 기다리고 있습니다.